A CAIXA VERMELHA

REX STOUT

A CAIXA VERMELHA

Tradução:
ERNST WEBER

1ª reimpressão

COMPANHIA DAS LETRAS

Copyright © 1936, 1937 by Rex Stout

Proibida a venda em Portugal

Título original:
The Red Box

Preparação:
Dulce Seabra

Projeto gráfico de capa:
João Baptista da Costa Aguiar

Foto de capa:
Ana Ottoni

Revisão:
Renato Potenza Rodrigues
Cláudia Cantarin

Dados Internacionais de Catalogação na Publicação (CIP)
(Câmara Brasileira do Livro, SP, Brasil)

Stout, Rex, 1886-1975.
A caixa vermelha / Rex Stout ; tradução Ernst Weber.
— São Paulo: Companhia das Letras, 2004.

Título original: The Red Box
ISBN 85-359-0537-5

1. Ficção policial e de mistério (Literatura norte-
americana) 2. Romance norte-americano I. Título.

04-4999   CDD-813.5

Índice para catálogo sistemático:
1. Romances : Literatura norte-americana   813.5

2004

Todos os direitos desta edição reservados à
EDITORA SCHWARCZ LTDA.
Rua Bandeira Paulista 702 cj. 32
04532-002 — São Paulo — SP
Telefone: (11) 3707-3500
Fax (11) 3707-3501
www.companhiadasletras.com.br

A CAIXA VERMELHA

1

Wolfe olhou, com os olhos bem abertos, para o nosso visitante — o que nele era um sinal de indiferença ou de irritação. No caso presente, era óbvio que estava irritado.

"Repito que é inútil, senhor Frost", declarou. "Jamais saio de casa a negócios. A obstinação de ninguém pode me coagir a fazer tal coisa. Já lhe disse isso há cinco dias. Boa tarde, senhor."

Llewellyn Frost piscou, mas não deu sinal de aceitar a dispensa. Pelo contrário, tornou a ajeitar-se na cadeira.

Balançou pacientemente a cabeça: "Eu sei, eu me submeti à sua vontade na quarta-feira passada, senhor Wolfe, porque existia uma outra possibilidade que parecia valer a pena tentar. Mas não deu certo. Agora não há outro meio. O senhor terá de ir até lá. Poderia esquecer sua fama de gênio excêntrico por uma vez... De qualquer modo, uma exceção só irá aumentá-la. A mácula que realça a perfeição. O gaguejo que enfatiza a eloqüência. Santo Deus, são apenas vinte quarteirões, cinqüenta segundos entre a Quinta Avenida e a avenida Madison. Um táxi nos levará até lá em oito minutos".

"Realmente." Wolfe remexeu-se em sua cadeira; estava fervendo. "Que idade tem, senhor Frost?"

"Eu? Vinte e nove."

"Não é jovem o bastante para justificar o seu descaramento infantil. Quer dizer, então, que fez a minha vontade! O senhor fala da minha fama! E está decidido a arrastar-me numa incursão frenética através do turbilhão do trânsito urbano... num táxi! Meu senhor, eu não entraria num táxi nem para resolver o mais difícil enigma da Esfinge, nem tendo como recompensa toda a carga transportada ao longo do Nilo!" Wolfe baixou a voz para um murmúrio ultrajado: "Meu Deus! Um táxi".

Sentado à minha escrivaninha, a dois metros e meio da dele, sorri-lhe em aplauso, enquanto fazia rodopiar o meu lápis. Estando a serviço de Nero Wolfe há nove anos, havia alguns pontos dos quais eu já não duvidava. Por exemplo: que ele era o melhor detetive particular ao norte do pólo sul. Que ele estava convencido de que respirar ao ar livre podia obstruir os pulmões. Que ser submetido a sacudidelas e solavancos provocava curto-circuito em seu sistema nervoso. Que, por conta da sua sólida crença de que somente os pratos preparados por Fritz Brenner são dignos de serem comidos, morreria de fome se algo acontecesse ao seu *chef*. Havia ainda outros pontos, de outra natureza, mas vou deixá-los de lado, já que Nero Wolfe provavelmente vai ler isto.

O jovem sr. Frost fitava-o calmamente. "O senhor está se divertindo um bocado, não está, senhor Wolfe?" E balançou a cabeça em sinal afirmativo. "É claro que está. Uma garota foi assassinada. Uma outra — talvez outras — acha-se em perigo. O senhor oferece os seus serviços como um perito nesses assuntos, não é? Quanto a isso, tudo bem, não há dúvida de que é um perito. Uma jovem foi assassinada, outras se encontram em grande e iminente perigo, e o senhor fica discursando, feito ator shakespeariano, sobre um táxi no turbilhão do trânsito... Sei dar valor a uma boa representação; tenho de fazê-lo, já que estou no negócio de espetáculos. Mas, no seu caso, pensei que haveria ocasiões em que uma digna consideração pelo sofrimento e pela desgraça humana o levaria a remover a maquiagem. Se o senhor de fato estiver falando a sério, isso apenas piora as coisas. Se, em vez de se submeter a uma pequena inconveniência pessoal..."

"Não adianta, senhor Frost." Wolfe balançava a cabeça de um lado para outro, lentamente. "Espera que eu mude a minha conduta? Bobagem. Se uma garota foi assassinada, para isso existe a polícia. Outras se acham em perigo? Pois elas contam com a minha simpatia, mas não têm influência alguma sobre os meus serviços profissionais. Não posso afugentar perigos com um simples aceno de mão, e não andarei num táxi. Não andarei em coisa alguma, nem mesmo em meu próprio automóvel, com o senhor Goodwin ao volante, a não ser para atender às minhas contingências pessoais. Observe o meu volume corporal. Não sou incapaz de me mover, mas a minha carne tem uma aversão inerente ao deslocamento repentino, violento ou continuado. O senhor falou em 'digna consideração'. Que tal uma digna consideração para com a privacidade da minha residência? Utilizo esta sala como escritório, mas esta casa é meu lar. Boa tarde, senhor."

O jovem enrubesceu, mas não se moveu do lugar. "O senhor não irá?", perguntou.

"Não irei."

"Vinte quarteirões, oito minutos, no seu próprio carro."

"Raios o partam, não!"

Frost fechou a cara. "É o cúmulo da obstinação", resmungou para si mesmo. Do bolso interno de seu casaco retirou alguns papéis, escolheu um, desdobrou-o, deu uma olhada nele e pôs os outros de volta. Olhou para Wolfe:

"Passei quase dois dias empenhado em obter as assinaturas para isto. Agora, espere um pouco, tenha calma. Quando Molly Lauck foi envenenada, faz hoje uma semana, a coisa logo pareceu uma impostura. Na quarta-feira, dois dias depois, estava claro que os tiras andavam em círculos, e eu recorri ao senhor. Como sabe, tentei fazer McNair e os outros virem até aqui, ao seu escritório, mas eles se recusaram; tentei convencê-lo a ir até lá, mas o senhor se negou e então eu o convidei a ir pro inferno. Isso foi há cinco dias. Paguei trezentos dólares a outro detetive por um monte de bobagens que não valem nada, e os tiras, do inspetor para baixo, estão se saindo quase tão bem quanto uma atriz de teatro de variedades fazendo o papel de Julieta. De todo modo, é um caso complicado e duvido que alguém possa solucioná-lo, a não ser o senhor. Decidi isso no sábado e, durante o fim de semana, rodei um bocado." Empurrou o papel para Wolfe. "O que diz disso?"

Wolfe pegou-o e leu. Vi seus olhos se entrefecharem lentamente e soube que, fosse o que fosse, o que havia no papel teve pronunciado efeito sobre a sua irritação.

Examinou-o novamente e seus olhos, agora duas fendas, voltaram-se para Llewellyn Frost, enquanto estendia a folha em minha direção. Levantei-me para pegála. Datilografado em papel de qualidade, um texto sem rodeios, datado de 28 de março de 1936, Nova York:

Ao senhor Nero Wolfe:

A pedido de Llewellyn Frost, nós, abaixo assinados, rogamos-lhe e o instamos a investigar a morte de Molly Lauck, que foi envenenada no dia 23 de março, no escritório da Boyden McNair Incorporated, na rua 52, em Nova York. Suplicamos que o senhor visite o escritório da McNair com esse objetivo.

Respeitosamente lembramos que o senhor costuma deixar a sua casa uma vez por ano para assistir à Exposição Metropolitana de Orquídeas e, ao que nos parece, a presente urgência, ainda que não tão grande para o senhor pessoalmente, poderá justificar idêntico sacrifício do seu conforto e da sua conveniência.

Atenciosamente,
Winold Glueckner
Cuyler Ditson
T. M. O'Gorman
Raymond Plehn
Chas. E. Shanks
Christopher Bamford

Devolvi o documento a Wolfe, sentei-me e sorri para ele. Wolfe o dobrou e enfiou debaixo do bloco de madeira petrificada que usava como pesa-papéis.

"Foi o melhor que me ocorreu para persuadir o

senhor. Eu tinha de consegui-lo. Essa coisa precisa ser destrinchada. Levei Del Pritchard até lá e ele ficou perdido. Eu precisava mobilizar o senhor de alguma forma. O senhor virá?"

O dedo indicador de Wolfe desenhava um pequeno círculo no braço da cadeira. "Por que, diabos, eles assinaram isso?"

"Porque eu lhes pedi que o fizessem. Expliquei-lhes. Disse-lhes que ninguém, a não ser o senhor, poderia resolver o crime, mas que tinha de ser convencido. Disse-lhes que, além de dinheiro e de comida, a única coisa que interessa ao senhor são as orquídeas, e que ninguém mais poderia exercer nenhuma influência sobre o senhor além deles, os maiores orquidófilos dos Estados Unidos. Eu tinha cartas de apresentação para eles. Fiz bem. Pode notar que restringi minha lista aos absolutamente melhores. O senhor virá?"

Wolfe suspirou. "Alec Martin possui quarenta mil plantas em Rutherford. E ele não assinou, não é?"

"Ele o faria se eu o tivesse procurado. Glueckner contou-me que o senhor considera Martin um trapaceiro e um orquidófilo inferior. O senhor virá?"

"Isto é um embuste." Wolfe suspirou outra vez. "Uma infernal intrusão." Sacudiu um indicador em direção ao jovem. "Olha aqui. O senhor parece disposto a não deixar coisa alguma detê-lo. Interrompe o trabalho desses homens peritos e ilustres para levá-los a assinar este papel idiota. O senhor me atormenta. Por quê?"

"Porque quero que o senhor resolva este caso."

"Por que eu?"

"Porque ninguém mais pode fazê-lo. Espere até ver..."

"Sim. Muito obrigado. Mas por que esse seu extraordinário interesse pelo caso? A garota assassinada, o que ela era do senhor?"

"Nada." Frost hesitou. Prosseguiu: "Ela não significava nada para mim. Eu a conhecia, era uma conhecida. Mas o perigo... maldição, deixe-me contar. A maneira como aconteceu..."

"Por favor, senhor Frost, permita-me", cortou Wolfe com firmeza. "Se a jovem assassinada não era nada sua, que crédito teria um investigador contratado pelo senhor? Se não conseguiu persuadir o senhor McNair e os outros a virem a mim, seria inútil eu ir até eles."

"Não, não seria. Explicarei que..."

"Muito bem. Um outro ponto. Meus honorários são elevados."

O jovem corou. "Sei disso." E, inclinando-se para a frente: "Veja, senhor Wolfe, joguei fora muito dinheiro do meu pai desde que comecei a usar calças compridas. Boa parte dele nos últimos dois anos, na produção de espetáculos, todos eles fracassados. Mas agora conseguimos um sucesso: *Balas no café-da-manhã*. Estreou há duas semanas e os ingressos estão esgotados para as próximas dez. Tenho dinheiro suficiente para pagar seus honorários. Se o senhor ao menos descobrir de onde, diabos, veio esse veneno, e me ajudar a encontrar um meio..."

Parou no meio da frase. Wolfe o incitou: "Pois não? Um meio..."

Frost franziu o cenho. "Um meio de tirar a minha prima dessa encrenca mortal. Minha ortoprima, a filha do irmão de meu pai."

"Não diga", disse Wolfe, estudando-o. "O senhor é antropólogo?"

"Não." Frost corou novamente. "Eu lhe disse, estou no negócio de espetáculos. Posso pagar seus honorários — dentro do razoável, ou mesmo fora dele. Mas precisamos chegar a um acordo sobre isso. É claro que o montante dos honorários é decisão sua, mas a minha idéia seria dividi-los: metade para descobrir de onde vieram os doces, e a outra, para tirar a minha prima Helen daquele lugar. A teimosia dela equivale à sua, e o senhor provavelmente terá de fazer por merecer a primeira metade dos honorários para então ganhar a segunda, mas não me importo se não o fizer. Se conseguir tirá-la de lá, mesmo sem esclarecer a morte de Molly Lauck, de todo modo receberá metade dos honorários. Mas Helen não se amedronta, isso não funcionará; e ela sustenta uma maldita idéia de lealdade para com esse McNair, Boyden McNair. Chama-o de tio McNair. Conhece-o desde que nasceu. Ele é um velho amigo de tia Callie, a mãe de Helen. E há ainda aquele imbecil, Gebert... Mas é melhor eu começar pelo início... Ei, então o senhor virá?"

Wolfe empurrara sua cadeira para trás e se pusera de pé. Moveu-se em torno da lateral de sua escrivaninha com a costumeira e não desgraciosa morosidade.

"Continue sentado, senhor Frost. São quatro da tarde e eu, agora, vou passar duas horas com as minhas plantas lá em cima. O senhor Goodwin anotará os detalhes do envenenamento da senhorita Molly Lauck... e das suas complicações familiares, se parecerem pertinentes. Pela quarta vez — acredito que o seja —, desejo-lhe boa tarde, senhor." Encaminhou-se para a porta.

Frost ergueu-se de um salto, explodindo: "Mas o senhor virá ao escritório...".

Wolfe parou e se voltou vagarosamente. "Maldição! O senhor sabe perfeitamente que irei. Mas digo-lhe o seguinte: se a assinatura de Alec Martin estivesse nessa bizarra folha de papel, eu a teria jogado no lixo. Ele fende pseudobulbos. Fende-os! Archie, encontraremos o senhor Frost na sede da McNair amanhã de manhã, às onze e quinze."

Voltou-se e saiu, ignorando os protestos do cliente contra a delonga. Pela porta aberta do escritório ouvi, vindo do saguão, o gemido do elevador quando Wolfe entrou nele e a batida da porta ao fechar-se.

Llewellyn Frost voltou-se para mim. O rubor em seu rosto poderia dever-se à satisfação pelo seu sucesso ou à indignação pelo adiamento. Examinei-o como cliente: seu cabelo castanho-claro ondulado penteado para trás, seus olhos arregalados, que não permitiam uma avaliação da sua inteligência, seu imenso nariz e o queixo largo, que lhe deixavam o rosto grande demais até mesmo para o seu um metro e oitenta de altura.

"De todo modo, sou-lhe muito grato, senhor Goodwin", disse, sentando-se. "Além do mais, o senhor foi muito esperto mantendo esse Martin de fora. Foi um grande favor o que me fez e asseguro-lhe que não o esquecerei..."

"Está falando com a pessoa errada", rejeitei com um aceno. "Disse ao senhor, na ocasião, que guardo se-gredo de todos os favores que faço. Sugeri o abaixo-assinado apenas na tentativa de conseguir algum negócio e para uma experiência científica destinada a descobrir a quantidade de energia necessária para fazer Wolfe se mover. Há cerca de três meses não tínhamos um caso que valesse a pena." Peguei meu caderno de anotações e um lápis, girei a cadeira e puxei a prancha da minha escrivaninha. "E, a propósito, senhor Frost, não se esqueça de que a idéia do abaixo-assinado foi sua. Aqui não querem que eu pense."

"Certamente", ele anuiu com um movimento da cabeça. "Estritamente confidencial. Jamais farei menção a isso."

"Muito bem." Com um movimento rápido, abri meu caderno na primeira página em branco. "E quanto ao tal assassinato que tanto lhe atormenta... Vamos, desembuche."

2

Assim, na manhã seguinte, eu havia conseguido forçar Nero Wolfe a desafiar os elementos — sendo que o principal deles, naquele dia, era o resplandecente e tépido sol de março. Digo "conseguido forçar", porque fora eu quem concebera a persuasão que o levava a romper com todos os precedentes. Raivoso e soturno, de sobretudo, cachecol, luvas, bengala, calçando algo que ele chamava de galochas, chapelão de feltro preto tamanho oito enterrado até as orelhas — o que o fizera atravessar a porta da rua fora o nome de Winold Glueckner encabeçando as assinaturas naquela carta. Glueckner recebera recentemente de um agente em Sarawak quatro pseudobulbos de uma *Coelogyne pandurata* cor-de-rosa, nunca vista antes, e desdenhara a oferta de três mil dólares que Wolfe fizera por dois deles. Conhecendo o tipo de velho sabichão que Glueckner era, eu tinha minhas dúvidas se ele se separaria dos pseudobulbos, não importa quantos assassinatos Wolfe esclarecesse a seu pedido. Mas, de qualquer modo, eu tinha acendido o estopim.

Conduzi o sedã com a maciez dos dedos de um batedor de carteira, da casa na rua 35, perto do rio Hudson — onde Wolfe morava havia mais de vinte anos e eu com ele por cerca de metade deles —, até o endereço na rua 52. A não ser por um momento irresistível: na Quinta Avenida, perto da rua 43, havia um buraco com uns sessenta centímetros de diâmetro, em que, suponho, alguém estivera cavando em busca dos vinte e seis dólares pagos aos indígenas pela ilha de Manhattan; manobrei para atingi-lo em cheio e em boa velocidade. Pelo espelho retrovisor olhei de relance para Wolfe no banco de trás e vi que olhava amargurado e enfurecido.

"Lamento, senhor, estão escavando as ruas", disse-lhe.

Ele não respondeu.

Pelo que Llewellyn Frost me contara na véspera sobre a sede da Boyden McNair Incorporated — tudo fora devidamente anotado em meu caderno de notas e lido para Nero Wolfe na noite de segunda-feira —, eu não imaginara a extensão das aspirações da empresa em matéria de elegância. Encontramos Llewellyn Frost no andar térreo, logo além da entrada. Enquanto ele nos conduzia ao elevador para levar-nos ao primeiro andar, onde ficavam os escritórios e as salas para desfiles reservados, uma das primeiras coisas que vi e ouvi foi uma vendedora, um híbrido de condessa e de *performer*, dizendo a uma cliente que, apesar de o pequeno costume verde envergado pela manequim ser de material High Meadow Loom tecido à mão e com desenho do próprio senhor McNair, ele podia ser adquirido pela bagatela de trezentos dólares. Pensei no marido da cliente, tive um calafrio e fiz figa enquanto entrava no elevador. E anotei mentalmente: "Isso aqui é uma espelunca assustadora".

O andar de cima era igualmente elegante, mas mais

silencioso. Não havia nenhuma mercadoria à vista, nem vendedoras, nem clientes. Um corredor longo e amplo tinha portas de ambos os lados, a intervalos, com gravuras e reproduções de cenas de caçadas dispostas aqui e ali no revestimento de madeira das paredes; e no amplo *hall* em que emergimos do elevador havia cadeiras com estofamento em seda, cinzeiros de pé alto dourados e espessos tapetes em cores escuras. Notei isso num relance e então concentrei a minha atenção no lado do *hall* oposto ao corredor, onde duas deusas estavam sentadas num pequeno sofá. Uma delas, loura de olhos azul-escuros, era tão maravilhosa que não pude senão fitá-la; a outra, um pouco menor e de cabelos castanho-claros, ainda que não fosse igualmente extraordinária, seria vencedora certa num concurso para Miss Rua 52.

A loura cumprimentou-nos com um movimento da cabeça; a menor disse: "Olá, Lew".

Llewellyn Frost retornou o aceno de cabeça. "Oi, Helen. Vejo-a mais tarde."

Enquanto seguíamos pelo corredor, eu disse a Wolfe: "Viu aquilo? Quero dizer, viu as moças? O senhor deveria circular mais. O que são orquídeas diante de flores como aquelas?".

Ele apenas grunhiu para mim.

Frost bateu à última porta da direita, abriu-a e deu-nos passagem para que o precedêssemos. Era uma sala grande, um pouco estreita mas comprida, e a elegância fora deixada de lado apenas o suficiente para atender às necessidades de um escritório. Os tapetes eram tão espessos como os do saguão, e o mobiliário, da Decorators' Delight. As janelas estavam cobertas por pesadas cortinas de seda amarela que desciam majestosamente em pregas até o assoalho, e a iluminação vinha de lustres de cristal do tamanho de barris.

"Senhor Nero Wolfe. Senhor Goodwin. Senhor McNair", apresentou Frost.

O homem que estava sentado à escrivaninha de pés entalhados ergueu-se e estendeu uma manzorra, sem entusiasmo. "Como vão, cavalheiros? Sentem-se. Mais uma cadeira, Lew?"

Wolfe olhou severo. Relanceei em volta, para as cadeiras, e vi que precisava agir rápido, pois sabia que ele era perfeitamente capaz de deixar-nos plantados por menos do que aquilo, e, tendo conseguido trazê-lo até aquele ponto, eu pretendia mantê-lo ali. Assim, fui até o outro lado da escrivaninha e pus uma mão na cadeira de Boyden McNair. Ele ainda estava em pé.

"Se não se importa, senhor McNair. O senhor Wolfe prefere uma cadeira espaçosa. As outras são muito estreitas. O senhor não se importa, não é?"

Àquela altura eu já a empurrara para perto de Wolfe. McNair olhava espantado. Levei-lhe uma cadeira da Decorators' Delight, lancei-lhe um sorriso, dei novamente a volta à escrivaninha e sentei-me junto de Llewellyn Frost.

"Bem, Lew, você sabe que estou ocupado. Contou a estes cavalheiros que concordei em conceder-lhes quinze minutos?"

Frost olhou de relance para Wolfe e, então, de volta para McNair. Eu podia ver as suas mãos, dedos entrelaçados, repousando sobre as suas coxas; os dedos se apertavam com força. "Disse-lhes que eu tinha convencido o senhor a recebê-los. Não creio que quinze minutos irão bastar..."

"Terão de bastar. Estou ocupado. Esta é uma época de muito trabalho." McNair tinha uma voz fraca e tensa, e ficava mudando de posição em sua cadeira, isto é, na sua cadeira temporária. Ele prosseguiu: "De qualquer forma, de que adianta? O que posso fazer?". Espalmou as mãos, espiou o relógio de pulso e olhou para Wolfe. "Prometi quinze minutos ao Lew. Estou à disposição do senhor até as onze e vinte."

Wolfe sacudiu a cabeça. "A julgar pela história contada pelo senhor Frost, vou precisar de mais tempo. Diria que umas duas horas ou mais."

"Impossível", cortou McNair. "Estou ocupado. Agora, catorze minutos."

"Isto é absurdo." Wolfe apoiou as mãos nos braços da cadeira emprestada e alçou-se sobre os pés. Com um movimento da mão calou uma exclamação de Frost, baixou os olhos para McNair e disse calmamente: "Eu não precisava ter vindo aqui para vê-lo, senhor. Vim em reconhecimento por um gesto idiota, mas encantador, concebido e executado pelo senhor Frost. Sei que o senhor Cramer, da polícia, teve várias conversas com o senhor e que ele está terrivelmente insatisfeito com a falta de progresso na investigação que realiza sobre o assassinato de uma funcionária sua e que ocorreu dentro das suas instalações. O senhor Cramer tem minha capacidade em alta conta. Vou telefonar-lhe dentro de uma hora e sugerir-lhe que leve o senhor — e outras pessoas — ao meu escritório". Wolfe sacudiu o dedo indicador. "Por muito mais tempo do que quinze minutos."

Começou a andar. Levantei-me. Frost foi atrás dele. "Espere!", gritou McNair. "Espere um momento, o senhor não compreende!" Wolfe voltou-se e parou. McNair prosseguiu: "Em primeiro lugar, para que tentar me intimidar? Isso é ridículo. Cramer não conseguiria levar-me ao seu escritório, ou a nenhum outro lugar, se eu não quisesse ir, o senhor bem o sabe. É claro, Molly... é claro, o assassinato foi algo terrível. Santo Deus, e eu não sei disso? Naturalmente farei o que puder para ajudar a esclarecê-lo. Mas para que isto? Contei a Cramer tudo o que sei e o repassamos uma dúzia de vezes. Sente-se". Ele puxou um lenço do bolso, passou-o sobre a testa e o nariz, ia recolocá-lo no bolso, mas acabou por jogá-lo sobre a escrivaninha. "Vou ter um colapso. Sente-se. Trabalhei catorze horas por dia para aprontar a coleção de primavera, o suficiente para matar um sujeito, e aí ainda me acontece isto. O senhor foi arrastado por Lew Frost. Que diabos sabe ele a respeito?" Olhou ferozmente para Frost. "Contei o que sei à polícia, repetidas vezes, até não agüentar mais. Sente-se, vamos! De qualquer modo, dez minutos são suficientes para o que eu sei. É o que torna tudo pior, pois como eu disse a Cramer, ninguém sabe de coisa alguma. E Lew Frost sabe ainda menos." De novo encarou o rapaz com ferocidade. "Você sabe muito bem que está tentando usar isso apenas como um meio de arrancar Helen daqui." Transferiu o olhar para Wolfe: "Espera que eu lhe conceda algo melhor do que a mais elementar cortesia? Por que deveria?".

Wolfe voltara à sua cadeira e se afundara nela, sem tirar os olhos do rosto de McNair. Frost começou a falar algo, mas, com um aceno de cabeça, eu o fiz calar-se. McNair apanhou o lenço, passou-o sobre a testa e o jogou novamente sobre o tampo da escrivaninha. Abriu a gaveta superior direita do móvel, olhou dentro dela e resmungou: "Onde, diabos, estão aquelas aspirinas?". Abriu a gaveta da esquerda, enfiou a mão, tirou um pequeno vidro e o sacudiu, fazendo cair dois comprimidos na palma da mão; encheu um copo pela metade com água de uma garrafa térmica, jogou os comprimidos dentro da boca e os engoliu com um pouco do líquido.

Olhou para Wolfe e queixou-se, ressentido: "Estou com uma dor de cabeça infernal há duas semanas. Tomei uma tonelada de aspirina, mas ela não faz efeito. Vou ter um colapso. Essa é a verdade...".

Alguém bateu e a porta se abriu. A intrusa era uma mulher vistosa, alta, trajando um vestido preto com carreiras de botões brancos. Ela entrou, polidamente olhou em torno e, com ar de requinte, disse: "Perdoemme, por favor". Olhou para McNair: "Esse recurso 1241, o tabi de cashmere com a tira de sarja, podemos fazê-lo, em lugar do tabi, com dois tons de lã natural shetland entrelaçados?".

McNair franziu o cenho para ela e perguntou: "O quê?".

Ela tomou fôlego: "Esse recurso 1241...".

"Ora, eu ouvi. Não podemos. A coleção está pronta, como sabe, senhora Lamont."

"Eu sei. A senhora Frost é que o quer."

McNair empertigou-se. "A senhora Frost? Ela está aqui?"

A mulher moveu afirmativamente a cabeça. "Ela está fazendo um pedido. Eu lhe disse que o senhor estava ocupado. Ela está levando dois dos conjuntos Portsmouth."

"Oh. Ela está, é?" Subitamente McNair parou de agitar-se e a sua voz, apesar de continuar fraca, soava mais sob controle. "Quero vê-la. Pergunte-lhe se seria inconveniente esperar até eu terminar aqui."

"E o 1 241 em dois tons de shetland..."

"Sim. É claro. Acrescente cinqüenta dólares ao preço."

A mulher fez que sim com a cabeça, desculpou-se mais uma vez e saiu.

McNair deu uma espiada em seu relógio de pulso, mais outra, severa, no jovem Frost e olhou para Wolfe: "O senhor ainda pode dispor de dez minutos".

Wolfe sacudiu a cabeça. "Não vou precisar deles. O senhor está nervoso, senhor McNair. Está transtornado."

"O quê? Não vai precisar deles?"

"Não. O senhor provavelmente leva uma vida demasiado ativa, correndo de um lado para outro para vestir mulheres." Wolfe estremeceu. "Horrível. Gostaria de fazer-lhe duas perguntas. Em primeiro lugar, com relação à morte de Molly Lauck, o senhor teria algo a acrescentar ao que contou ao senhor Cramer e ao senhor Frost? Sei muito bem o que contou. Algo de novo?"

"Não." McNair estava carrancudo. Pegou seu lenço e o passou na testa. "Não. Nada."

"Muito bem. Então seria inútil tomar mais do seu tempo. A outra pergunta: será que alguém poderia me indicar uma sala à qual alguns de seus empregados possam me ser enviados para uma conversa? Tentarei demorar o mínimo possível. Particularmente a senhorita Helen Frost, a senhorita Thelma Mitchell e a senhora Lamont. Suponho que o senhor Perren Gebert não se encontra aqui..."

"Gebert?", irrompeu McNair. "Por que, diabos, ele deveria estar aqui?"

"Não sei." Wolfe ergueu os ombros um centímetro e os baixou novamente. "Estou perguntando. Soube que ontem fez uma semana que ele esteve aqui, no dia em que a senhorita Lauck morreu, quando o senhor estava fazendo o seu desfile. Creio que chama isso de desfile."

"Fiz um desfile, sim. Gebert apareceu. Muita gente esteve aqui. Quanto a falar com as garotas e a senhora Lamont, se não demorar muito, pode fazê-lo aqui. Preciso ir para o térreo."

"Preferiria algo menos... mais humilde, se me fizer o favor."

"Como queira." McNair ergueu-se. "Leve-os para uma das cabines, Lew. Avisarei a senhora Lamont. O senhor quer que ela seja a primeira?"

"Gostaria de começar com as senhoritas Frost e Mitchell. Juntas."

"O senhor poderá ser interrompido, se precisarem delas."

"Serei paciente."

"Está bem. Você as avisa, Lew?"

Ele olhou em torno, pegou seu lenço de cima da escrivaninha, enfiou-o no bolso e saiu apressado.

Llewellyn Frost, enquanto se levantava, começou a protestar: "Não entendo por que o senhor não...".

Wolfe interrompeu-o. "Senhor Frost, eu suporto apenas até o meu limite. Obviamente o senhor McNair está doente, mas o senhor não pode querer maior tolerância. Não esqueça que é responsável por esta expedição grotesca. Onde fica a tal cabine?"

"Bem, eu estou pagando para isso."

"Não o adequado. Não conseguiria. Venha, senhor!"

Frost conduziu-nos para fora, de volta pelo corredor, e abriu a última porta à esquerda. Acendeu as luzes, disse que retornaria logo e desapareceu. Olhei ao redor. Era uma pequena sala apainelada, com uma mesa, um cinzeiro de pé, espelhos para corpo inteiro e três delicadas cadeiras forradas de seda. Continuando em pé, Wolfe olhou para aquilo e seus lábios estreitaram-se.

"Repugnante. Eu não vou... não vou", disse.

Sorri divertido para ele. "Sei perfeitamente que não vai e, por uma vez, não o culpo por isso. Vou buscá-la."

Saí, segui pelo corredor até o escritório de McNair, entrei, alcei sua cadeira sobre o meu ombro e retornei com ela para a cabine. Frost e as duas deusas estavam entrando quando cheguei lá. Ele saiu para buscar outra cadeira e eu depositei com força o meu troféu atrás da mesa, comentando para Wolfe: "Se o senhor se afeiçoar a ela, vamos levá-la para casa conosco". Frost retornou com a sua contribuição e eu lhe disse: "Vá e consiga três garrafas de cerveja gelada, um copo e um abridor. Temos de mantê-lo vivo".

Ele ergueu as sobrancelhas: "O senhor está louco".

"Estava louco quando sugeri aquela carta dos sujeitos das orquídeas? Vá pegar a cerveja", murmurei.

Ele foi. Instalei-me em uma das cadeiras, com a maravilha loura de um lado e a sílfide do outro. Wolfe farejava o ar. De repente, perguntou:

"Todas essas cabines são perfumadas como esta?"

"Sim, são." A loura sorriu para ele. "Não somos nós."

"Não, o perfume já estava antes de entrarem. Pfff! E as senhoritas trabalham aqui. São chamadas de manequins?"

"É do que nos chamam. Eu sou Thelma Mitchell." A loura moveu uma mão graciosa e hábil. "Esta é Helen Frost."

Wolfe fez um aceno com a cabeça e se dirigiu à sílfide: "Por que trabalha aqui, senhorita Frost? Não precisa disso, precisa?".

Helen Frost olhou-o nos olhos, mantendo um pequeno vinco entre as sobrancelhas. Disse-lhe calmamente: "Meu primo comentou que o senhor deseja fazer algumas perguntas sobre... sobre Molly Lauck".

"Realmente." Wolfe recostou-se com cautela para ver se a cadeira o suportaria. Como não houvesse nenhum estalido, acomodou-se. "Entenda o seguinte, senhorita Frost: sou detetive. Por isso, ainda que eu possa ser acusado de incompetência ou de imbecilidade, não posso ser acusado de impertinência. Por mais tolas ou irrelevantes que minhas perguntas eventualmente lhe pareçam, para mim elas podem estar recheadas do mais profundo significado e das mais sinistras implicações. Essa é a tradição da minha profissão. Na realidade, eu estava apenas fazendo um esforço para travar conhecimento com a senhorita."

Ela continuava olhando-o direto nos olhos. "Estou fazendo isto como um favor para o meu primo Lew. Ele não me pediu para tornar-me sua conhecida." Ela engoliu em seco. "Ele me pediu para responder a perguntas sobre a segunda-feira passada."

Wolfe inclinou-se para a frente e disparou: "Só como um favor para o seu primo? Molly Lauck não era sua amiga? Ela não foi assassinada? Não está interessada em colaborar?".

Ela não pareceu muito abalada; engoliu em seco novamente, mas ficou firme. "Interessada... sim. É claro. Mas eu contei à polícia... Não vejo o que Lew... Não vejo por que o senhor..." Interrompeu-se, empinou a cabeça e indagou: "Eu já não falei que vou responder às suas perguntas? É medonho... é uma coisa medonha...".

"De fato." Wolfe voltou-se abruptamente para a loura. "Senhorita Mitchell. Soube que, na tarde daquela segunda-feira, isto é, fez ontem uma semana, a senhorita tomou o elevador no térreo às quatro e vinte, juntamente com senhorita Frost, e dele saíram neste andar. Certo?"

Ela concordou com um movimento da cabeça.

"E não havia ninguém aqui; isto é, a senhorita não viu ninguém. Caminhou pelo corredor até a quinta porta à esquerda, defronte ao escritório do senhor McNair, e entrou naquela sala, que é um apartamento utilizado como toalete para as quatro modelos que trabalham aqui. Molly Lauck estava lá dentro. Certo?"

De novo ela assentiu com a cabeça.

"Conte o que aconteceu", disse Wolfe.

A loura tomou fôlego. "Bem, começamos a conversar sobre o desfile, sobre os clientes e assim por diante. Nada de especial. Ficamos nisso por uns três minutos e então, de repente, Molly disse ter esquecido, enfiou a mão sob o casaco e puxou uma caixa..."

"Permita-me. Quais foram as palavras da senhorita Lauck?"

"Ela disse apenas que havia esquecido que tinha surripiado uma coisa..."

"Não. Por favor. O que foi que ela disse. As palavras exatas."

A loura o encarou fixamente. "Bem, se eu conseguir. Deixe-me ver, ela disse: 'Oh, esqueci, garotas: surripiei uma coisa. Peguei-a sem deixar vestígios'. Enquanto dizia isso, retirou uma caixa que estava sob o casaco..."

"Onde estava o casaco?"

"Era o casaco dela, estendido sobre a mesa."

"Onde estava a senhorita?"

"Eu? Estava exatamente ali, em pé, ali. Ela estava sentada sobre a mesa."

"Onde estava a senhorita Frost?"

"Ela estava... ela estava do outro lado, junto ao espelho, ajeitando os cabelos. Não estava, Helen?"

A sílfide simplesmente assentiu com a cabeça. Wolfe disse:

"E depois? Exatamente. As palavras exatas."

"Bem, ela me entregou a caixa, eu a peguei, abri e disse..."

"Ela já tinha sido aberta antes?"

"Não sei. Ela não estava embrulhada, não tinha nenhuma fita ou nenhuma outra coisa nela. Abri-a e disse: 'Puxa, é quase um quilo! E estão intocados. Onde você os pegou, Molly?'. Ela respondeu: 'Eu disse a vocês, surripiei-os. São bons?'. E convidou Helen a se servir..."

"As palavras dela."

A senhorita Mitchell franziu as sobrancelhas. "Eu não sei. Apenas 'Pegue alguns, Helen', ou 'Junte-se à festa, Helen'... algo assim. De qualquer modo, Helen não pegou nenhum..."

"O que foi que ela disse?"

"Não sei. O que foi que você disse, Helen?"

A senhorita Frost falou sem engolir em seco: "Não me lembro. Eu tinha acabado de tomar uns coquetéis e não queria nenhum".

A loura concordou: "Algo assim. Então Molly pegou um e eu peguei um..."

"Por favor." Wolfe sacudiu um dedo indicador na direção dela. "A senhorita estava segurando a caixa?"

"Sim. Molly havia me passado a caixa."

"A senhorita Frost não chegou a tomá-la nas mãos?"

"Não, eu lhe falei, ela disse que não queria nenhum. Nem chegou a olhar para a caixa."

"E a senhorita e a senhorita Lauck, cada uma pegou um..."

"Sim. Peguei abacaxi cristalizado. Era uma mistura de doces: chocolates, bombons, nozes, frutas cristalizadas, tudo. Eu comi o meu. Molly colocou o dela na boca, de uma vez, e, depois que o mordeu, disse... ela disse que o gosto era forte..."

"As palavras, por favor."

"Bem, ela disse, deixe-me ver: 'Meu Deus, é superforte! Mas nada mau, posso agüentar'. Fez uma careta, mas mastigou e o engoliu. Então... bem... o senhor não acreditaria como foi rápido..."

"Tentarei. Conte-me."

"Não demorou mais de meio minuto, tenho certeza. Peguei outro doce e o estava comendo enquanto Molly olhava dentro da caixa, dizendo algo sobre tirar o gosto da sua boca..."

Ela parou, porque a porta se abriu de súbito. Llewellyn Frost surgiu, carregando um saco de papel. Levantei-me e peguei o saco, retirei de dentro abridor, copo, garrafas e arrumei tudo diante de Wolfe. Ele segurou o abridor e apalpou uma garrafa.

"Umf! É Schreiner's. Não está muito gelada."

Tornei a sentar-me. "Vai fazer colarinho. Experimente." Ele encheu o copo. Helen Frost dizia ao primo:

"Então você foi atrás disso. O seu detetive quer saber exatamente o que eu disse, minhas palavras exatas, e pergunta à Thelma se peguei a caixa de doces..."

Frost deu-lhe uns tapinhas no ombro. "Vamos, Helen. Mantenha a calma. Ele sabe o que faz..."

Uma garrafa vazia, bem como o copo. Frost sentou-se. Wolfe enxugou os lábios.

"Dizia então, senhorita Mitchell, que a senhorita Lauck falou em tirar o gosto da boca."

A loura fez que sim. "E então... bem... repentinamente retesou-se toda e fez um ruído. Ela não gritou, foi só um ruído, um ruído horrível. Desceu da mesa, depois se apoiou nela e seu rosto estava completamente contorcido... estava... contorcido. Olhou para mim com olhos arregalados, sua boca se abriu e fechou novamente, mas ela não conseguia dizer nada; de súbito, estremeceu por inteiro, esticou a mão na minha direção e agarrou o meu cabelo... e... e..."

"Sim, senhorita Mitchell?"

A loura engoliu em seco. "Bem, quando ela caiu, arrastou-me consigo, pois estava agarrada em meu cabelo. Eu estava aterrorizada, é claro. Soltei-me com um safanão. Mais tarde, quando o médico... quando chegou gente, ela estava com um punhado do meu cabelo preso entre seus dedos."

Wolfe olhou-a: "Tem bons nervos, senhorita Mitchell".

"Não sou uma manteiga derretida. Chorei um bocado depois de chegar em casa naquela noite, chorei tudo o que tinha para chorar. Mas na hora não chorei. Helen estava em pé encostada à parede, tremendo, olhar fixo, não podia se mover, como ela própria lhe contará. Corri para o elevador e gritei por socorro. Depois corri de volta, recoloquei a tampa na caixa de doces e fiquei segurando-a até que o senhor McNair veio, quando então a entreguei para ele. Molly estava morta, eu podia perceber. Ela estava toda encolhida. Caiu já morta." Engoliu em seco novamente. "Talvez o senhor possa explicar para mim. O médico disse que foi algum tipo de ácido, e no laudo estava cianeto de potássio."

Lew Frost intrometeu-se: "Ácido cianídrico. A polícia diz... é a mesma coisa. Eu lhe contei isso, não contei?".

Wolfe agitou o indicador para ele. "Por favor, senhor Frost. Sou eu quem deve merecer os honorários; o senhor, pagá-los. Então, senhorita Mitchell, não sentiu nenhum mal-estar com os dois doces que comeu. E a senhorita Lauck comeu só um."

"Isso é tudo." A loura estremeceu. "É terrível pensar que existe uma coisa que pode matar a gente com tal rapidez. Ela nem pôde falar. Dava para ver a coisa tomá-la por completo, na hora em que tremeu inteira. Fiquei segurando a caixa, mas me livrei dela assim que vi o senhor McNair."

"Então, como fiquei sabendo, a senhorita correu."

Ela balançou a cabeça, confirmando: "Corri para o banheiro". Fez uma careta. "Precisava vomitar. Eu tinha comido dois pedaços."

"De fato. Muito eficaz." Wolfe abrira outra garrafa e estava enchendo o copo. "Voltando um pouquinho atrás. A senhorita não tinha visto aquela caixa de doces antes de a senhorita Lauck a retirar debaixo do casaco?"

"Não, não tinha."

"O que a senhorita supõe que ela quis dizer quando comentou que a surripiara?"

"Ora... quis dizer... que a viu em algum lugar e a pegou."

Wolfe voltou-se. "Senhorita Frost. O que a senhorita supõe que a senhorita Lauck quis dizer com aquilo?"

"Acho que quis dizer exatamente o que disse, que a surripiara. Que a tinha roubado."

"Isso era costumeiro dela? Era uma ladra?"

"Claro que não. Ela apenas pegou uma caixa de doces. Fez isso por brincadeira, suponho. Ela gostava de aprontar, de fazer coisas assim."

"As senhoritas haviam visto a caixa antes de ela a ter mostrado naquela sala?"

"Não."

Wolfe esvaziou seu copo em cinco goles, um hábito, e enxugou os lábios. Seus olhos, semifechados, pousavam sobre a loura. "Creio que a senhorita, naquele dia, havia almoçado com a senhorita Lauck. Fale-nos sobre isso."

"Bem... Molly e eu saímos juntas por volta da uma hora. Estávamos com fome porque tínhamos trabalhado duro, o desfile havia começado às onze. Mas fomos só até a loja de conveniência depois da esquina, pois tínhamos de estar de volta em vinte minutos para dar uma chance a Helen e às moças extras. O desfile deveria ser das onze às duas, mas sabíamos que continuariam chegando clientes. Comemos sanduíches, creme, e voltamos em seguida."

"Viu a senhorita Lauck surripiar a caixa de doces na loja?"

"É claro que não. Ela não faria isso."

"A senhorita mesma pegou a caixa na loja e a trouxe consigo?"

A senhorita Mitchel fitou-o. Enojada, disse: "Pelo amor de Deus. Não!".

"Tem certeza de que a senhorita Lauck não a pegou em outro lugar enquanto saíram para almoçar?"

"É claro que tenho. Eu estava com ela."

"E ela não tornou a sair durante a tarde?"

"Não. Ficamos trabalhando juntas até as três e meia, quando houve uma pausa e ela subiu; pouco depois, Helen e eu subimos e a encontramos aqui. Lá no toalete."

"E ela comeu um doce e morreu; a senhorita comeu dois, mas não morreu." Wolfe deu um suspiro. "É claro que existe a possibilidade de ela ter trazido a caixa consigo quando veio para o trabalho naquela manhã."

A loura fez que não com a cabeça. "Pensei nisso. Todos falamos sobre essa possibilidade. Mas ela não tinha nenhum pacote. De qualquer modo, onde a caixa poderia ter ficado a manhã inteira? Não estava no toalete e não havia outro lugar..."

Wolfe balançou a cabeça, concordando. "Isto é que é o diabo. É história gravada. A senhorita não está de fato me relatando, de acordo com a sua memória fresca e imediata, o que ocorreu na segunda-feira passada. Está apenas repetindo a conversa em que ficou esquematizada... Não se ofenda, por favor; a senhorita não tem como evitá-lo. Eu precisaria ter estado aqui na tarde da segunda-feira da semana passada — ou melhor, eu não deveria ter estado aqui de todo. Eu não deveria estar aqui agora." Fez cara feia para Llewellyn Frost. Então lembrou da cerveja, encheu o copo e bebeu.

Ele olhou de uma moça para a outra. "As senhoritas sabem, é claro, qual é o problema. Naquela segunda-feira havia mais de uma centena de pessoas aqui, a maioria mulheres, mas também alguns homens, para aquele desfile. Foi um dia frio de março e todo mundo estava de casaco. Quem trouxe aquela caixa de doces?

35

Os policiais interrogaram praticamente todos. Também interrogaram todo mundo que tem ligação com este estabelecimento. Não encontraram ninguém que tenha visto a caixa ou que admita saber alguma coisa sobre ela. Ninguém que tenha visto a senhorita Lauck com ela ou que faça uma idéia de onde ela poderia tê-la obtido. É uma situação impossível!"

Wolfe sacudiu o indicador na direção de Frost. "Eu lhe disse, senhor, este caso não está dentro do meu campo. Sei usar um dardo ou um florete, mas não posso montar armadilhas por todo o território da polícia metropolitana. Quem trouxe o veneno para cá? A quem estava destinado? Deus sabe, mas não estou preparado para recorrer a Ele, não importa quantos orquidófilos sejam coagidos a assinar cartas idiotas. E duvido que valha a pena, para mim, esforçar-me pela segunda metade dos honorários, já que a sua prima — a sua ortoprima — se recusa a tornar-se minha conhecida. Com relação à primeira metade, o esclarecimento da morte da senhorita Lauck, só poderia fazê-lo se conseguisse entrevistar todas as pessoas que estiveram neste local na segunda-feira da semana passada; e duvido que o senhor possa convencer até mesmo as inocentes a passarem pelo meu escritório."

Lew Frost vociferou: "É o seu trabalho. O senhor o aceitou. Se não está à altura...".

"Bobagem. Um engenheiro de pontes por acaso escava trincheiras?" Wolfe abriu a terceira garrafa. "Creio que não lhe agradeci pela cerveja. Pois lhe agradeço. Garanto-lhe, senhor, que este problema se encontra perfeitamente ao alcance das minhas habilidades na medida em que é possível aplicá-las a ele. Nesse sentido, por exemplo, veja a senhorita Mitchell aqui. Estará ela dizendo a verdade? Terá ela assassinado Molly Lauck? Vamos descobrir." Voltou-se e se tornou mordaz: "Senhorita Mitchell, come muito doce?".

"O senhor está bancando o esperto", respondeu ela.

"Peço-lhe que seja indulgente comigo. Não vai magoá-la, com os nervos que tem. A senhorita come muito doce?"

Ela retesou os ombros e depois os relaxou.

"De tempos em tempos. Preciso tomar cuidado. Sou uma modelo e me cuido."

"Qual é o seu doce predileto?"

"Frutas cristalizadas. Também gosto de nozes."

"Naquela segunda-feira, a senhorita tirou a tampa daquela caixa. De que cor era?"

"Marrom. Um marrom-dourado."

"De que tipo? O que estava escrito na tampa?"

"Estava escrito... estava escrito *Miscelânea*. Algum tipo de miscelânea."

Wolfe cortou: "'Algum tipo?' A senhorita quer dizer que não se lembra do que estava escrito na tampa?".

Ela fechou a cara para ele. "Não... não lembro. Engraçado. Eu pensei que..."

"Eu também. A senhorita olhou para ela e tirou a tampa; recolocou-a mais tarde e ficou segurando a caixa, sabendo que havia um veneno mortal dentro dela, e não teve sequer a curiosidade de..."

"Espere um minuto. O senhor não é tão esperto assim. Molly estava morta no chão, todo mundo se apinhando dentro da sala e eu procurava o senhor McNair para entregar-lhe a caixa, não queria ficar com aquela maldita coisa e certamente não estava pensando em questões que me deixassem curiosa." Fechou a cara novamente. "No entanto, é curioso que eu realmente não tenha visto o nome."

Wolfe assentiu. Dirigiu-se abruptamente a Lew Frost. "Está vendo, senhor, como se faz. O que se deduz do desempenho da senhorita Mitchell? Ela está fingindo que não sabe o que havia escrito naquela tampa ou podemos acreditar que ela realmente não notou? Estou meramente demonstrando. Para um outro exemplo, considere a sua prima." Voltou os olhos e disparou para ela: "Senhorita Frost, come doces?".

Ela olhou para o primo: "Isto é necessário, Lew?".

Frost corou. Abriu a boca, mas Wolfe disparou:

"A senhorita Mitchell não se recusou. É claro, ela tem bons nervos."

A sílfide voltou os olhos para ele. "Não há nada errado com os meus nervos. Mas este modo barato de... Ora, bem, eu como doces. Mas prefiro caramelos e, já que trabalho como modelo e tenho de me cuidar, limito-me a eles."

"Caramelos de chocolate? De nozes?"

"De qualquer tipo. Caramelos. Gosto de mastigá-los."

"Com que freqüência os consome?"

"Uma vez por semana, talvez."

"A senhorita mesma os compra?"

"Não, não tenho oportunidade para isso. Meu primo sabe da minha preferência e me envia caixas de caramelos da Carlatti. Com freqüência excessiva. Sou obrigada a dar a maior parte."

"A senhorita gosta muito de balas?"

Ela meneou a cabeça afirmativamente: "Muito".

"Considera difícil resistir quando lhe são oferecidas?"

"Por vezes, sim."

"Na tarde daquela segunda-feira, a senhorita trabalhou muito? Estava cansada? Teve um almoço rápido e leve?"

Ela continuava tolerando: "Sim".

"Então, quando a senhorita Lauck lhe ofereceu caramelos, por que não aceitou um?"

"Ela não me ofereceu caramelos. Não havia nenhum naquela..." Ela se interrompeu. Olhou rapidamente para o lado, para o primo, e então pousou o olhar novamente em Wolfe: "Quero dizer, supus que não...".

"Supôs?" A voz de Wolfe subitamente aveludou-se. "A senhorita Mitchell não conseguiu lembrar o que estava escrito na tampa daquela caixa. A senhorita consegue, senhorita Frost?"

"Não. Não sei."

"A senhorita Mitchell disse que a senhorita não manuseou a caixa. Que estava diante do espelho, ajeitando os cabelos; a senhorita nem olhou para a caixa. Isso está correto?"

Ela o encarava. "Sim."

"A senhorita Mitchell também disse que recolocou a tampa na caixa e que a ficou segurando até entregá-la ao senhor McNair. Está correto?"

"Não sei. Eu... eu não reparei."

"Não. É natural, naquelas circunstâncias. Mas depois de a caixa ter sido dada ao senhor McNair, daquele

39

momento até ele entregá-la à polícia, a senhorita não a viu? Não teve oportunidade de examiná-la?"

"Eu não a vi, não."

"Só mais uma coisa, senhorita Frost... E isto conclui a demonstração: tem certeza de que não sabe o que havia estampado naquela tampa? Não seria uma marca com que está familiarizada?"

Ela sacudiu a cabeça: "Não faço idéia".

Wolfe recostou-se na cadeira e suspirou. Pegou a terceira garrafa, encheu o copo e observou o movimento da espuma. Ninguém falou. Ficamos apenas olhando enquanto ele bebia. Depôs o copo, enxugou os lábios e olhou direto para o seu cliente.

"Aí está, senhor Frost", disse calmamente. "Mesmo numa curta demonstração, sem a expectativa de qualquer resultado, algo aflorou. Segundo o próprio testemunho, a sua prima nunca viu o conteúdo daquela caixa depois de a senhorita Lauck tê-la surripiado. Ela não sabe de que marca era, de modo que não tinha como estar familiarizada com o seu conteúdo. Ainda assim, ela sabia, efetivamente, que não havia balas dentro dela. Portanto: ela viu o conteúdo da caixa em algum lugar, em algum momento, *antes* de a senhorita Lauck surripiá-la. Isso, meu senhor, é dedução. Foi isso que eu quis dizer quando falei de entrevistar todas as pessoas que estavam neste local na segunda-feira da semana passada."

Olhando-o com raiva, Lew Frost balbuciou: "O senhor chama isso... De que diabos chama isso? A minha prima...".

"Eu lhe disse: dedução."

A sílfide permanecia sentada, pálida, o olhar fixo em Wolfe. Por duas vezes abriu a boca, mas fechou-a sem falar. Thelma Mitchell intrometeu-se:

"Ela não disse que não havia caramelos na caixa. Disse apenas..."

Wolfe espalmou a mão na direção dela: "Querendo dar uma de leal, senhorita Mitchell? Envergonhe-se. A lealdade maior, aqui, é para com a morta. O senhor Frost arrastou-me para cá porque Molly Lauck morreu. Contratou-me para descobrir como e por quê. Bem, senhor, foi ou não foi?".

Frost vociferou: "Não o contratei para fazer truques com duas moças nervosas. Ouça, seu maldito imbecil gordo: sobre este assunto, eu sei mais do que o senhor jamais poderia descobrir em uma centena de anos! Se acha que vou lhe pagar... E agora, o que é? Aonde vai? Qual é a jogada agora? Volte já para aquela cadeira, estou lhe dizendo...".

Wolfe erguera-se sem pressa, dera a volta à mesa; de lado, passara pelos pés de Thelma Mitchell. Frost erguera-se de um salto e, com os braços estendidos à frente, preparava-se para, com a ajuda do próprio corpo, impedi-lo de sair.

Levantei-me e me coloquei na frente de Llewellyn: "Não force, homem". Eu queria esmurrá-lo de imediato, mas ele teria caído sobre uma dama. "Acalme-se, por favor. Vamos, para trás."

Ele me olhou feio, mas não foi além. Wolfe escapulira lateralmente da tentativa de bloqueio e seguira até a porta; naquele instante alguém bateu, a porta se abriu e a bela mulher de vestido preto com carreiras de botões brancos surgiu. Ela entrou.

"Desculpem-me, por favor." Relanceou os olhos em torno, composta, e pousou-os em mim. "O senhor poderia dispensar a senhorita Frost? Precisam dela lá embaixo. O senhor McNair disse que o senhor deseja falar comigo. Posso ceder-lhe uns poucos minutos agora."

Olhei para Wolfe. Inclinando a cabeça cinco centímetros, ele fez uma mesura para a mulher. "Muito obrigado, senhora Lamont. Não será necessário. Fizemos um excelente progresso; mais do que uma expectativa razoável permitiria esperar. Archie, você pagou pela cerveja? Dê um dólar ao senhor Frost. Isso deve bastar."

Peguei minha carteira, tirei uma nota de dólar e a depositei sobre a mesa. Uma olhadela rápida permitiu-me ver que Helen Frost estava pálida, que Thelma Mitchell olhava interessada e que Llewellyn parecia pronto para cometer homicídio. Wolfe saíra da sala. Fiz o mesmo e me juntei a ele, que pressionava o botão para chamar o elevador.

Disse-lhe: "Aquela cerveja não podia custar mais do que um quarto de dólar a garrafa, 75 cents as três".

Ele assentiu com a cabeça: "Acrescente a diferença na conta dele".

No andar térreo, marchamos em meio à agitação sem nos determos. McNair estava do outro lado, conversando com uma mulher de tamanho médio, cabelos escuros, costas eretas e uma boca arrogante; virei minha cabeça para uma segunda olhada, conjeturando tratar-se da mãe de Helen Frost. Uma deusa que eu não vira antes desfilava num leve sobretudo marrom diante de uma gordalhona que segurava um cachorro, e mais três ou quatro pessoas estavam dispersas em torno. Um instante antes de alcançarmos a porta da rua, esta se abriu e entrou um homem, um sujeito alto e largo com uma cicatriz na face. Eu sabia tudo sobre aquela cicatriz. Acenei-lhe com a cabeça.

"Olá, Purley."

Ele parou e olhou fixamente, não para mim, mas para Wolfe: "Em nome de Deus! Você fez o quê para tirá-lo de casa? Disparou-o com um canhão?".

Sorri e continuei andando.

A caminho de casa, falando por cima do meu ombro, fiz algumas tentativas de iniciar uma conversação amistosa. Sem êxito. Tentei:

"Essas modelos são criaturas bonitas, hein?"

Não pegou. Tentei de novo:

"O senhor reconheceu aquele cavalheiro que encontramos na saída? Nosso velho amigo Purley Stebbins do Esquadrão de Homicídios. Um dos assalariados de Cramer."

Nenhuma resposta. Comecei a procurar por um bom buraco na rua.

3

O primeiro telefonema de Llewellyn Frost veio por volta da uma e meia da tarde, quando Wolfe e eu dávamos o destino certo a uma lingüiça condimentada com dez tipos de ervas — ele a recebia, todas as primaveras, de um suíço que vivia perto de Chappaqua e que as produzia com carne de porcos criados em casa. Fritz Brenner, o *chef* e orgulho da administração doméstica, tinha instruções para dizer a Llewellyn que o senhor Wolfe se encontrava à mesa e não podia ser incomodado. Eu queria atender o telefonema, mas Wolfe me deteve fazendo um sinal com um dedo. O segundo chamado veio um pouco depois das duas horas, enquanto Wolfe, sem pressa, sorvia o café; fui ao escritório atender.

Frost estava preocupado e exasperado. Quis saber se poderia encontrar Wolfe em casa às duas e meia; eu lhe disse que sim, que ele provavelmente ficaria em casa para todo o sempre. Depois que desligamos, permaneci à minha escrivaninha, remexendo algumas coisas; passados alguns minutos, Wolfe entrou, pacífico e afável, mas pronto a melindrar-se com qualquer tentativa de agitação, estado em que sempre ficava depois de uma refeição completa e feita com vagar.

Sentou-se à sua escrivaninha, deu um suspiro de

felicidade e olhou as paredes em torno — as estantes de livros, mapas, os Holbeins, mais estantes de livros, a gravura de Brillat-Savarin. Passado um momento, abriu a gaveta do meio e começou a tirar tampinhas de garrafas de cerveja, empilhando-as sobre o tampo. Comentou:

"Um pouco menos de estragão e acrescentar uma pitada de cerefólio. Fritz poderia tentar isso da próxima vez. Preciso fazer-lhe a sugestão."

"É", concordei, pois não queria discutir a respeito. Ele sabia perfeitamente que eu adorava estragão. "Mas, se o senhor quer terminar de contar essas tampinhas, é melhor apressar-se. Nosso cliente está a caminho."

"Realmente." Começou a separar as chapinhas em pilhas de cinco. "Maldição, sem contar aquelas três garrafas que bebi fora, acho que já são quatro a mais esta semana."

"Bem, isso é normal." Girei a cadeira. "Ouça, esclareça-me antes de o Frost chegar. O que o levou a concentrar-se na garota Frost?"

Ele ergueu os ombros uns dois centímetros e baixou-os novamente. "Raiva. Aquilo foi o guincho de um rato encurralado. Ali estava eu, encurralado naquele buraco insuportavelmente perfumado, coagido a entrar num caso no qual não havia nada com que começar. Ou, antes, havia demasiado. Além disso, detesto assassinato cometido por descuido. Seja quem for que tenha envenenado aqueles doces, é um asno inepto. Eu só comecei a guinchar." Olhou com desaprovação para as pilhas de tampinhas. "Vinte e cinco, trinta, trinta e três. Mas o resultado foi notável. E bastante conclusivo.

45

Seria irônico se ganhássemos a segunda metade de nossos honorários conseguindo fazer a senhorita Frost ser removida para a prisão. Não que eu considere isso provável. Espero que você não se importe com a minha tagarelice, Archie."

"Não, é bom logo depois de uma refeição. Continue. De qualquer modo, nenhum júri jamais condenaria a senhorita Frost pelo que quer que fosse."

"Suponho que não. Por que deveria? Mesmo a um jurado deve ser permitido fazer o seu tributo à beleza. Mas se a senhorita Frost está destinada a uma provação, suspeito que não seja essa. Você reparou no diamante enorme no dedo dela? E naquele incrustado em sua frasqueira?"

"Notei. E daí? Ela está noiva?"

"Eu não saberia dizer. Notei os diamantes porque não combinam com ela. Você já me ouviu comentar que tenho sensibilidade para fenômenos. A personalidade dela, sua discrição... mesmo levando em conta as circunstâncias atuais... para a senhorita Frost, usar diamantes não é uma coisa natural. Depois, houve a selvagem hostilidade do senhor McNair, que certamente foi não só anormal como desagradável, por mais que ele possa odiar o senhor Llewellyn Frost. E por que o odeia? Mesmo deixando espaço para várias especulações, mais transparente foi o motivo da familiaridade do senhor Frost com um termo tão estranho como 'ortoprima', palavra que pertence estritamente ao vernáculo de um antropólogo... Ortoprimos são aqueles cujos pais ou cujas mães são irmãos ou irmãs; enquanto primos cruzados são aqueles em que o pai ou a mãe de um é, respectivamente, irmão da mãe ou irmã do pai do outro. Em algumas tribos, primos cruzados podem casar-se, mas ortoprimos, jamais. É óbvio que o senhor Frost pesquisou o assunto exaustivamente... Claro, é possível que nenhuma dessas esquisitices tenha relação alguma com a morte de Molly Lauck, mas elas devem ser observadas, junto com muitas outras. Espero não o estar entediando, Archie. Como sabe, esta é a rotina da minha genialidade, ainda que, de hábito, eu não a verbalize. Uma noite, permaneci sentado nesta cadeira por cinco horas, refletindo sobre os fenômenos de Paul Chapin, sua esposa e os membros daquela incrível Liga da Expiação. Estou falando principalmente porque, se eu não o fizer, você começará a farfalhar com papéis só para me aborrecer, e não estou disposto a ser irritado. Aquela lingüiça... Mas a campainha está tocando. Nosso cliente. Ah! Ele ainda é nosso cliente, apesar de poder achar que não é."

Ouviram-se passos no *hall* de entrada e em seguida, de novo, retornando. A porta do escritório abriu-se, Fritz surgiu e anunciou o senhor Frost. Wolfe fez um aceno de cabeça e pediu cerveja. Fritz saiu.

Llewellyn entrou animado. Chegou assim, mas poderia se dizer pelos seus olhos que se tratava de um caso de dupla personalidade. Bem no fundo dos globos oculares ele estava duro de medo. Foi até a escrivaninha de Wolfe e começou a falar como alguém que já estivesse atrasado para nove compromissos.

"Eu poderia ter lhe falado por telefone, senhor Wolfe, mas gosto de tratar dos assuntos cara a cara. Gosto de olhar para um homem e deixar que me olhe. Especialmente para uma coisa como esta. Devo-lhe uma desculpa. Perdi as estribeiras e fiz um maldito papel de idiota. Quero desculpar-me." Ele estendeu a mão. Wolfe olhou-a e, em seguida, para o rosto dele. Llewellyn recolheu novamente a mão, enrubesceu e prosseguiu: "O senhor não deveria ficar com raiva de mim, apenas perdi as estribeiras. De qualquer modo o senhor precisa entender, insisto, que aquilo lá no escritório não foi nada. Helen... a minha prima apenas estava aturdida. Tive uma conversa com ela. Aquilo não significou nada. Claro, ela está toda magoada — já estava, de qualquer forma —, discutimos a respeito e concordei com ela que eu não tenho o direito de me intrometer. Talvez eu não devesse ter me intrometido mesmo, mas pensei... bem... não importa o que pensei. Assim, sou grato ao senhor pelo que fez, foi elegante de sua parte ir até lá, embora fosse contra as suas regras... Então vamos apenas considerar tudo um desapontamento e se o senhor tiver a bondade de me dizer quanto lhe devo...".

Ele se interrompeu, sorrindo de Wolfe para mim e de volta para Wolfe, como um vendedor de roupas masculinas tentando empurrar mercadoria velha com um discurso surrado.

Wolfe estudou-o. "Sente-se, senhor Frost."

"Bem... só para preencher um cheque..." Ele recuou até uma cadeira e mal se sentou na beirada, enquanto sacava um talão de cheques de um bolso e uma caneta-tinteiro de outro. "Quanto?"

"Dez mil dólares."

Ele ficou boquiaberto e olhou para cima: "O quê?!".

" É, dez mil. Foi o combinado para completar a missão que contratou; metade por esclarecer o assassinato de Molly Lauck e metade por afastar a sua prima daquele pardieiro."

"Mas, meu caro homem, o senhor não fez nenhuma das duas coisas. O senhor está louco." Seus olhos estreitaram-se. "Não pense o senhor que vai me roubar. Não pense..."

Wolfe interrompeu-o: "Dez mil dólares. E o senhor aguardará aqui enquanto consultamos se o cheque tem fundo".

"O senhor está maluco." Frost estava de novo vociferando. "Eu não disponho de dez mil dólares. O meu espetáculo vai muito bem, mas eu tinha uma porção de dívidas, e ainda tenho. E mesmo que eu tivesse tal soma... qual é a idéia? Chantagem? Se o senhor é desse tipo..."

"Por favor, senhor Frost. Posso falar?"

Llewellyn olhava-o com ferocidade.

Wolfe recostou-se em sua cadeira. "Há três coisas que aprecio no senhor, mas também possui diversos maus hábitos. Um deles é a sua pressuposição de que palavras são cacos de tijolos a serem atirados nas pessoas a fim de atordoá-las. Precisa acabar com isso. Outro, é a infantil facilidade com que parte para a ação sem parar para considerar as conseqüências. Antes de me contratar para empreender uma investigação, o senhor deveria ter examinado as possibilidades. Mas o fato é que o senhor me contratou; e deixe-me lhe dizer: queimou todas as pontes atrás do senhor quando me incitou àquela louca incursão à rua 52. Há que pagar por aquilo. O senhor e eu estamos obrigados por um contrato; eu estou comprometido a desenvolver determinada investigação, e o senhor, a pagar-me uma remuneração razoável e compatível. E quando, por motivos pessoais e peculiares, o senhor passa a desgostar do contrato, o que faz? O senhor vem ao meu escritório e tenta derrubar-me da cadeira propelindo palavras como 'chantagem' contra mim! Pfff! A insolência de uma criança mimada!"

Ele despejou cerveja no copo e bebeu. Llewellyn Frost o observava. E eu, depois de registrar tudo em meu caderno de notas, acenei-lhe com a cabeça em encorajadora aprovação por uma de suas melhores tentativas.

Por fim, o cliente falou. "Mas, olhe aqui, senhor Wolfe. Eu não concordei em deixá-lo ir até lá e... isto é... eu não fazia a menor idéia de que o senhor iria..." Ele parou aí e entregou os pontos. "Não estou renegando o contrato. Não vim aqui e comecei a atirar tijolos. Apenas perguntei: se cancelarmos tudo agora, quanto lhe devo?"

"E eu lhe disse quanto."

"Mas eu não tenho dez mil dólares, não agora. Acho que posso tê-los dentro de uma semana. Mas, mesmo que os tivesse, meu Deus, só por um par de horas de trabalho..."

"Não se trata do trabalho." Wolf sacudiu um dedo em sua direção: "É que eu simplesmente não permitirei que a minha auto-estima seja ferida pelo tipo de tratamento que o senhor tenta me dispensar. É verdade que alugo minhas habilidades em troca de dinheiro, mas lhe asseguro que não devo ser visto como mero mascate de trivialidades ou de truques. Sou um artista ou nada. O senhor encomendaria um quadro a Matisse e, quando ele tivesse rabiscado o seu primeiro esboço preliminar, o arrebataria dele e o amarrotaria, dizendo-lhe 'Basta, quanto lhe devo?'. Não, o senhor não faria isso. Considera a comparação fantasiosa? Eu não. Cada artista tem o seu próprio apreço. Eu tenho o meu. Sei que o senhor é jovem e que o seu adestramento deixou espaços vazios em seu cérebro; o senhor não entende o quão ofensivamente agiu".

"Pelo amor de Deus." O cliente recostou-se na cadeira. "Bem." Ele olhou para mim, como se eu pudesse sugerir alguma coisa, e de volta para Wolfe. Estendeu as mãos, palmas para cima. "Está bem, o senhor é um artista. O senhor é, de fato. Eu lhe disse: não disponho de dez mil dólares. Que tal um cheque pré-datado para daqui a uma semana?"

Wolfe fez um aceno negativo. "O senhor poderia sustar o pagamento. Não confio no senhor. Está furioso; a chama do medo e da indignação está queimando em seu peito. Além disso, o senhor deveria receber mais pelo seu dinheiro e eu deveria fazer mais para ganhá-lo. O único caminho sensato..."

O som do telefone interrompeu-o. Rodopiei com a cadeira para a minha escrivaninha e o atendi. Confessei minha identidade a um rude inquiridor masculino, aguardei por um minuto e ouvi os sons familiares de outra voz masculina. O que ela disse provocou-me um sorriso.

Voltei-me para Wolfe: "O inspetor Cramer diz que um de seus homens viu o senhor lá no estabelecimento de McNair esta manhã e quase morreu do choque. O mesmo quase aconteceu ao inspetor quando ouviu o relato. Ele diz que seria um prazer discutir o caso com o senhor por telefone."

"Não para mim. Estou ocupado."

Retomei a conversa com o inspetor. Cramer estava tão amigável quanto um sujeito que nos pára numa colina solitária porque o carro dele ficou sem gasolina. Dirigi-me de novo a Wolfe:

"Ele gostaria de passar aqui às seis horas para fumar um charuto. Para comparar anotações, diz. Mas significando S.O.S."

Com um aceno da cabeça, Wolfe concordou.

Eu disse a Cramer que claro, venha sim, e desliguei.

O cliente pusera-se de pé. Olhava para mim, para Wolfe e de volta para mim. Sem nenhuma beligerância, perguntou: "Era o inspetor Cramer? Ele... ele vem para cá?".

"Sim, um pouco mais tarde." Respondi-lhe, porque Wolfe se recostara e fechara os olhos. "Ele passa com freqüência por aqui, para uma conversa amigável, quando está com um caso tão fácil que até o entedia."

"Mas ele... Eu..." Llewellyn estava zonzo. Empertigou-se. "Ouça... Maldição! Quero usar aquele telefone."

"Sirva-se. Pegue a minha cadeira."

Desocupei-a e ele se acomodou. Começou a discar sem ter de procurar o número; procedia aos trancos, mas parecia saber o que estava fazendo. Permaneci em pé e ouvi.

"Alô, alô! É você, Styce? Aqui é Lew Frost. O meu pai ainda está aí? Tente o escritório do senhor McNair. Sim, por favor... Alô, pai? É Lew... Não... Não, espere um pouco. A tia Callie ainda está aí? Esperando por mim? É, eu sei... Não, ouça, estou ligando do escritório de Nero Wolfe, no número 918 da rua 35 Oeste. Quero que você e a tia Callie venham para cá imediatamente... Não adianta explicar pelo telefone, vocês precisam vir... Não tem outro jeito... Bem, traga-a de qualquer modo... Agora, pai, estou fazendo o melhor que posso... Certo. Vocês podem chegar em dez minutos... Não, é uma casa particular..."

Os olhos de Wolfe continuavam fechados.

4

Aquela reunião foi notável. Em várias ocasiões tornei a percorrer as páginas do meu caderno de anotações, onde registrei o que aconteceu, só pela diversão. Dudley Frost foi uma das pouquíssimas pessoas que se sentaram naquele escritório e que, com o seu falar, deixaram Nero Wolfe em frangalhos. Claro, conseguiu-o muito mais graças ao volume do que ao vigor do seu discurso, mas conseguiu.

Passava das três horas da tarde, quando eles chegaram. Fritz introduziu-os no escritório. Calida Frost, mãe de Helen e tia Callie de Lew — mas suponho que seria mais elegante apresentá-la como sra. Edwin Frost, já que nunca nos tornamos amigos íntimos —, foi a primeira a entrar e, de fato, era ela a mulher de estatura mediana, dorso aprumado e boca arrogante. Era bonita e de belas formas, com olhos profundos, mas diretos, de cor incomum: algo como o marrom-avermelhado da cerveja escura; ninguém diria que tinha idade bastante para ser a mãe de uma deusa adulta. Dudley Frost, pai de Lew, devia pesar uns cem quilos, mais por seu tamanho do que por um acúmulo de gordura. Tinha cabelo grisalho e um bigode aparado, também grisalho. Algum tipo de rude colisão empurrara o seu nariz ligeiramente para fora do centro do rosto, mas só um observador minucioso como eu o notaria. Trajava um belo terno cinza riscado e ostentava uma flor vermelha na lapela.

Llewellyn foi até a porta do escritório, trouxe-os para junto da escrivaninha e fez as apresentações. Dudley Frost trovejou para Wolfe: "Como vai?". Bradou um cumprimento para mim também: "Como vai?". Eu estava empurrando cadeiras para eles. Dirigiu-se ao nosso cliente: "O que é tudo isso, agora? Qual é o problema, filho? Fica atenta, Calida, a sua bolsa vai cair. O que está havendo aqui, senhor Wolfe? Eu esperava poder jogar um pouco de bridge esta tarde. Qual é a dificuldade? Meu filho explicou-me... e à senhora Frost, minha cunhada... achamos melhor para ele virmos direto até aqui...".

Llewellyn disparou: "O senhor Wolfe quer dez mil dólares".

Dudley Frost gargalhou. "Pelo amor de Deus, eu também quero. Houve um tempo... mas isso é passado." Fitou Wolfe e, mudando a cadência, emendou as palavras umas nas outras: "Para o que quer dez mil dólares, senhor Wolfe?".

Wolfe olhava soturno, já antevendo o que ia enfrentar. Em um de seus tons de voz mais graves, respondeu: "Para depositar em minha conta bancária".

"Ah! Boa. Muito boa e eu pedi por isso. Em termos estritos, essa era a única resposta adequada para a minha pergunta. Eu deveria ter dito, vejamos, por que motivo o senhor espera obter dez mil dólares de alguém, e de quem espera recebê-los? Espero que não seja de mim, pois eu não os tenho. Meu filho explicou-nos que, num acesso de loucura, contratou o senhor expe... experimentalmente para um certo tipo de trabalho. Meu filho é um asno, mas certamente o senhor não espera que ele lhe dê dez mil dólares apenas por isso, não é? Tomara que não, pois ele também não tem essa quantia. Da mesma forma que a minha cunhada — você tem esse dinheiro, Calida? O que acha, Calida? Devo prosseguir com isto? Acha que estou chegando a algum lugar?"

A sra. Edwin Frost olhava para Wolfe e não se deu o trabalho de voltar-se para o cunhado. Num tom baixo e agradável, disse: "Penso que o mais importante é explicar ao senhor Wolfe que ele se precipitou, tirando uma conclusão errada sobre o que Helen disse". Sorriu para Wolfe: "Helen, a minha filha. Mas, primeiro, já que Lew considerou necessário virmos até aqui, talvez devêssemos ouvir o que o senhor Wolfe tem a dizer".

Wolfe apontou os olhos semicerrados para ela. "Muito pouco, minha senhora. O seu sobrinho me encarregou de realizar uma investigação e me persuadiu a dar um passo sem precedentes, que foi altamente desagradável para mim. Mal eu havia começado, ele me informou que havia sido um fracasso e me perguntou quanto me devia. Eu lhe disse e, diante das inusitadas circunstâncias, exigi pagamento imediato em dinheiro. Em pânico, ele telefonou para o seu pai."

As sobrancelhas dela estavam franzidas: "O senhor pediu dez mil dólares?".

Wolfe inclinou a cabeça e ergueu-a novamente.

"Mas, senhor Wolfe." Ela hesitou. "É claro, não estou familiarizada com o seu negócio", sorriu para ele, "ou é uma profissão? Mas certamente essa é uma soma considerável. É esse o seu preço habitual?"

"Agora, olha aqui." Dudley Frost estivera se contorcendo na cadeira. "No final das contas, a coisa é simples. Vejamos alguns pontos. Em primeiro lugar, a coisa toda foi apenas uma tentativa. Tinha de sê-lo, pois, como teria o senhor Wolfe condições de dizer o que poderia ou não poderia descobrir enquanto não tivesse ido até o escritório e dado uma olhada nas coisas? Em segundo lugar, calcule o valor do tempo do senhor Wolfe em vinte dólares a hora, e Lew lhe deve quarenta dólares. Eu paguei menos do que isso a bons advogados. Em terceiro lugar, não faz sentido falar em dez mil dólares, porque nós não temos a quantia." Ele se debruçou e colocou uma manzorra sobre a escrivaninha. "Isso é ser franco com o senhor, senhor Wolfe. Minha cunhada não tem um centavo e ninguém sabe disso melhor do que eu. A filha dela, minha sobrinha, ficou com tudo o que restou da fortuna de seu pai. Somos uma família pobre, exceto Helen. O meu filho, aqui, pensa que iniciou alguma coisa, mas ele já pensou isso antes. Duvido que o senhor conseguisse receber, mas, é claro, a única maneira de resolver isso é por meio de uma ação judicial. Então se arrastaria por um tempo e, no fim, o senhor faria um acordo..."

Nosso cliente o interpelara várias vezes — "Pai!... Pai!" — num esforço de fazê-lo parar, mas sem sucesso. Então Llewellyn estendeu o braço e agarrou o joelho do pai: "Quer me escutar por um minuto? Se me der a oportunidade... O senhor Wolfe não deixará a coisa se arrastar. O inspetor Cramer virá aqui às seis horas para comparar informações com ele. Sobre isto".

"E daí? Você não precisa transformar o meu joelho em polpa. Quem, diabos, é o inspetor Cramer?"

"Você sabe muito bem quem é ele. O chefe do Departamento de Homicídios."

"Oh, aquele camarada. Como você sabe que ele virá aqui? Quem disse que ele viria?"

"Ele telefonou. Imediatamente antes de eu ligar para você. Foi por isso que pedi a você e à tia Callie que viessem até aqui."

Apesar de fugaz, vi o lampejo no olhar de Dudley Frost e fiquei imaginando se Wolfe também o observara. Perguntou ao filho: "Quem falou com o inspetor Cramer? Você?".

Bruscamente, eu respondi: "Não. Eu".

"Ah." Dudley Frost alargou um sorriso perspicaz para mim; transferiu-o para Wolfe e, depois, de volta para mim. "Parece que os senhores se deram um bocado de trabalho por aqui. É claro, posso ver que foi a melhor maneira de tornar a sua ameaça convincente, combinar um encontro enquanto o meu filho estava em seu escritório. Mas o ponto é..."

Wolfe cortou: "Ponha-o para fora, Archie".

Depus o lápis e o caderno de notas sobre a escrivaninha e me levantei. Llewellyn ergueu-se e ficou em pé de peito estufado. Notei que tudo o que a sua tia fez foi erguer ligeiramente uma sobrancelha.

Dudley Frost riu. "Ora, vamos, senhor Wolfe. Sentem-se rapazes." Esbugalhou os olhos para Wolfe. "Deus me abençoe, não culpo o senhor por tentar impressionar-me. É bem natural..."

"Senhor Frost." Wolfe agitava um dedo. "A sua sugestão de que eu precisaria simular um telefonema para impressionar o seu filho é altamente ofensiva. Retire-a, ou vá embora."

Frost riu novamente. "Bem, digamos que o fez para me impressionar."

"Isso, senhor, é pior."

"Então, à minha cunhada. Você está impressionada, Calida? Eu devo admitir que estou. Isto é o que parece. O senhor Wolfe quer dez mil dólares. Se não os obtiver, pretende ver o inspetor Cramer — onde e quando, isso não importa — e contar-lhe que Helen disse ter visto a caixa de doces antes de Molly Lauck botar os olhos nela. É claro, não foi o que Helen disse a ele, mas isso não impedirá a polícia de atormentá-la — e, possivelmente, a todos nós —, e a história pode mesmo chegar aos jornais. Em minha posição de curador do patrimônio de Helen, a minha responsabilidade é tão grande quanto a sua, Calida, mesmo sendo ela sua filha." Voltou os olhos arregalados para o filho: "É culpa sua, Lew. Inteiramente sua. Você deu a este homem Wolfe a oportunidade que ele queria. Eu não lhe disse, não sei quantas vezes...".

Wolfe debruçou-se bem para a frente em sua cadeira e esticou o braço até que a ponta de seu dedo pairou delicadamente a poucos centímetros do tweed marrom do sobretudo da sra. Frost: "Por favor, faça-o parar".

Ela deu de ombros. Seu cunhado seguia em frente.

Então, ela ergueu-se abruptamente da sua cadeira, deu a volta por trás dos outros e se aproximou de mim. Chegou perto o bastante para pedir tranqüilamente: "O senhor teria algum bom uísque irlandês?".

"Claro", disse eu. "Só isso?"

Ela balançou afirmativamente a cabeça. "Puro. Duplo. E água natural."

Fui até o armário e encontrei a garrafa de Old Corcoran. Preparei um duplo generoso, peguei um copo com água, pus tudo numa bandeja, que levei e deixei ao lado da cadeira do orador. Ele olhou para a bebida e depois para mim:

"Que diabos é isto? O quê? Onde está a garrafa?" Ergueu-a até o nariz fora de centro e farejou. "Oh. Bem." Seus olhos percorreram o grupo. "Alguém quer juntar-se a mim? Calida? Lew?" Farejou o irlandês novamente. "Não? Aos Frost, mortos e vivos, Deus os abençoe!" Ele não sorveu nem despejou a bebida de um gole: bebeu-a como se fosse leite. Ergueu o copo com água, bebericou com delicadeza cerca de meia colher de chá, o depôs novamente, recostou-se na cadeira e, com a ponta do dedo, acariciou, pensativo, o bigode. Wolfe o vigiava como um falcão.

A sra. Frost perguntou tranqüilamente: "O que é isso com o inspetor Cramer?".

Wolfe voltou-se para ela. "Nada, minha senhora, nada além do que o seu sobrinho lhe contou."

"Ele vem aqui para aconselhar-se com o senhor?"

"Foi o que ele disse."

"A respeito da... da morte da senhorita Lauck?"

"Foi o que ele disse."

60

"Isso não é..." Ela hesitou. "É habitual para o senhor trocar idéias com a polícia sobre assuntos de seus clientes?"

"Para mim é habitual trocar idéias com qualquer um que possa ter informações úteis." Wolfe olhou de relance para o relógio. "Vejamos se não podemos abreviar as coisas, senhora Frost. São dez para as quatro. Não permito que nada interfira em meu hábito de passar das quatro às seis com as minhas plantas lá na cobertura. Como o seu cunhado disse com espantosa coerência, esta coisa é simples. Não estou apresentando um ultimato ao senhor Llewellyn Frost, apenas lhe oferecendo uma alternativa. Ele pode pagar-me de uma só vez a soma que eu lhe teria cobrado por completar a investigação de que me incumbiu — ele sabia, antes de vir aqui, que cobro honorários elevados por meus serviços — e dispensar-me, ou pode aguardar eu prosseguir com a investigação até levá-la a uma conclusão e enviar-lhe a conta. É claro, será muito mais difícil para mim se a sua própria família tenta impedir..."

A sra. Frost negou, gentilmente: "Não desejamos impedi-lo, de forma alguma". "Mas parece que o senhor interpretou mal uma observação que minha filha Helen fez enquanto a interrogava, e nós... naturalmente, estamos preocupados com isso. E então... se o senhor vai conversar com a polícia, decerto seria desejável que compreendesse..."

"Eu compreendo, senhora Frost." Wolfe olhou novamente, de relance, para o relógio. "A senhora gostaria de estar segura de que não vou relatar ao inspetor Cramer a minha má interpretação da observação feita por sua filha. Lamento, mas não posso assumir esse compromisso, a menos que eu seja dispensado do caso agora, com o pagamento integral, ou que eu tenha a garantia do senhor Llewellyn Frost — e, nas circunstâncias, também da senhora e do seu cunhado — de que devo prosseguir com a investigação para a qual fui contratado. Posso acrescentar que os senhores estão irracionalmente alarmados, o que é de esperar de pessoas da sua posição na sociedade. É altamente improvável que a sua filha tenha qualquer ligação culposa com o assassinato da senhorita Lauck; e se, por acaso, ela detém alguma informação importante que a discrição a levou a ocultar, quanto mais cedo ela a revelar, melhor, antes que a polícia fique sabendo disso de algum modo."

A sra. Frost franzia as sobrancelhas. "Minha filha não tem nenhuma informação, seja qual for."

"Sem ofensa, eu precisaria perguntar-lhe sobre isso pessoalmente."

"E o senhor... deseja ter permissão para prosseguir. Se não a tiver, pretende contar ao inspetor Cramer..."

"Eu não disse o que pretendo fazer."

"Mas o senhor deseja continuar."

Wolfe fez que sim com a cabeça: "Ou isso, ou o meu pagamento já".

"Ouça, Calida. Sentado aqui, fiquei pensando." Era Dudley Frost. Empertigou-se em seu assento. Vi Wolfe colocar as mãos sobre os braços da sua cadeira. Frost prosseguiu: "Por que não chamamos Helen para cá? Este homem Wolfe está blefando. Se não tivermos cuidado, acabaremos desembolsando dez mil dólares do dinheiro de Helen e, já que eu sou responsável por ele, cabe a mim evitar que isso ocorra. Lew diz que terá a quantia na semana que vem, mas já ouvi isso antes. Um curador tem a mais sagrada obrigação de preservar o patrimônio aos seus cuidados e o valor não poderia ser pago com alguma renda excedente porque você não deixa nenhum excedente. A única maneira é desafiar o blefe deste camarada...".

Eu já estava pronto para retornar ao armário e pegar mais do irlandês, pois o primeiro duplo parecia ter sido metabolizado por completo, quando vi que não seria necessário. Wolfe empurrou sua cadeira para trás, ergueu-se, deu a volta à escrivaninha, postou-se diante de Llewellyn e, alto o suficiente para penetrar a barreira de ruído de Dudley Frost, disse:

"Tenho de ir. Graças a Deus. O senhor pode comunicar a sua decisão ao senhor Goodwin." Começou a avançar em direção à porta e não parou quando Dudley Frost gritou para ele:

"Olha aqui, o senhor não pode fugir desta maneira! Tudo bem, tudo bem, senhor! Tudo bem!" Tendo o seu alvo ido embora, voltou-se para a cunhada: "Eu não disse que devíamos desafiar o blefe, Calida? Viu isso? Tudo o que é preciso num caso como este...".

A sra. Frost não se dera o trabalho de voltar-se em sua cadeira para testemunhar a saída de Wolfe. Llewellyn estendera o braço para novamente agarrar o joelho do pai e admoestava: "Olha, pai, chega disso... agora ouça por um minuto...".

Ergui-me e disse: "Se quiserem discutir o assunto, posso deixá-los a sós por algum tempo".

A sra. Frost sacudiu a cabeça. "Muito obrigada, não

creio que isso será necessário." Voltou-se para o sobrinho e falou firme: "Lew, você começou isto. Parece que terá de prosseguir".

Llewellyn respondeu-lhe, e o seu pai somou-se a ele, mas não prestei atenção neles. Fui até a minha escrivaninha e introduzi uma folha de papel na máquina de escrever. Datei-a no alto e batuquei:

Para Nero Wolfe
Queira, por favor e até novo aviso, prosseguir com a investigação do assassinato de Molly Lauck, para a qual o contratei ontem, segunda-feira, dia 30 de março de 1936.

Arranquei a folha da máquina, coloquei-a num canto da escrivaninha de Wolfe e estendi a Llewellyn a minha caneta. Ele se curvou sobre o papel para lê-lo. Seu pai se ergueu de um salto, puxando-o:

"Não assine isso! Do que se trata? Deixe-me vê-lo! Não assine coisa alguma..."

Llewellyn rendeu-se e ele leu o texto por duas vezes, carrancudo. A sra. Frost estendeu uma mão para pegar o papel, e seus olhos o percorreram rapidamente. Olhou para mim:

"Não creio que o meu sobrinho terá de assinar qualquer coisa..."

"Creio que terá." Eu estava quase tão saturado quanto Wolfe ficara. "Uma coisa que não parecem entender é que, se o senhor Wolf se sentir dispensado da sua obrigação para com o seu cliente e contar o seu ponto de vista ao inspetor Cramer sobre o que a senhorita Frost deixou escapar, não haverá discussão alguma a respeito. Quan-

64

do Cramer já está trabalhando há uma semana num caso de assassinato de grande repercussão como este, e sem chegar a lugar algum, ele se torna tão irascível que engole charutos inteiros. É claro, ele não vai usar um pedaço de cano na senhorita Frost, mas fará com que a levem ao quartel-general e rosnará com ela durante uma noite inteira. Os senhores não iam querer..."

"Está bem." Dudley Frost virou a carranca para mim. "Meu filho concorda que Wolfe prossiga. O tempo todo eu achei ser esta a melhor maneira de lidar com a situação. Mas ele não assinará isto. Ele não assinará coisa alguma..."

"Sim, ele assinará." Tomei a folha de papel de Calida Frost e a recoloquei sobre a escrivaninha. "O que estão pensando?" Lancei as mãos para o alto. "Santo Deus! Vocês são três e eu sou só um. Isso não é bom no caso de memórias falharem. E, de todo modo, o que há demais escrito aí? Ali diz 'até novo aviso'. O senhor Wolfe disse que poderiam comunicar-me a sua decisão. Bem, eu tenho de ter um registro dela ou então, que Deus me ajude, eu mesmo vou ter uma conversa com o inspetor Cramer."

Lew Frost olhou para a tia, para o pai e, então, para mim. "Certamente é uma confusão e tanto." Fez cara de asco. "Se eu tivesse dez mil dólares neste momento, juro por Deus..."

Eu disse: "Cuidado, esta caneta às vezes pinga. Vá em frente e assine".

Enquanto os outros dois o olhavam com desaprovação, ele se curvou sobre o papel e nele garatujou o seu nome.

5

"Pensei em chamar um escrivão e obrigar Stebbins a fazer uma declaração juramentada." O inspetor Cramer mascou mais um pouco o seu charuto. "Nero Wolfe distante quase dois quilômetros da sua casa, em plena luz do dia e em juízo perfeito? Então deve se tratar de um ataque contra o Tesouro dos Estados Unidos, vamos ter de convocar o Exército e decretar lei marcial."

Eram seis e quinze da tarde. Wolfe retornara ao escritório bastante sereno, depois de passar duas horas com Horstmann entre as plantas, e se encontrava em sua segunda garrafa de cerveja. Eu estava confortável, com os pés apoiados sobre o canto da gaveta inferior aberta e com o meu caderno de anotações sobre os joelhos.

Recostado na cadeira e com os dedos entrelaçados sobre o ponto mais proeminente da sua barriga, Wolfe balançava a cabeça com severidade. "Não me espanta, senhor. Um dia lhe explicarei tudo. Mas agora a lembrança disso ainda é demasiado vívida; prefiro não discutir o assunto."

"OK. O que me ocorreu foi que o senhor, talvez, tivesse deixado de ser excêntrico."

"Sou excêntrico, com certeza. Quem não é?"

"Deus sabe que eu não sou." Cramer tirou o charuto, examinou-o e o recolocou na boca. "Sou demasiado estúpido para ser excêntrico. Veja, por exemplo, esse assunto da Molly Lauck. Em oito dias de intensos esforços, o que imagina que descobri? Pergunte-me." Curvou-se à frente. "Descobri que Molly Lauck está morta! Não há dúvida quanto a isso! Extraí essa informação do relatório do legista." Recostou-se novamente e fez uma cara de asco para nós dois. "Meu Deus, eu estou desorientado. Agora que lhe contei tudo o que sei, que tal o senhor fazer o mesmo para mim? Então receberá seus honorários, que é o que quer, e eu terei uma desculpa para conservar o meu emprego, que é do que preciso."

Wolfe sacudiu a cabeça: "Nada, senhor Cramer. A não ser por ouvir dizer, nem mesmo tenho conhecimento de que a senhorita Lauck está morta. Eu não vi o relatório do legista".

"Ora, vamos." Cramer removeu o charuto. "Quem foi que o contratou?"

"O senhor Llewellyn Frost."

"Esse daí, é?", grunhiu Cramer. "Para livrar a cara de alguém?"

"Não. Para esclarecer o assassinato."

"Não diga. Quanto tempo isso lhe tomou?"

Wolfe debruçou-se para encher seu copo e bebeu. Cramer prosseguia: "O que foi que deixou Lew Frost tão excitado sobre o assunto? Não entendo. Não era atrás dele que a jovem Lauck estava, era daquele francês, Perren Gebert. Por que Lew Frost está tão ansioso para gastar uma boa grana por um naco de verdade e de justiça?"

"Eu não saberia dizer." Wolfe enxugou os lábios. "Na verdade, não há nada para eu contar ao senhor. Não faço a menor idéia..."

"Está querendo me dizer que foi até a rua 52 apenas pelo exercício?"

"Não. Deus me livre! Mas não disponho de um fragmento de informação, ou conjetura, para o senhor com relação à morte da senhorita Lauck."

"Bem." Cramer esfregou a palma da mão no joelho. "Sei que o fato de o senhor não ter nada para mim não significa que não tenha nada para si próprio. Vai continuar com a investigação?"

"Vou."

"Não está comprometido com Lew Frost para acobertar alguém?"

"Se o estou compreendendo — e acho que estou —, a resposta é não."

Cramer fitou por um minuto o seu charuto totalmente mascado, depois o colocou no cinzeiro e procurou um novo no bolso. Mordeu-lhe a ponta, livrou-se dos fiapos de tabaco que ficaram grudados à sua língua, cravou-lhe os dentes e o acendeu. Baforou uma densa nuvem em torno de si, firmou o charuto entre os maxilares e recostou-se na cadeira.

Disse: "Por convencido que seja, Wolfe, uma vez o senhor me disse que estou mais bem equipado do que o senhor para lidar com nove entre dez casos de assassinato".

"Eu disse?"

"É. Assim, estive fazendo as contas, e este caso Lauck é o décimo desde aquele camarada da quadrilha de

Rubber, o velho Perry. Então é a sua vez de novo, de modo que estou feliz porque o senhor já está no caso sem eu ter de forçá-lo a entrar nele. Eu sei, o senhor não gosta de contar coisas às pessoas, nem mesmo ao Goodwin aqui. Mas, já que esteve lá, poderia se dispor a admitir que sabe como tudo aconteceu. Soube que falou com McNair e com as duas moças que viram a Lauck comer o doce."

Wolfe assentiu com a cabeça. "Ouvi os detalhes óbvios."

"OK. Óbvios é a palavra certa. Repassei-os uma dezena de vezes com aquelas duas. Tive sessões com todas as pessoas daquele lugar. Botei vinte homens na caça a todo mundo que esteve lá no desfile de moda naquele dia, e eu próprio entrevistei algumas dúzias deles. Mantive metade da força policial verificando por toda a cidade as vendas, no mês passado, de caixas de novecentos gramas de Royal Medley da Bailey, e a outra metade tentando localizar vendas de cianeto de potássio. Enviei dois homens até Darby, Ohio, onde vivem os pais de Molly Lauck. Mandei seguir dez ou doze pessoas em relação às quais parecia haver uma chance de haver uma conexão."

"Veja", murmurou Wolfe, "como eu disse, o senhor está mais bem equipado."

"Vá para o inferno. Utilizo aquilo de que disponho e o senhor sabe muito bem que sou um bom policial. Mas, após esses oito dias, eu ainda nem tenho certeza se Molly Lauck foi morta por veneno destinado a outra pessoa. E se as garotas Frost e Mitchell agiram em conluio? Seria o máximo da tramóia e talvez elas sejam suficientemente espertas para isso. Sabendo que Molly Lauck gostava de fazer brincadeiras, talvez tenham plantado a caixa para ela surripiar, ou, talvez, simplesmente a tenham dado a ela e, depois, contado essa história. Mas por quê? Esse é outro item: não consigo encontrar ninguém que tivesse qualquer motivo para querer matá-la. Parece que ela estava com o coração derretido pelo tal Perren Gebert e que ele não agüentava vê-la, mas não há provas de que ela estivesse se tornando uma amolação para ele."

Wolfe murmurou: "Com o coração o quê?".

Eu interferi: "Tá bom, chefe. Ela estava enamorada".

"Gebert também estava lá, naquele dia", prosseguiu Cramer, "mas quanto a isso não chego a nenhuma conclusão. *Se* o ataque realmente visou Molly Lauck, não surgiu nenhuma outra pista quanto ao motivo. Em minha opinião, não se destinou a ela. Parece que a moça realmente afanou a caixa de doces. E no minuto em que se assume essa teoria, a gente tem o quê? Tem-se um oceano. Havia mais de cem pessoas lá naquele dia, e a caixa poderia ter sido destinada a qualquer uma delas, e qualquer uma delas poderia tê-la trazido consigo. Rastreamos mais de trezentas vendas de caixas de novecentos gramas de Royal Medley da Bailey, e entre aquele bando de pessoas que estiveram no desfile nós descobrimos ressentimentos, invejas e inimizades suficientes para motivar vinte assassinatos. O que fazemos com tudo isso agora? Arquivamos."

Parou de falar e mascou com selvageria o seu charuto. Sorri para ele: "O senhor veio aqui para inspecionar o nosso sistema de arquivos, inspetor? É uma beleza".

Ele rosnou para mim: "Quem lhe perguntou alguma coisa? Vim aqui porque estou na pior. O que acha disso? Já me ouviu dizer isso antes? Nem o senhor nem ninguém ouviu". Dirigiu-se a Wolfe: "Quando ouvi que o senhor esteve lá hoje, é claro que eu não sabia por quem ou para quê, mas pensei cá comigo que agora as coisas iriam esquentar. Então achei que eu poderia dar uma passada por aqui e que o senhor talvez me desse alguma informação como lembrança. Aceitarei qualquer coisa que puder conseguir. Este é um daqueles casos que não esfriam, porque os malditos jornais mantêm a chama acesa indefinidamente. E não me refiro apenas aos tablóides. Molly Lauck era jovem e bonita. A metade das mulheres que estava lá no desfile, naquele dia, tem seus nomes na coluna social. H. R. Cragg estava lá em pessoa, com a sua mulher, e assim por diante. As duas moças que a viram morrer também são jovens e bonitas. Não deixarão o caso esfriar e toda vez que eu vou à sala do comissário ele bate no braço da cadeira. O senhor o viu fazer isso aqui mesmo, no seu escritório".

Wolfe balançou a cabeça em concordância. "O senhor Hombert é um ruído desagradável. Sinto muito não ter nada para o senhor, senhor Cramer. Sinto realmente."

"É, eu também. Mas, de todo modo, o senhor pode fazer o seguinte: dar-me um empurrão. Mesmo que seja na direção errada e que o senhor saiba disso."

"Bem... vejamos." Wolfe reclinou-se, os olhos semifechados. "O senhor está bloqueado na questão do motivo. Não consegue encontrar um em relação à senhorita Lauck e encontra demasiados em outras direções. Não consegue rastrear a compra dos doces nem do veneno. Na realidade, o senhor não rastreou ou encontrou coisa alguma, e está sem um ponto de partida. Mas o senhor de fato tem um. Usou-o?"

Cramer fitou-o: "Usei o quê?".

"Uma coisa que está indubitavelmente ligada ao assassinato. A caixa de doces. O que fez a respeito?"

"Mandei analisá-la no laboratório, é claro."

"Conte-me a respeito."

Cramer bateu as cinzas do charuto no cinzeiro. "Não há muito que contar. Era uma caixa de novecentos gramas do tipo que se encontra à venda em praticamente toda a cidade, em lojas de conveniência e lojas especializadas. Produzida pela Bailey da Filadélfia, custa um dólar e sessenta. Chamam-na de Royal Medley e ela contém uma miscelânea de frutas, nozes, chocolates e assim por diante. Antes de entregá-la ao químico, telefonei à fábrica da Bailey e perguntei-lhes se todas as caixas de Royal Medley são idênticas. Disseram-me que sim, que são recheadas estritamente de acordo com uma lista, que leram para mim. Então, para conferir, mandei que me troussessem duas caixas de Royal Medley, espalhei seus conteúdos e os comparei com a lista. Tudo bateu. Ao fazer o mesmo com a caixa da qual Molly Lauck comeu, constatei que estavam faltando três unidades: um pedaço de abacaxi cristalizado, uma ameixa cristalizada e uma amêndoa confeitada. Isso estava de acordo com a história da garota Mitchell."

Wolfe assentiu com a cabeça. "Frutas, nozes, chocolates... havia algum caramelo?"

"Caramelo?" Cramer olhou fixamente para ele. "Por que caramelo?"

"Por nenhum motivo. Eu gostava de caramelos."

Cramer grunhiu. "Não brinque comigo. De qualquer modo, não há caramelos numa caixa de Royal Medley da Bailey. Isso é péssimo, hein?"

"Talvez. Certamente reduz o meu interesse. A propósito, esses detalhes com relação aos doces... foram divulgados? Alguém foi informado a respeito?"

"Não. Eu os estou contando ao senhor e espero que saiba guardar um segredo. É o único que temos."

"Excelente. E o químico?"

"Claro, excelente, e de que me valeu? O químico descobriu que não havia nada errado com nenhum dos doces remanescentes na caixa, com exceção de quatro amêndoas confeitadas da camada de cima. Numa caixa de Royal Medley, a camada superior contém cinco amêndoas confeitadas, e Molly Lauck comeu uma delas. Cada uma das outras quatro continha mais de trezentos miligramas de cianeto de potássio."

"Realmente. Só as amêndoas estavam envenenadas."

"É, e é fácil de entender por que elas foram escolhidas. Cianeto de potássio tem cheiro e sabor semelhante ao das amêndoas, só que mais acentuados. O químico disse que elas deveriam ter um gosto forte, mas não forte o bastante para afastar uma pessoa se ela realmente gosta de amêndoas. O senhor conhece amêndoas confeitadas? Elas são recobertas de uma camada de açúcar endurecido e de diferentes cores. Haviam sido feitos furinhos nelas, enchidos com o cianeto e então revestidos de novo, de modo que dificilmente seriam notados, a não ser por alguém que procurasse especificamente por eles." Cramer ergueu os ombros e os baixou novamente. "O senhor diz que a caixa de doces é um ponto de partida? Bem, eu dei a largada e onde estou? Estou sentado aqui em seu escritório, contando-lhe que estou na pior, com aquele maldito garotão do Goodwin ali, sorrindo para mim."

"Não se importe com o senhor Goodwin. Archie, não o atormente! Mas, senhor Cramer, o senhor não deu a largada; apenas fez os preparativos para ela. Pode não ser tarde demais. Se, por exemplo..."

Wolfe, recostando-se, fechou os olhos e eu vi o movimento quase imperceptível dos seus lábios... para fora e para dentro, uma pausa; para fora e para dentro novamente; então de novo...

Cramer olhou para mim e ergueu as sobrancelhas. Acenei com a cabeça e lhe disse: "Certamente vai ocorrer um milagre. Espere e verá".

Wolfe resmungou: "Cale a boca, Archie".

Cramer fulminou-me com olhar feroz e eu pisquei para ele. Então apenas ficamos ali sentados. Se aquilo continuasse por muito tempo, eu teria precisado sair da sala para uma gargalhada, pois Cramer era engraçado. Ele estava sentado completamente retesado, com receio de fazer um movimento que pudesse perturbar o gênio de Wolfe em ação; nem sequer bateu as cinzas do charuto. Ele estava realmente numa pior. Continuou a me fulminar, para mostrar que fazia alguma coisa.

Por fim, Wolfe moveu-se, abriu os olhos e falou: "Senhor Cramer, isto é apenas um convite à sorte. Pode encontrar o senhor Goodwin amanhã de manhã, às nove horas, no escritório do senhor McNair, e levar cinco caixas dessa Royal Medley?"

"Claro. E depois?"

"Bem... tente o seguinte. Seu caderno de anotações, Archie?"

Abri numa página em branco.

Três horas mais tarde, após o jantar, às dez horas daquela noite, fui até a Broadway atrás de uma caixa de Royal Medley da Bailey. Depois, fiquei no escritório até a meia-noite, com a minha escrivaninha coberta de doces, memorizando um código.

6

Na manhã seguinte, quarta-feira, faltando três minutos para as nove horas, enquanto deixava a baratinha rodar até parar numa vaga ampla na rua 52, obviamente mantida livre por ordem especial da polícia, sentia um pouco de pena por Nero Wolfe. Ele adorava montar uma boa encenação e manter o público sentado na beirada das cadeiras de tanta ansiedade. E eis mais uma, idealizada por ele próprio, a se realizar num local distante quase dois quilômetros das suas estufas e da sua cadeira de tamanho especial. Ao pisar na calçada diante da Boyden McNair Incorporated, apenas dei de ombros e pensei comigo mesmo: uma pena, seu gordo sacana, não dá para não sair de casa e ver o mundo ao mesmo tempo.

Cruzei a entrada, onde o porteiro uniformizado da McNair estava ao lado de um sujeito baixo e gordo, de rosto redondo e vermelho, com um chapéu pequeno demais para ele ajeitado bem no alto da testa. Quando estiquei a mão para abrir a porta, este último se moveu para impedir minha entrada.

Estendeu um braço: "Desculpe-me, senhor. Está aqui a pedido? Seu nome, por favor?". Fez surgir uma folha de papel contendo uma lista datilografada.

Fitei-o com superioridade: "Olha aqui, homem. Fui eu quem fez a lista".

Mirou-me com os olhos semicerrados. "Ah, é? Claro. O inspetor disse que não há nada aqui para vocês, rapazes. Cai fora!"

É claro que de qualquer modo ficaria magoado por ser tomado por um repórter, mas o que tornou tudo pior é que eu tinha me dado o trabalho de vestir meu terno marrom-claro com tênues riscas bronzeadas, uma camisa cor de bronze clara, gravata de lã verde e meu chapéu de aba macia verde-escuro. Disse-lhe:

"Você é cego de um olho e não enxerga com o outro. Já ouviu esta antes? Eu sou Archie Goodwin, do escritório de Nero Wolfe." Saquei um cartão e o enfiei na cara dele.

Ele o olhou: "OK. Estão aguardando o senhor lá em cima".

Lá dentro havia outro detetive, em pé junto ao elevador, e ninguém mais por perto. Este eu conhecia: Slim Foltz. Cumprimentamo-nos polidamente, entrei no elevador e subi.

Cramer tinha feito um bom trabalho. Haviam colocado cadeiras por toda parte e cerca de cinqüenta pessoas — mulheres, na maioria, e uns poucos homens — estavam sentadas ali no grande *hall* da frente. Havia bastante burburinho e tagarelice. Quatro ou cinco policiais à paisana, sujeitos da cidade, formavam um grupo num dos cantos, onde começavam as cabines. Do outro lado do *hall*, o inspetor Cramer, em pé, conversava com Boyden McNair. Fui até lá.

Cramer cumprimentou-me com um aceno de cabeça: "Só um momento, Goodwin". Continuou a conversa com McNair e logo depois voltou-se para mim: "Conseguimos reunir uma bela multidão, hein? Sessenta e duas pessoas prometeram vir e quarenta e uma estão aqui. Nada mau".

"Todos os empregados estão aqui?"

"Todos, com exceção do porteiro. Precisamos dele?"

"Sim, vamos tornar a coisa unânime. Em que cabine?"

"A terceira da esquerda. Você conhece o capitão Dixon? Eu o escolhi para a tarefa."

"Eu o conheci." Segui pelo corredor, contei três, abri a porta e entrei. A sala era um pouco maior do que a que ocupáramos na véspera. Sentado atrás da escrivaninha estava um sujeitinho arrogante, calvo, de orelhas grandes e olhos de águia. Havia blocos de papel e lápis cuidadosamente arrumados à sua frente e, de um lado, empilhadas, cinco caixas de Royal Medley da Bailey. Disse-lhe que ele era o capitão Dixon e eu Archie Goodwin, e que era uma bela manhã. Ele me fitou, movendo apenas os olhos, a cabeça continuou imóvel, o que é conhecido como economia de energia, e sua boca emitiu um ruído de algo entre uma coruja piadora e uma rã-touro. Deixei-o e voltei para o *hall*.

McNair dera a volta e se posicionara por trás da multidão, onde encontrou uma cadeira. Cramer veio ao meu encontro e disse: "Acho que não vamos esperar mais. Do jeito que está, eles vão ficar agitados".

"Certo, vamos lá." Encostei-me na parede, de frente para o público. Eram pessoas de todas as idades e tamanhos, mais ou menos o que se poderia esperar. São poucas as mulheres que podem se permitir pagar trezentos dólares por um traje de primavera — e por que sempre são do tipo que poderia estar enrolado num velho pedaço de estopa, que não faria diferença? Bem, quase sempre. Entre as exceções presentes naquela manhã estava a sra. Edwin Frost, sentada na primeira fila, de costas eretas, e com ela estavam as duas deusas, uma de cada lado. Llewellyn Frost e seu pai haviam tomado assento diretamente atrás delas. Também notei uma mulher ruiva, de pele cremosa e olhos como estrelas, mas depois, durante o teste, fiquei sabendo que seu nome era condessa Von Rantz-Deichen, de Praga, de modo que refreei meu interesse.

Cramer postara-se de frente para a multidão e falava sobre a reunião:

"... Primeiro, quero agradecer ao senhor McNair por manter fechada a sua loja esta manhã e permitir que seja usada para este propósito. Valorizamos a sua cooperação e compreendemos que está tão ansioso quanto nós para chegarmos ao âmago desse... desse assunto triste. Em seguida, quero agradecer a todos vocês por terem vindo. É um verdadeiro prazer e um encorajamento saber que existem tantos bons cidadãos prontos a fazer a sua parte num... num assunto triste como este. Nenhum de vocês era obrigado a vir, é claro. Estão apenas cumprindo o seu dever... isto é, estão ajudando num momento em que isso é necessário. Agradeço-lhes em nome do comissário de Polícia, senhor Hombert, e do promotor distrital, senhor Skinner."

Deu-me vontade de lhe dizer: "Não pare por aí. E

quanto ao prefeito, aos administradores regionais, à presidência da Câmara Municipal, ao Departamento de Plantas e Estruturas...".

Ele prosseguiu: "Espero que nenhum de vocês fique ofendido ou irritado com o teste simples que vamos realizar. Não nos foi possível explicá-lo a cada um por telefone e não farei uma explanação geral agora. Presumo que alguns irão considerá-lo absurdo — e ele o será no caso da maioria de vocês, possivelmente de todos —, mas espero que apenas se submetam a ele e deixem por isso mesmo. Então poderão contar aos seus amigos como a polícia é estúpida e todos estaremos satisfeitos. Contudo, posso garantir que não estamos fazendo isto por divertimento ou para aborrecer alguém, mas como uma parte importante do nosso esforço para chegar ao fundo deste assunto triste.

"Tudo se resumirá no seguinte: pedirei que vocês sigam, um por vez, por aquele corredor até a terceira porta à esquerda. Organizei tudo de modo a tomar o menor tempo possível; foi por isso que lhes solicitamos, quando chegaram, que escrevessem os seus nomes em dois diferentes pedaços de papel. O capitão Dixon e o senhor Goodwin estarão naquela sala, e eu, lá com eles. Faremos uma pergunta a vocês e isso é tudo. Pedimos-lhes que, quando saírem da sala, deixem o edifício ou, se quiserem esperar por alguém, que o façam aqui no corredor, sem falar com aqueles que ainda não estiveram na cabine. Alguns de vocês, aqueles que entrarem por último, precisarão ser pacientes. Quero agradecer-lhes mais uma vez a cooperação nesse... nesse assunto triste."

Cramer respirou aliviado, girou e gritou para o

grupo de detetives: "Muito bem, Rowcliff, podemos começar pela fileira da frente".

"Senhor inspetor!" Cramer voltou-se novamente. Uma mulher, de chapéu grande e sem enchimentos nos ombros, se erguera no meio da platéia e esticava o queixo desafiador. "Quero dizer, senhor inspetor, que não somos obrigados a responder a nenhuma pergunta que o senhor considere adequado fazer-nos. Sou um membro da Liga por Cidadãos Melhores e vim aqui para assegurar que..."

Cramer ergueu uma mão na direção dela. "OK, senhora. Nenhuma obrigação de todo..."

"Muito bem. Deveria ser do entendimento de todos que a cidadania tem os seus privilégios bem como os seus deveres..."

Ouviram-se dois ou três risinhos reprimidos. Cramer lançou-me um olhar, juntei-me a ele e o segui pelo corredor até a sala. Desta vez, o capitão Dixon não se deu ao trabalho nem de mover os olhos, provavelmente por já ter o suficiente de nós em sua linha de visão para adivinhar as nossas identidades. Cramer grunhiu e se sentou numa das cadeiras revestidas de seda encostadas ao biombo.

"Agora que estamos prontos para começar, acho que é tolice", rosnou.

O capitão Dixon emitiu um ruído — algo entre um pombo e uma porca amamentando seus leitões. Eu decidira fazer alguma coisa para poder ver melhor. Tirei quatro caixas da pilha de Royal Medleys e as coloquei no chão, debaixo da escrivaninha, fora de vista, e peguei a quinta.

81

"Conforme o combinado?", perguntei a Cramer. "Eu que falo?"

Ele assentiu com a cabeça. A porta se abriu e um dos detetives introduziu uma mulher de meia-idade com um chapéu aerodinâmico sobre um lado da sua cabeça, lábios e unhas da cor da primeira demão de tinta que se aplica numa ponte de ferro. Ela parou e olhou em torno, sem maior curiosidade. Estiquei uma mão em sua direção:

"Os papéis, por favor."

Ela me entregou os dois pedaços de papel. Dei um ao capitão Dixon e fiquei com o outro. "Agora, senhora Ballin, por favor, faça o que lhe peço, com naturalidade, como faria em circunstâncias normais, sem hesitação ou nervosismo..."

Ela sorriu para mim. "Não estou nervosa."

"Ótimo." Tirei a tampa da caixa que estendi para ela: "Pegue um doce".

Seus ombros ergueram-se delicadamente e baixaram de novo: "É muito raro eu comer doces".

"Não queremos que o coma. Apenas que o pegue. Por favor."

Ela enfiou a mão sem olhar, agarrou um creme de chocolate, ergueu-o entre os dedos e olhou para mim. "Está bem", disse-lhe. "Coloque-o de volta, por favor. Isso é tudo. Muito obrigado. Bom dia, senhora Ballin."

Ela olhou em volta, para nós, disse "Oh, céus", num tom de suave e amistoso espanto, e saiu.

Curvei-me sobre a escrivaninha, marquei um X num canto do papel que ela me dera e o número seis sob o seu nome. Cramer rosnou: "Wolfe disse três doces".

"É. Ele também disse para usarmos o nosso discernimento. Para mim, se essa mulher esteve envolvida em alguma coisa, nem mesmo Nero Wolfe conseguiria descobrir. O que achou dela, capitão?"

Dixon fez um ruído, alguma coisa entre um gnu e uma preguiça de três dedos. A porta abriu-se e por ela entrou uma mulher alta e esguia, num longo casaco preto bem ajustado e com uma pele de raposa prateada que devia ter sofrido de gigantismo. Ela manteve os lábios apertados e nos fixou com olhos profundamente concentrados. Peguei seus papéis e passei um a Dixon.

"Agora, senhorita Claymore, por favor, faça o que lhe peço, com naturalidade, como faria em circunstâncias normais, sem nenhuma hesitação ou nervosismo. Pode fazê-lo?"

Ela recuou um pouquinho, mas acenou afirmativamente com a cabeça. Estendi-lhe a caixa:

"Pegue um doce."

"Oh!", arfou. Arregalou os olhos para os doces: "Essa é a caixa...". Ela estremeceu, afastou-se, colocou o punho cerrado sobre a boca e emitiu um guincho considerável.

Disse-lhe, com frieza: "Muito obrigado. Bom dia, senhorita. Está tudo bem, policial".

O agente tocou-lhe o braço e a virou para a porta. Curvando-me para marcar o seu papel, observei: "Esse grito foi apenas vício profissional. Essa é Beth Claymore, tão fingida no palco quanto fora dele. Vocês a viram em *O preço da insensatez?*".

"É uma maldita piada", disse Cramer calmamente. Dixon fez um ruído. A porta abriu-se e outra mulher entrou.

Continuamos com o procedimento, que levou quase duas horas. Os empregados foram deixados para o final. Com uma coisa e outra, alguns dos clientes pegaram três doces, outros apanharam dois ou um, e uns poucos não pegaram nenhum. Quando a primeira caixa começou a apresentar sinais de desgaste, peguei uma nova da reserva. Dixon emitiu mais alguns poucos sons, mas, na maior parte do tempo, limitou-se a fazer anotações nas suas tiras de papel e eu prossegui com as minhas.

Ocorreram alguns contratempos, mas nada sério. Helen Frost entrou lívida, permaneceu lívida e não pegou nenhum doce. Thelma Mitchell fitou-me com rancor, os dentes superiores travados sobre o lábio inferior, e pegou três pedaços de frutas cristalizadas. Dudley Frost disse que era tudo tolice, começou uma discussão com Cramer e foi preciso um dos detetives lhe sugerir que saísse. Llewellyn não disse nada e escolheu três doces diferentes. A mãe de Helen escolheu um chocolate pequeno e delgado, uma amêndoa confeitada e um drope de goma, limpando delicadamente os dedos em seu lenço depois de retorná-los à caixa. Um cliente que me interessou porque eu ouvira algumas coisas a seu respeito foi um sujeito estranho que trajava uma casaca com ombreiras. Parecia ter quarenta anos de idade, mas podia ser um pouco mais velho; tinha nariz fino, cabelo lustroso e olhos escuros que nunca paravam de se mover. A tira de papel que entregou dizia Perren Gebert. Ele hesitou um segundo quanto a petiscar, depois sorriu para mostrar que não se importava de fazer nossa vontade, e pegou um doce a esmo.

Os empregados vieram por último e o derradeiro foi o próprio Boyden McNair. Depois que terminei, o inspetor Cramer ergueu-se:

"Muito obrigado, senhor McNair. Prestou-nos um grande favor. Estaremos fora daqui dentro de dois minutos e o senhor poderá abrir o estabelecimento."

"O senhor... chegou a alguma conclusão?" McNair enxugava o rosto com o lenço. "Não sei o que tudo isso fará ao meu negócio. É terrível." Enfiou a mão no bolso e a retirou novamente. "Estou com dor de cabeça. Vou até o escritório tomar algumas aspirinas. Eu deveria ir para casa, ou para um hospital. O senhor... que tipo de truque foi este?"

"Isso que fizemos aqui?" Cramer puxou um charuto. "Ah, isso foi só psicologia. Eu o informarei mais tarde se concluirmos algo."

"Sim. Agora tenho de ir lá fora e ver aquelas mulheres... Bem, me informe." Voltou-se e foi embora.

Saí com Cramer, o capitão Dixon andando atrás de nós. Enquanto deixávamos o estabelecimento — com seus homens se reunindo, clientes e empregados se dispersando — ele se manteve calmo e digno. Mas, assim que nos encontramos na calçada, soltou os cachorros pra cima de mim. Fiquei surpreso com o quanto ele estava amargurado e aí, enquanto ele se inflamava cada vez mais, compreendi que só demonstrava o alto conceito em que tinha Nero Wolfe. Assim que ele me deu uma oportunidade, eu lhe disse:

"Bobagem, inspetor. O senhor achou que Wolfe fosse um mágico e que, só porque ele nos mandou fazer isto, alguém iria cair de joelhos, agarrar-se às pernas das suas calças e clamar 'Fui eu'. Seja paciente. Vou para casa, relatar a Wolfe como tudo transcorreu, e o senhor discuta os acontecimentos com o capitão Dixon — quero dizer, se é que ele fala."

Cramer grunhiu. "Eu deveria ter tido mais bom senso. Se aquele rinoceronte gordo estiver caçoando de mim, eu o farei comer a sua licença e ele ficará sem."

Já dentro da baratinha, respondi: "Ele não está caçoando do senhor. Espere e verá. Dê-lhe uma chance". Engatei a marcha e parti.

Eu não fazia idéia do que me aguardava na rua 35 Oeste. Cheguei lá por volta das onze e meia, achando que Wolfe já teria descido das estufas havia meia hora e que, por isso, o encontraria de bom humor e na sua terceira garrafa de cerveja, o que seria ótimo, uma vez que eu não era portador de notícias exatamente alegres. Depois de estacionar diante da casa e de depositar o meu chapéu no *hall*, fui ao escritório e, para minha surpresa, constatei que estava vazio. Olhei o banheiro, mas também não havia ninguém. Segui até a cozinha, para perguntar a Fritz. Assim que cruzei a soleira, estaquei e o coração quase me saltou pela boca.

Wolfe estava sentado à mesa da cozinha, com um lápis na mão e folhas de papel espalhadas à sua volta. Fritz, em pé à sua frente, tinha nos olhos um brilho que eu conhecia demasiado bem. Nenhum dos dois prestou atenção no ruído que fiz ao entrar. Wolfe dizia:

"... mas a gente não encontra pavão bom. O Archie poderia tentar naquele lugar em Long Island, mas, provavelmente, é um caso sem esperanças. A carne do peito de um pavão não será doce, tenra e adequadamente desenvolvida, a menos que o animal seja muito bem resguardado de todos os sustos, especialmente os provenientes do céu, para evitar-lhe nervosismo, e Long Island está cheia de aviões. Para esta noite, o ganso recheado, conforme combinamos, será perfeitamente satisfatório. O cabrito será ideal para amanhã. Podemos telefonar ao senhor Salzenback agora mesmo, para que abata um, e Archie pode ir buscá-lo em Garfield, pela manhã. Você pode continuar com os preparativos para o molho. Mas a sexta-feira é um problema. Se tentarmos o pavão só estaremos armando uma catástrofe. Os pombos irão bem como petiscos, mas a dificuldade principal permanece. Vou lhe dizer uma coisa, Fritz. Vamos tentar um curso de ação inteiramente novo. Você conhece *shish kebab*? Eu comi na Turquia. Marinam-se finas fatias de cordeiro tenro, por várias horas, em vinho tinto e especiarias. Aqui, vou escrever para você: tomilho, macis, pimenta em grãos, alho..."

Fiquei ali parado, assimilando a situação. Parecia irremediável. Não havia dúvida de que se tratava do início de uma grande recaída. Ele não tivera uma durante um bom período e ela podia durar uma semana ou mais; e enquanto aquele encantamento o dominasse, falar de negócios com Nero Wolfe seria o mesmo que fazê-lo com um poste na rua. Era justamente por isso que, quando estávamos empenhados em um caso, eu detestava sair e deixá-lo a sós com Fritz. Se ao menos eu tivesse voltado para casa uma hora mais cedo! Agora parecia que a coisa já fora longe demais para ser sustada. E essa era uma das vezes em que parecia fácil adivinhar o que a deflagrara: ele realmente não esperava nenhum resultado da bagunça que montara para Cramer e para mim, e estava encobrindo isso.

Cerrei os dentes e fui até a mesa. Wolfe continuou falando e Fritz não olhou para mim. Eu disse: "O que é isto? O senhor vai abrir um restaurante?". Não consegui a atenção dele. Insisti: "Tenho um relatório a fazer. Quarenta e cinco pessoas comeram doces daquelas caixas e todas elas morreram em terrível sofrimento. Cramer está morto. H. R. Cragg está morto. As deusas estão mortas. Eu estou me sentindo mal".

"Cale a boca, Archie. O carro está aí na frente? Fritz vai precisar de algumas coisas imediatamente."

Eu sabia que, uma vez iniciada a entrega de suprimentos, não haveria chance alguma. Também sabia que tentar persuadi-lo com agrados ou querer intimidá-lo não funcionaria. Estava desesperado. Mentalmente, percorri a lista de fraquezas de Wolfe e escolhi uma.

Intrometi-me na conversa: "Ouça. Sei que não posso impedir este banquete absurdo a que está decidido. Tentei fazê-lo antes. Tudo bem...".

Wolfe disse a Fritz: "Mas não o pimentão-doce. Se você puder encontrar alguns desses pimentões amarelos, lá na rua Sullivan...".

Não ousei tocá-lo, mas curvei-me bem junto dele. Berrei: "E o que devo dizer à senhorita Frost quando ela vier aqui, às duas horas? Estou autorizado a marcar compromissos, não estou? Ela é uma dama, não é? É claro, se a cortesia elementar também foi descartada...".

Wolfe interrompeu-se, apertou os lábios e voltou a

cabeça. Olhou-me nos olhos. Após um instante, perguntou calmamente: "Quem? Que senhorita Frost?".

"A senhorita Helen Frost. Filha da senhora Edwin Frost e prima do nosso cliente, senhor Llewellyn Frost, sobrinha do senhor Dudley Frost. Lembra?"

"Não acredito. Isto é trapaça. Engodo."

"Certo." Endireitei-me. "Isso está no limite. Muito bem. Quando ela vier, vou dizer-lhe que excedi a minha autoridade ao me aventurar a marcar um encontro... Não estarei aqui para o almoço, Fritz." Voltei-me e saí a passos largos, fui para o escritório, sentei-me à minha escrivaninha e tirei do meu bolso as tiras de papel, imaginando se o meu expediente funcionaria e tentando decidir o que eu faria se não funcionasse. Brinquei com as tiras, fingindo ordená-las, não respirando muito para poder ficar de ouvidos atentos.

Passaram-se pelo menos dois minutos antes que eu ouvisse alguma coisa da cozinha: era Wolfe empurrando a sua cadeira para trás. Depois, seus passos se aproximando. Continuei ocupado com os papéis, de modo que não vi realmente quando entrou no escritório, avançou para a sua escrivaninha e se arriou em sua cadeira. Prossegui com o meu trabalho.

Por fim, ele disse, no tom de voz doce que me dava vontade de chutá-lo: "Então devo sacrificar todos os meus planos ao capricho de uma jovem mulher que, para começar, é uma mentirosa. Ou, pelo menos, adiá-los". Subitamente explodiu com ferocidade: "Senhor Goodwin! Está consciente?".

Sem erguer os olhos, respondi: "Não".

Silêncio. Depois de um tempo ouvi-o suspirar. "Está

bem, Archie." Ele havia se controlado e retornara ao seu tom de voz normal. "Fale-me a respeito."

Agora dependia de mim. Era a primeira vez que eu conseguia interromper uma recaída depois de ela ter atingido o estágio do cardápio. Mas isso aparentemente poderia revelar-se algo como curar uma cefaléia cortando fora a cabeça. Eu tinha de ir até o fim com aquilo e a única maneira que me ocorreu foi pegar uma delgada suspeita, que me surgira na McNair, naquela manhã, e tentar vendê-la como sólida pista a Wolfe.

"Bem", disse eu, girando a cadeira. "Nós fomos e o fizemos."

"Continue."

Ele me olhava com os olhos semicerrados. Eu sabia que desconfiava de mim e não me surpreenderia se me desmascarasse ali mesmo. Mas ele não estava retomando o caminho para a cozinha.

"Foi muito próximo de um fracasso." Peguei as tiras de papel. "Cramer está inflamado feito um furúnculo no nariz. Naturalmente, ele não sabia que eu estava observando o tipo de doce que as pessoas pegavam; pensou que esperávamos que alguém se traísse em suas ações, e nesse sentido, é claro, foi um fiasco. Um terço das pessoas estava aterrorizado; metade, nervosa; algumas se enfureceram e umas poucas agiram apenas casualmente. Nesse sentido, foi tudo o que houve. De acordo com as instruções, eu vigiava os dedos delas, enquanto Cramer e Dixon ficavam de olho em seus rostos e escreviam símbolos conforme suas escolhas." Acenei com as tiras de papel. "Sete escolheram amêndoas confeitadas. Uma delas pegou duas."

Wolfe estendeu o braço e apertou o botão para pedir cerveja. "E?"

"E foi assim que o registrei. Vou lhe contar. Não sou esperto o bastante para esse tipo de coisa. O senhor sabe disso e eu também. Quem o é? É perda de tempo dizer que se é, só por inércia. Mesmo assim, sou mais aderente do que cola. No caso de seis das pessoas que pegaram amêndoas confeitadas — levando em conta as expressões de seus rostos, quem elas são e a maneira como escolheram —, acho que a escolha não significou nada. Mas no da sétima... não sei, não. É verdade que ele vai ter um esgotamento nervoso, ele próprio o disse para o senhor. Ele ficou surpreso com o pedido de servir-se de um doce, exatamente como os demais. Cramer agiu muito bem: ele tinha homens lá para garantir que ninguém soubesse sobre o que estava acontecendo antes de entrar na sala. E o senhor Boyden McNair agiu de modo estranho. Quando estendi a caixa para ele e lhe pedi que pegasse um doce, ele recuou um pouco, mas muitos outros fizeram a mesma coisa. Daí ele se compôs, estendeu a mão, olhou dentro da caixa e seus dedos foram direto para uma amêndoa confeitada; então recuaram de chofre e ele pegou um chocolate. Rapidamente lhe pedi que pegasse mais um, sem lhe dar chance para tomar uma decisão; desta vez ele tocou primeiro dois outros doces e, em seguida, pegou uma amêndoa confeitada, uma branca. Na terceira tentativa, ele foi direto numa bala de goma."

Fritz chegara com uma cerveja para Wolfe e um olhar furioso para mim. Wolfe abriu a garrafa e se serviu.

Murmurou: "Foi você que viu, Archie. Qual é a sua conclusão?".

Joguei as tiras de papel sobre a minha escrivaninha. "Minha conclusão é que McNair estava se patrulhando com relação às amêndoas confeitadas. O senhor sabe, a maneira como um trabalhador como eu tem consciência de classe, ou um beberrão como o senhor se vigia em relação à cerveja. Reconheço que é algo vago, mas o senhor me enviou lá para ver se alguém daquele grupo deixaria transparecer uma idéia de que amêndoas confeitadas são diferentes de qualquer outro doce; e ou Boyden McNair fez exatamente isso ou eu tenho a alma de um estenógrafo. E nem sequer uso todos os meus dedos."

"O senhor McNair. Realmente." Wolfe esvaziara uma garrafa e se recostara na cadeira. "A senhorita Helen Frost, segundo o primo, nosso cliente, o chama de tio Boyd. Você sabia que sou um tio, Archie?"

Ele sabia perfeitamente bem que eu tinha conhecimento disso, já que era eu quem datilografava para ele as cartas mensais para Belgrado. Mas é claro que não esperava que eu respondesse. Ele fechara os olhos e estava imóvel. Seu cérebro podia estar trabalhando, mas o meu também; eu precisava imaginar um modo plausível de sair dali, pular dentro da baratinha, correr até a rua 52 e seqüestrar Helen Frost. Não estava preocupado com o que relatara sobre McNair. Fora a única "beliscada" que eu notara durante o teste matinal, e realmente pensava haver uma boa chance de virmos a fisgar um peixe a partir disso; além do que, eu a narrara corretamente a Wolfe e agora dependia dele. Mas o compromisso das duas horas, que eu mencionara, meu Deus...

Tive uma idéia. Sabia que, com os olhos fechados para o seu gênio trabalhar, Wolfe freqüentemente ficava fora do alcance de estímulos externos. Por diversas vezes já acontecera de eu derrubar meu cesto de papéis com um chute, sem provocar nele nenhum estremecimento. Fiquei sentado observando-o durante algum tempo, vi que respirava e isso era tudo. Por fim, decidi arriscar. Recolhi os pés de sobre a gaveta e me ergui da cadeira evitando que rangesse. Fiquei de olho em Wolfe. Três passos curtos sobre o piso de borracha me levaram até o primeiro tapete, sobre o qual o silêncio era uma certeza. Prendendo a respiração, percorri-o na ponta dos pés, gradualmente acelerando à medida que me aproximava da porta. Ultrapassei a soleira... um passo no corredor... mais outro...

Um trovão rugiu do escritório atrás de mim: "Senhor Goodwin!".

Pensei em sair correndo e pegar o meu chapéu na saída, mas um instante de reflexão mostrou-me que isso seria desastroso: por pura maldade, ele recairia novamente durante a minha ausência. Virei-me e entrei de novo.

Ele urrou: "Onde estava indo?".

Tentei sorrir para ele. "A lugar algum. Apenas lá para cima, por um minuto."

"E por que a movimentação furtiva?"

"Eu... pois... bom, senhor, eu não queria incomodá-lo."

"Realmente." Empertigou-se na cadeira. "Não me incomodar? Ah! Que outra coisa tem feito nos últimos oito anos? Quem é que atrapalha violentamente quaisquer planos particulares que eu possa me aventurar, em raras ocasiões, a empreender?" Sacudiu a mão inteira na minha direção. "Você não estava indo lá para cima. Você estava tentando esgueirar-se para fora desta casa e correr pelas ruas da cidade num esforço desesperado para encobrir a chicana que praticou comigo. Você ia tentar encontrar Helen Frost e trazê-la aqui. Pensou que eu não percebi a sua falsidade, lá na cozinha? Já não lhe disse que os seus poderes de dissimulação são deploráveis? Muito bem. Tenho três coisas para lhe dizer. A primeira é um lembrete: no almoço, teremos bolinhos de arroz com geléia de groselhas pretas e endívia com estragão. A segunda é uma informação: você não terá tempo para almoçar aqui. A terceira é uma instrução: você deve ir ao estabelecimento de McNair pegar a senhorita Frost e estar com ela neste escritório às duas horas. Sem dúvida encontrará oportunidade para comer um sanduíche gorduroso em algum lugar. Até a hora em que chegar aqui com a senhorita Frost deverei ter terminado com os bolinhos e a endívia."

Respondi: "ok. Ouvi cada palavra. A garota Frost tem um olhar obstinado. Tenho liberdade para recorrer a qualquer meio? Apertar-lhe o pescoço? Torcer-lhe um braço?".

"Mas, senhor Goodwin." Era um tom que ele raramente usava e que eu classificaria como queixume sarcástico. "Ela tem um compromisso marcado, aqui, para as duas horas. Certamente não deve haver dificuldades. Se a cortesia elementar..."

Saí rapidamente para o corredor, em busca do meu chapéu.

7

A caminho da rua 52, na baratinha, ocorreu-me que havia um expediente óbvio que eu podia usar com Helen Frost para forçá-la a ir na direção que eu queria; e sou grande quando se trata de ser óbvio, pois isso poupa uma porção de baboseiras. Decidi usá-lo.

Só achei vaga para estacionar a uma quadra de distância da McNair e caminhei até a entrada do estabelecimento. De pé ali, o porteiro uniformizado sorria para uma mulher que, do outro lado da rua, tentava dar um torrão de açúcar ao cavalo de um policial montado. Dirigi-me ao porteiro:

"Lembra-se de mim? Estive aqui esta manhã."

Ao ver-se abordado por um cavalheiro, começou a aprumar-se para ser gentil; mas então se lembrou de que eu tinha ligação com a polícia e relaxou.

"Claro que me lembro. O senhor é aquele que oferecia os doces."

"Exatamente. Preste atenção, por favor. Desejo falar em particular com a senhorita Helen Frost, mas não quero provocar mais nenhuma agitação aí dentro. Ela já saiu para almoçar?"

"Não, ela não sai antes da uma hora."

"Ela está aí dentro?"

"Com certeza." Ele olhou o relógio. "E ainda deve ficar por cerca de meia hora."

"OK." Agradeci-lhe com um aceno de cabeça e me afastei lentamente. Pensei em procurar um lugar para comer rapidamente um mingau de aveia, mas decidi que seria melhor ficar ali por perto. Acendi um cigarro e caminhei até a esquina com a Quinta Avenida e de volta em direção à avenida Madison. O público, aparentemente, ainda estava interessado no local em que a bela modelo fora envenenada, pois vi pessoas desacelerando o passo e espiando a entrada da McNair ao passarem por ela; de vez em quando, algumas paravam. O policial montado mantinha-se nas vizinhanças. Andei sem pressa pelas imediações, sem me afastar muito.

À uma e cinco ela saiu, sozinha, e encaminhou-se para leste. Apertei o passo, atravessei a rua e fui atrás dela. Um pouco antes de ela chegar à Madison, chamei:

"Senhorita Frost!"

Ela girou sobre os saltos. Tirei meu chapéu.

"Lembra-se de mim? Meu nome é Archie Goodwin. Gostaria de lhe dar uma palavrinha..."

"Isso é ultrajante!" Deu meia-volta e recomeçou a andar.

Ela era pândega. Não dava a mínima para a vontade alheia. Rapidamente cobri a pequena distância que nos separava e me plantei à sua frente. "Ouça. A senhorita é ainda mais infantil do que o seu primo Lew. Eu só preciso, no desempenho do meu dever, fazer-lhe algumas perguntas. A senhorita está indo almoçar. Eu estou com fome e também terei de comer algo, cedo ou tarde. Não posso convidá-la para o almoço, pois não teria permissão para incluí-la em minha conta de despesas. Mas posso sentar-me a uma mesa com a senhorita por quatro minutos e depois ir comer em outro lugar, se for esse o seu desejo. Sou um homem que se fez por si, um cascagrossa, mas não um arruaceiro. Concluí o curso secundário aos dezessete anos de idade e, há alguns meses, dei dois dólares à Cruz Vermelha."

Por causa da minha fala firme e agressiva, as pessoas estavam olhando para nós e ela sabia disso. Disse-me: "Eu como no Moreland's, logo depois da esquina com a Madison. O senhor pode fazer-me as suas perguntas lá".

Eu tinha marcado um ponto. O Moreland's era uma daquelas espeluncas onde cortam o rosbife em fatias finas como papel e que são especializadas em pratos à base de vegetais. Deixei Helen Frost escolher uma mesa, segui-a e, depois que se sentou, escorreguei para a cadeira em frente dela.

Olhou-me e disse: "E então?".

Retruquei: "A garçonete vai ficar rondando. Faça o seu pedido".

"Posso fazê-lo mais tarde. O que o senhor quer de mim?"

Pândega, realmente. Mas continuei sendo agradável. "Quero levá-la até o número 918 da rua 35 Oeste, para uma conversa com Nero Wolfe."

Ela me fitou. "Isso é ridículo. Para quê?"

Respondi com suavidade: "Precisamos estar lá às duas horas, de modo que não dispomos de muito tempo. De fato, senhorita Frost, seria bem mais humano se comesse alguma coisa e me permitisse fazer o mesmo, enquanto explico. Não sou algo repugnante, como um *crooner* de rádio ou um agente da Liga da Liberdade".

"Eu... eu não estou com fome. Posso ver que o senhor é divertido. Um mês atrás, eu o consideraria uma pessoa engraçada."

Concordei com a cabeça. "Sou um arraso." Acenei para uma garçonete e consultei o cardápio. "O que vai querer, senhorita Frost?"

Ela pediu uma coisa viscosa e chá quente; eu dei preferência à carne de porco com feijão, com um copo de leite.

Quando a garçonete se foi, disse-lhe: "Eu poderia fazer isto de várias maneiras. Poderia assustá-la. Não pense que não. Ou eu poderia tentar persuadi-la de que, já que seu primo é nosso cliente, e sendo Nero Wolfe tão honesto com um cliente quanto alguém seria com o seu irmão gêmeo, é do interesse da própria senhorita ir vê-lo. Mas há um motivo melhor do que esses para ir: decência comum. Não importa se Wolfe estava certo ou errado a respeito do que a senhorita disse ontem na McNair. O fato é que não falamos daquilo a ninguém. Esta manhã, a senhorita viu em que termos estamos com a polícia; eles me pediram para conduzir o teste para eles. Mas os agentes a incomodaram com relação ao que disse ontem? Não. Por outro lado, a senhorita acabará tendo de discutir aquilo com alguém... mais cedo ou mais tarde. Pode ter certeza de que o fará, não há como escapar. Com quem vai querer discuti-lo? Aceite o meu conselho, faça-o com Nero Wolfe, e quanto mais cedo, melhor. Não esqueça que a senhorita Mitchell também ouviu o que disse e, mesmo sendo ela sua grande amiga..."

"Por favor, não diga mais nada." Ela olhava para o seu garfo, que empurrava para a frente e para trás sobre a toalha de mesa, e vi com que força seus dedos o agarravam. Recostei-me na cadeira e olhei para outro lado.

A garçonete veio e começou a colocar a comida diante de nós. Helen Frost esperou ela terminar e ir embora, e então disse, mais para si própria do que para mim: "Não consigo comer".

"A senhorita deveria." Não toquei em meus talheres. "Sempre se deve comer. De qualquer maneira, faça uma tentativa. Eu já tinha almoçado e estou apenas lhe fazendo companhia." Pesquei uma moeda de dez centavos e uma de cinco no bolso e as coloquei sobre a mesa. "Meu carro está estacionado na rua 52, a meio caminho da Park Avenue, em direção ao centro. Aguardo a senhorita lá às quinze para as duas."

Ela não disse nada. Deixei-a, encontrei a garçonete e pedi a minha conta, paguei-a no balcão e saí. Um pouco mais adiante, do outro lado da rua, encontrei uma loja de conveniência com balcão para lanches e consumi dois sanduíches de presunto e dois copos de leite. Fiquei imaginando o que fariam no Moreland's com os feijões que eu pedira, se os devolveriam à panela. Seria um crime desperdiçá-los. Não me preocupei muito com Helen Frost, porque me pareceu que a sua ida à casa de Wolfe estava assegurada. Não havia outra coisa que ela pudesse fazer.

Realmente, não havia. Faltando dez para as duas, ela chegou onde eu estava de pé na calçada, ao lado da baratinha. Abri-lhe a porta e ela entrou; fiz o mesmo e dei a partida.

Enquanto partíamos, perguntei: "A senhorita comeu alguma coisa?".

Fez que sim com a cabeça. "Um pouco. Telefonei para a senhora Lamont, disse-lhe para onde estou indo e que deverei estar de volta às três horas."

"Ã-hã. Acho que conseguirá."

Dirigi com petulância, pois me sentia petulante. Eu estava a caminho com ela, os sanduíches que eu tinha comido não estavam gordurosos e ainda não eram duas horas. Mesmo abatida e com olheiras, ela era o tipo de companhia no carro que torna razoável baixar a capota para que o público possa ver quem está com a gente. Sendo eu um amante da beleza, permitia-me ocasionais olhadelas para o seu perfil e notei que o seu queixo era ainda mais belo daquele ângulo do que de frente. Claro, havia uma possibilidade remota de ela ser uma assassina, mas não se pode ter tudo.

Chegamos quando faltava um minuto para as duas horas. Ao introduzi-la no escritório, não havia ninguém e eu a deixei ali, numa cadeira. Eu já temia o pior. Mas tudo estava bem. Wolfe se encontrava na sala de jantar, com a xícara de café que esvaziara e um largo sorriso pós-prandial para o espaço. Parei na soleira e disse:

"Imagino que os bolinhos estavam terríveis. A senhorita Frost lamenta estar atrasada um minuto para o seu compromisso. Ficamos conversando durante um almoço delicioso e o tempo passou voando."

"Ela está aqui? Diabos." O sorriso transformou-se em carranca enquanto ele fazia preparativos para erguer-se.

"Não imagine, nem por um momento, que estou me divertindo. Realmente não estou gostando disso."

Fui na frente para abrir a porta do escritório. Ele seguiu até a sua escrivaninha com passos ainda mais pensados do que de hábito, circundou a senhorita Frost em sua cadeira e, antes de sentar-se, inclinou a cabeça na direção dela sem dizer nada. Helen fixou ostensivamente os olhos castanhos nele; eu podia ver que ela não estava intimidada e que resistiria ao máximo. Acomodei-me em minha cadeira com meu caderno de anotações, sem tentar camuflá-lo.

"Desejava ver-me, senhorita Frost?", perguntou-lhe Wolfe, com delicadeza.

Os olhos dela arregalaram-se ligeiramente. Disse com indignação: "Eu? O senhor enviou esse homem para trazer-me aqui".

"Ah, sim." Wolfe suspirou. "Agora que está aqui, tem algo em particular para me dizer?"

Ela abriu a boca, fechou-a de novo e então simplesmente disse: "Não".

Wolfe suspirou mais uma vez. Recostou-se na cadeira, fez um movimento para entrelaçar os dedos sobre o alto da barriga, mas lembrou-se de que fazia pouco tempo que almoçara e deixou seus membros caírem sobre os braços da cadeira. Com os olhos semicerrados, ele estava confortavelmente acomodado, imóvel.

Após algum tempo, murmurou para ela: "Que idade tem?".

"Farei vinte e um em maio."

"Realmente. Em que dia de maio?"

"No dia 7."

"Soube que a senhorita chama o senhor McNair de 'tio Boyd'. O seu primo me contou isso. Ele é seu tio?"

"Ora, não. É claro que não. Só o chamo assim."

"Conhece-o há muito tempo?"

"A vida toda. Ele é um velho amigo da minha mãe."

"Então a senhorita saberia das preferências dele. Em matéria de doces, por exemplo. De que tipo ele prefere?"

Ela empalideceu, mas era danada de boa com os olhos e com a voz. Nem piscou. "Eu... eu não sei. Realmente. Não saberia dizer..."

"Vamos, senhorita Frost." Wolfe manteve suave o seu tom de voz. "Não estou lhe pedindo para divulgar algum segredo esotérico do qual é guardiã exclusiva. Com relação a este tipo de detalhe muita gente pode ser consultada — qualquer um dos amigos íntimos do senhor McNair, muitos de seus conhecidos, os empregados em sua casa, as lojas em que ele compra doces, se é que o faz. Se, por exemplo, acontece de ele preferir amêndoas confeitadas, essas pessoas poderiam me dizer isso. Acontece que, no momento, estou consultando a senhorita. Há algum motivo pelo qual tentaria ocultar este ponto?"

"É claro que não." Ela ainda não recuperara a cor. "Não preciso ocultar coisa alguma." Ela engoliu em seco. "O senhor McNair gosta de amêndoas confeitadas, essa é a verdade." Subitamente a cor apareceu, um ponto em sua bochecha, o que mostrou o quanto o seu sangue era rápido. "Mas eu não vim aqui falar sobre os tipos de doces de que as pessoas gostam. Vim para dizer-lhe que o senhor estava inteiramente errado sobre o que eu disse ontem."

"Então a senhorita tem algo em particular a me dizer."

"Certamente que tenho." Ela começava a aquecer-se. "Aquilo foi apenas um truque e o senhor sabe disso. Eu não queria que minha mãe e meu tio viessem aqui, mas o meu primo Lew perdeu a cabeça, como de hábito; está sempre atemorizado com relação a mim, como se eu não tivesse cérebro suficiente para cuidar de mim mesma. O senhor apenas me induziu a dizer algo — não sei o quê — que lhe deu a oportunidade de fingir..."

"Mas, senhorita Frost." Wolfe erguera a palma da mão para ela. "O seu primo Lew está perfeitamente certo. Quero dizer, com relação ao seu cérebro. Não, com licença! Deixe-me poupar tempo. Não repetirei literalmente o que foi dito ontem; a senhorita sabe tão bem quanto eu. Apenas afirmarei que as palavras que disse, e a maneira como as disse, tornaram irrefutável que a senhorita conhecia o conteúdo daquela caixa de doces específica antes de a senhorita Mitchell lhe remover a tampa."

"Isso não é verdade! Eu não disse..."

"Oh, mas disse, sim." O tom de Wolfe tornou-se mais cortante. "Entenda-me. Maldição! Acha que vou iniciar uma rusga com uma garota impertinente como a senhorita? Ou espera que a sua beleza vá paralisar a minha inteligência? Archie. Datilografe o seguinte, por favor. Com uma cópia. Em maiúsculas, no alto, Declarações Alternativas para Helen Frost."

Girei a cadeira, ajeitei a máquina e introduzi o papel. "Manda."

Wolfe ditou:

"1. Admito que eu conhecia o conteúdo da caixa de doces e estou pronta para explicar a Nero Wolfe como o sabia, fiel à verdade e em detalhe.

"2. Admito que conhecia o conteúdo. Por enquanto, recuso-me a explicar como, mas estou pronta a sujeitar-me a ser interrogada por Nero Wolfe sobre quaisquer outros assuntos, reservando-me o direito de, a meu critério, recusar-me a responder.

"3. Admito que conhecia o conteúdo, mas me recuso a prosseguir com a conversação.

"4. Nego que eu tinha conhecimento do conteúdo."

Wolfe endireitou-se na cadeira. "Muito obrigado, Archie. Não, eu ficarei com a cópia; dê o original à senhorita Frost." Voltou-se para ela. "Leia as opções, por favor. Nota as diferenças? Aqui está uma caneta; gostaria que pusesse as suas iniciais em uma delas. Um momento. Antes devo dizer-lhe que estou disposto a aceitar a número 1 ou a número 2. Não aceitarei nenhuma das outras. Se a senhorita escolher a número 3 ou a número 4, terei de renunciar à incumbência que aceitei de seu primo e tomar imediatamente determinadas providências."

Ela já não era uma deusa; estava transtornada demais para uma deusa. Mas precisou de apenas alguns segundos para recuperar senso suficiente para perceber que só estava piorando as coisas ao ficar remexendo o papel. Encarou Wolfe: "Eu... eu não tenho de colocar iniciais em nada. Por que deveria colocar minhas iniciais nesse papel?". As manchas vermelhas reapareceram. "É tudo um engodo e o senhor sabe disso! Qualquer um, esperto o bastante, pode fazer perguntas às pessoas e induzi-las a dar algum tipo de resposta que soe como..."

"Senhorita Frost! Por favor. Pretende ater-se à sua absurda negativa?"

"Certamente. E não há nada de absurdo nisso. Também posso adverti-lo de que quando o meu primo Lew..."

A cabeça de Wolfe girou sobre o pescoço e ele disparou: "Archie. Ligue para o senhor Cramer".

Puxei o telefone e disquei o número. Conectaramme com o ramal, que foi atendido por um funcionário ao qual eu disse que desejava falar com o inspetor Cramer. O que Wolfe estava armando precisava imediatamente de um reforço bem quente; torci para o inspetor não ter saído e ele não tinha. Sua voz explodiu no fone:

"Alô! Alô, Goodwin! Descobriu alguma coisa?"

"Inspetor Cramer? Espere um instante. O senhor Wolfe deseja falar com o senhor."

Sinalizei com a cabeça para Wolfe e ele estendeu a mão para pegar a sua extensão. Mas a jovem estava de pé e parecia furiosa o bastante para comer salada de urtigas. Antes de tirar o seu fone do gancho, Wolfe lhe disse:

"Como cortesia, a senhorita pode escolher: deseja que o senhor Goodwin a leve ao quartel-general da polícia ou prefere que o senhor Cramer mande alguém para buscá-la?"

A voz dela tornara-se um coaxo: "Não... não...". Ela pegou a caneta e escreveu o seu nome no papel, sob a declaração número dois. Estava tão furiosa que a sua mão tremia. Wolfe falou ao telefone:

"Senhor Cramer? Como vai? Eu estava imaginando

105

se o senhor teria chegado a alguma conclusão com relação a esta manhã... De fato... Eu não diria isso... Não, não cheguei, mas iniciei uma linha de investigação que poderá resultar em algo mais adiante... Não, nada para o senhor agora; como sabe, aprecio o meu próprio julgamento nesses assuntos... O senhor precisa deixar isso comigo, senhor..."

Quando desligou, Helen Frost estava novamente sentada, olhando para ele com o queixo erguido e os lábios apertados. Wolfe pegou o papel, olhou-o de relance, estendeu-o para mim e tornou a recostar-se na cadeira. Esticou o braço, tocou a campainha para pedir cerveja e se recostou outra vez.

"Muito bem. Senhorita Frost, a senhorita admitiu que possui informações com relação ao implemento de um assassinato, que se recusa a revelar. Desejo lembrá-la de que não me comprometi a manter confidencial a sua admissão. Vou fazê-lo por enquanto, mas não me comprometo além disso. A senhorita conhece o modo de pensar da polícia? Uma das primeiras e mais constantes pressuposições dos policiais é que todo conhecimento retido, com relação a um crime, é um conhecimento culpado. Trata-se de uma pressuposição tola, mas a polícia a acalenta em seu seio. Por exemplo, se soubessem o que a senhorita acaba de assinar, passariam a agir com base na teoria de que ou a senhorita colocou o veneno nos doces ou que sabe quem o fez. Eu não agirei assim. Mas, por uma questão formal, vou lhe fazer a pergunta: a senhorita envenenou os doces?"

Ela era muito boa nisso. Respondeu com voz calma, apenas um pouco forçada: "Não. Não envenenei".

"Sabe quem foi?"

"Não."

"Está noiva e vai se casar?"

Ela apertou os lábios. "Isso não é da sua conta."

Wolfe disse, pacientemente: "Terei de lhe fazer perguntas sobre muitas coisas que considerará não serem da minha conta. Olhe, senhorita Frost, é tolice de sua parte irritar-me sem necessidade. A pergunta que acabei de lhe fazer é completamente inócua; é provável que qualquer um de seus amigos poderia respondê-la; por que não a senhorita? Imagina que estamos batendo um papo amigável? De modo algum. É uma situação muito unilateral. Eu a estou forçando a responder perguntas sob a ameaça de entregá-la à polícia se não o fizer. Está noiva e vai se casar?".

Ela começava a esmorecer um pouquinho. Os punhos fechados estavam em seu colo e ela parecia menor, como se tivesse encolhido; seus olhos ficaram tão úmidos que, por fim, uma lágrima se formou no canto de cada um deles e rolou. Sem lhes dar atenção, ela disse a Wolfe, encarando-o: "O senhor é um bruto sujo e gordo. O senhor... o senhor...".

Ele anuiu com a cabeça. "Eu sei. Só faço perguntas a uma mulher quando isso é inevitável, porque abomino ataques histéricos. Enxugue os olhos."

Ela não se moveu. Ele suspirou. "A senhorita está noiva e vai se casar?"

Até na voz ela estava com lágrimas de ódio: "Não estou".

"Foi a senhorita que comprou esse diamante que está em seu dedo?"

Ela o olhou num relance involuntário. "Não."

"Quem foi que o deu à senhorita?"

"O senhor McNair."

"E aquele incrustado na sua frasqueira... quem lhe deu aquele?"

"O senhor McNair."

"Espantoso. Eu não teria imaginado que a senhorita gosta de diamantes." Wolfe abriu uma garrafa de cerveja e encheu o copo. "Não deve importar-se comigo, senhorita Frost. Quero dizer, com a minha aparente inconseqüência. Certa vez, uma jovem empregada doméstica chamada Anna Fiore ficou sentada nessa cadeira e conversou comigo durante cinco horas. A duquesa de Rathkyn fez o mesmo durante a maior parte de uma noite. Tendo a cutucar em quase todos os cantos e lhe imploro que tenha paciência comigo." Ele ergueu o copo e o esvaziou segundo o seu padrão. "Por exemplo, essa coisa dos diamantes é curiosa. A senhorita gosta deles?"

"Não... normalmente, não."

"O senhor McNair é um aficionado dos diamantes? Ele os dá de presente mais ou menos a esmo?"

"Não que eu saiba."

"E, apesar de a senhorita não gostar deles, usa-os por... respeito ao senhor McNair? Por afeto a um velho amigo?"

"Eu os uso porque tenho vontade de usá-los."

"Só por isso. Como vê, sei muito pouco sobre o senhor McNair. Ele é casado?"

"Como lhe disse, ele é um velho amigo de minha mãe. Amigo de toda uma vida. Ele tinha uma filha da minha idade, cerca de um mês mais velha, mas ela morreu quando tinha dois anos. A esposa dele havia morrido antes, quando o bebê nasceu. O senhor McNair é o homem mais fino que jamais conheci. Ele é... ele é o meu melhor amigo."

"E ele ainda põe diamantes na senhorita. Deve perdoar a minha insistência nos diamantes; acontece que os detesto. Ah, sim, eu queria perguntar: a senhorita conhece mais alguém que aprecie amêndoas confeitadas?"

"Alguma outra pessoa?"

"Além do senhor McNair."

"Não, não conheço."

Wolfe despejou mais cerveja no copo e, deixando a espuma assentar, recostou-se e franziu o cenho para a sua vítima. "Sabe, senhorita Frost, está na hora de lhe dizer uma coisa. Em sua vaidade, está assumindo — por sua juventude e inexperiência — uma enorme responsabilidade. Molly Lauck morreu há nove dias, provavelmente por atrapalhar o esforço de alguém para matar uma outra pessoa. Durante todo esse tempo, a senhorita detinha informações que, manuseadas com competência e presteza, poderiam ter ocasionado algo muito mais importante do que infligir vingança; poderiam salvar uma vida e talvez fosse possível que essa vida merecesse ser salva. Não acha essa responsabilidade pesada demais para a senhorita? Tenho suficiente bom senso para não tentar coagi-la. Há um excesso de egotismo e de teimosia na senhorita. Mas acho que realmente deveria pensar a respeito." Ele pegou o copo e bebeu.

Ela permaneceu sentada, observando-o. Por fim,

109

disse: "Eu pensei a respeito. Não sou uma pessoa egotista. Eu... eu pensei".

Wolfe deu de ombros. "Muito bem. Entendi que o seu pai é falecido. Concluí isso com a declaração feita por seu tio, senhor Dudley Frost, de que ele é o curador do seu patrimônio."

Ela assentiu com a cabeça. "Meu pai morreu quando eu tinha apenas alguns meses de idade. De modo que nunca tive um pai." Franziu as sobrancelhas. "Isto é..."

"Sim? Isto é...?"

"Nada." Ela sacudiu a cabeça. "Absolutamente nada."

"E em que consiste o seu patrimônio?"

"Eu o herdei do meu pai."

"Por certo. Quanto é?"

Ela ergueu as sobrancelhas. "É o que meu pai me deixou."

"Ora, vamos, senhorita Frost. Valores de patrimônios em fideicomisso não são segredo, hoje em dia. Quanto a senhorita tem?"

Ela levantou os ombros. "Acho que algo acima de dois milhões de dólares."

"Realmente. E o patrimônio está intacto?"

"Intacto? Por que não estaria?"

"Não faço idéia. Mas não pense que estou me intrometendo em assuntos que a sua família considera demasiado íntimos para serem discutidos com gente de fora. Seu tio contou-me ontem que a senhora sua mãe não recebeu um centavo. A expressão é dele. Então a fortuna de seu pai foi deixada inteiramente para a senhorita?"

110

Ela enrubesceu um pouco. "Sim. Foi. Não tenho irmão ou irmã."

"E ela lhe será entregue quando a senhorita... Desculpe-me. Por favor, Archie."

Era o telefone tocando. Empurrei a cadeira até minha escrivaninha e atendi. Reconheci a voz tranqüila e controlada, antes mesmo de ela dizer seu nome, e também tornei a minha contida e digna como ela merecia. Não gosto de acessos histéricos mais do que Wolfe.

Dirigi-me a Helen Frost: "Sua mãe gostaria de falar-lhe". Levantei-me, ofereci-lhe a minha cadeira e ela veio sentar-se nela.

"Sim, mãe... Sim... Não, não fiz... Eu sei que você disse isso, mas nas circunstâncias... Posso muito bem contar a você agora... Não pude perguntar ao tio Boyd a respeito porque ele ainda não tinha voltado do almoço, por isso apenas disse à senhora Lamont aonde eu ia... Ora, mãe, isso é ridículo; não acha que tenho idade para saber o que estou fazendo... Não posso fazer isso e não posso explicar por que até vê-la; saindo daqui, vou direto para casa, mas não tenho como lhe dizer agora a que horas será... Não se preocupe com isso e, pelo amor de Deus, me dê o crédito de ter um pouco de senso... Não... Até logo..."

Quando se ergueu e retornou ao seu assento, seu rosto tinha recuperado a cor. Wolfe estava com os olhos semicerrados pousados nela. Murmurou com simpatia: "Não gosta de gente se preocupando demais com a senhorita, não é, senhorita Frost? Mesmo que seja a sua mãe. Eu sei. Mas precisa tolerar isso. Lembre-se de que física e financeiramente a senhorita bem que vale al-

111

guma preocupação. Mentalmente a senhorita se encontra, bem, no estágio de pupa. Espero que não se importe por eu estar discutindo a sua pessoa".

"Não me faria nenhum bem me importar com isso."

"Eu não disse que faria. Disse apenas esperar que não se importasse. Com relação à sua herança, presumo que ela lhe será transferida quando atingir a maioridade, em 7 de maio."

"Presumo que sim."

"Isso significa que faltam apenas cinco semanas. Vinte e nove, trinta e seis... cinco semanas contadas a partir de amanhã. Dois milhões de dólares. Outra responsabilidade para a senhorita. Vai continuar trabalhando?"

"Não sei."

"Por que tem trabalhado? Não foi pela renda, com certeza."

"É claro que não. Trabalho porque gosto. Sentia-me ridícula não fazendo nada. E aconteceu de o tio Boyd... o senhor McNair... ter trabalho lá que eu podia fazer."

"Há quanto... Maldição! Perdoe-me."

Era o telefone outra vez. Girei com a cadeira, atendi e iniciei a minha saudação habitual: "Alô, aqui é o escritório..."

"Alô! Alô aí! Quero falar com Nero Wolfe!"

Fiz uma careta para o meu calendário de mesa; aquela também era uma voz que eu conhecia. Acionei a minha agressividade: "Não berre desse jeito. O senhor Wolfe está ocupado. Aqui fala Goodwin, o seu assistente confidencial. Quem..."

"Aqui é o senhor Dudley Frost! Não me importa se

112

ele está ocupado, quero falar com ele imediatamente! Minha sobrinha está aí? Deixe-me falar com ela! Deixe-me primeiro falar com Wolfe. Ele vai lamentar..."

Tornei-me áspero: "Ouça aqui, senhor, se não baixar o volume, vou desligar o telefone. Falo sério. O senhor Wolfe e a senhorita Frost estão tendo uma conversa e me recuso a interrompê-los. Se quiser deixar um recado..."

"Eu insisto em falar com Wolfe!"

"O senhor não... po... de. Não pode. Não seja infantil."

"Vou lhe mostrar quem é infantil! Diga a Wolfe... diga-lhe que sou o fiduciário de minha sobrinha. Ela está sob minha proteção. Não quero que a aborreçam. Vou mandar prender Wolfe e o senhor por atentarem contra os interesses dela. Ela é menor de idade. Vou processá-los..."

"Ouça, senhor Frost. *Quer* me escutar? O senhor tem razão. Permita-me sugerir-lhe que peça ao inspetor Cramer para fazer as prisões, pois ele tem estado aqui com freqüência e conhece o caminho. Ademais, agora vou desligar. E se me irritar, tornando a ligar para cá, vou atrás do senhor e lhe endireito o nariz. Asseguro-lhe isso do fundo do coração."

Pus o fone no gancho, peguei meu bloco de anotações, voltei-me e disse laconicamente: "Mais preocupação".

Com voz apertada, pois a desgostava ter de perguntar, Helen Frost quis saber: "Meu primo?"

"Não. Seu tio. Seu primo é o próximo."

O que era mais verdadeiro e mais iminente do que eu poderia imaginar. Sua boca abriu-se, como que para outra pergunta, mas ela decidiu não fazê-la. Wolfe recomeçou:

"Eu ia lhe perguntar, há quanto tempo trabalha?"

"Há quase dois anos." Ela se inclinou na direção dele. "Gostaria de saber... isto vai... continuar indefinidamente? O senhor está apenas tentando me provocar..."

Wolfe negou. "Não estou tentando provocá-la. Estou recolhendo informações, possivelmente nenhuma delas pertinente, mas isso é problema meu." Olhou de relance para o relógio. "São três e quinze. Às quatro horas irei convidá-la para acompanhar-me até as minhas estufas na cobertura; achará as orquídeas uma distração. Tenho a impressão de que teremos concluído às seis. Asseguro-lhe, vou até o fim com isso. Pretendo convidar o senhor McNair para vir aqui no início da noite. Se isso for inconveniente para ele, então amanhã. Se ele se recusar a vir, o senhor Goodwin irá até o seu escritório pela manhã para ver o que pode ser feito. A propósito, preciso ter certeza de que a senhorita vai estar lá amanhã. Estará?"

"É claro. Estou lá todos... Oh! Não. Não estarei lá. O estabelecimento estará fechado."

"Fechado? Numa quinta-feira? Num 2 de abril?"

Ela fez que sim com a cabeça. "Sim, 2 de abril. É por isso mesmo. Esse é o dia em que a mulher do senhor McNair morreu."

"Realmente... e o dia em que a filha nasceu?"

Ela balançou novamente a cabeça. "Ele... ele sempre fecha."

"E visita o cemitério?"

"Oh, não. Sua mulher morreu na Europa, em Paris. O senhor McNair é escocês. Ele só veio para este país há cerca de doze anos, um pouco depois de minha mãe e eu chegarmos."

"Então a senhorita passou parte de sua infância na Europa?"

"A maior parte dela. Os primeiros oito anos. Nasci em Paris, mas meu pai e minha mãe eram ambos americanos." Ela ergueu o queixo. "Sou uma garota americana."

"Isso está na sua aparência." Fritz trouxe mais cerveja e Wolfe se serviu. "E depois de vinte anos, o senhor McNair ainda fecha a loja em 2 de abril em memória de sua esposa. Um homem constante. É claro, ele também perdeu a filha — quando ela tinha dois anos, acredito que foi o que a senhorita disse —, o que completou a sua perda. Entretanto, ele continua vestindo mulheres... bem. Então a senhorita não estará lá amanhã."

"Não, mas estarei com o senhor McNair. Eu... faço isso por ele. Ele me pediu há muito tempo, minha mãe permitiu e eu sempre atendo. Tenho quase exatamente a mesma idade que a filha dele tinha. É claro, não me lembro dela, eu era muito pequena."

"Então a senhorita passa esse dia com ele, fazendo as vezes da filha." Wolfe estremeceu. "Seu dia de luto. Horripilante. E ele lhe dá diamantes. No entanto... a senhorita sabe, é claro, que o seu primo, o senhor Llewellyn Frost, quer que deixe o seu emprego. Não sabe?"

"Talvez saiba. Mas isso não é sequer um problema meu, não é? É dele."

"Certamente. Portanto é meu, já que ele é meu cliente. Esqueceu que ele me contratou?"

"Não." Ela soou escarninha. "Mas posso lhe assegurar que não vou discutir o meu primo Lew com o senhor. A intenção dele é boa. Sei disso."

"Mas a senhorita não gosta de confusão." Wolfe suspirou. A espuma desaparecera da sua cerveja; ele despejou um pouco mais no copo, ergueu-o e bebeu. Continuei sentado, batucando com o lápis no meu caderno de anotações, olhando para os tornozelos da senhorita Frost e para a sugestão de simetria que deles ascendia. Não estava exatamente entediado, mas começava a ficar ansioso, imaginando se o micróbio da recaída ainda operava sobre os centros nervosos de Wolfe. Não só ele não estava chegando a lugar algum com esta herdeira trabalhadora, como me dava a impressão de não estar muito empenhado na tentativa. Relembrando as exibições em que o vira empenhar-se com outros — por exemplo, com Nyura Pronn no negócio do Clube da Diplomacia —, eu começava a alimentar a suspeita de que ele estava só matando tempo. Se estivesse agindo em sua melhor forma, ele já teria encurralado esta pobre garota rica havia muito tempo. Mas, aí estava ele...

Minha atenção foi desviada pelo zunido da campainha da porta da frente e pelo som dos passos de Fritz indo atendê-la. Na minha cabeça emergiu a idéia de que o sr. Dudley Frost, não tendo apreciado a maneira como eu lhe batera o telefone na cara, pudesse ter vindo para ter o seu nariz endireitado; de um modo meio negligente, assumi uma postura mais sólida em minha cadeira, pois sabia que Wolfe não estava com espírito para ser novamente varrido por aquele ciclone verbal e eu, com certeza, não iria servir mais nenhuma gota do Old Corcoran.

Mas não era o ciclone, era só a brisa, o seu filho. Nosso cliente. Fritz entrou, anunciou-o e, a um aceno de cabeça de Wolfe, retrocedeu e o introduziu no escritório. Ele não estava sozinho. Tangia à sua frente um sujeito pequeno e rotundo, mais ou menos da sua idade, de rosto redondo rosado, olhos rápidos e inteligentes. Lew Frost escoltou esse espécime adiante, depois o deixou e foi até a sua prima.

"Helen! Você não devia ter feito isso..."

"Ora, Lew, pelo amor de Deus, por que veio aqui? De todo modo, foi por sua culpa que eu tive de vir." Ela notou o sujeito rotundo. "Você também, Bennie?" Ela parecia furiosa e feroz. "Está armado?"

Lew Frost voltou-se para Wolfe, com um aspecto de jogador de futebol americano. "Que diabos está tentando extrair? Acha que pode safar-se com esse tipo de coisa? E que tal se eu o arrancasse dessa cadeira..."

Com autoridade, o amigo rotundo segurou-lhe o braço. Ele era elegante: "Nada disso, Lew. Acalme-se. Apresente-me".

Com esforço, nosso cliente se controlou. "Mas, Ben... está bem. Esse é Nero Wolfe." Fitou Wolfe. "Este é o senhor Benjamin Leach, meu advogado. Tente alguns truques com ele."

Wolfe inclinou a cabeça. "Como vai, senhor Leach. Não conheço nenhum truque, senhor Frost. De todo modo, o senhor não está complicando um pouco as coisas? Primeiro me contrata para fazer um serviço para o senhor, e agora, a julgar por sua atitude, contratou o senhor Leach para me conter. Se continuar com isso..."

"Não para contê-lo." O tom de voz do advogado era

amistoso e suave. "Veja, senhor Wolfe, sou um velho amigo de Lew. Ele é um pouco esquentado. Contou-me alguma coisa sobre este assunto, as... hã... circunstâncias incomuns. Só achei que estaria tudo bem se ele e eu estivéssemos presentes a quaisquer conversações que o senhor possa ter com a senhorita Frost. De fato, teria sido bastante apropriado se o senhor tivesse cuidado para que estivéssemos aqui desde o início." Sorriu agradavelmente. "Não é assim? Dois dos senhores e dois de nós?"

O rosto de Wolfe estava contraído num esgar. "O senhor fala como se fôssemos exércitos hostis mobilizados para uma batalha. Claro, isso é natural, já que inimizades são para os advogados o que um dente estragado é para um dentista. Não faço nenhuma referência individual; os detetives também vivem de contratempos. Só não os criam onde não existem — pelo menos eu não faço isso. Não o convido a sentar-se porque não o quero aqui. Imagino que nesse ponto teremos de consultar... sim, Fritz?"

Fritz batera à porta, entrara e agora marchava em direção à escrivaninha portando uma pequena bandeja de estanho. Curvou-se e estendeu-a.

Wolfe apanhou o cartão e o olhou. "Ainda não é a pessoa certa. Diga-lhe... não. Faça-o entrar."

Fritz fez nova mesura e se foi. O advogado voltou-se para ficar de frente para a porta; Llewellyn voltou a cabeça, mas a senhorita Frost apenas permaneceu sentada. O recém-chegado entrou; ao ver o seu nariz afilado, seu cabelo liso e lustroso e seus olhos inquietos, reprimi um sorriso e resmunguei para mim mesmo: "Ainda mais agitação".

Pus-me de pé. "Por aqui, senhor Gebert."

Lew Frost deu um passo e exclamou para ele: "Você? Que diabos veio fazer aqui?".

Wolfe falou com rispidez: "Senhor Frost. Este é o meu escritório!".

O advogado segurou o nosso cliente — e cliente dele também, é claro — e o conteve. Perren Gebert não deu atenção a nenhum dos dois. Passou por eles antes de deter-se para inclinar o tronco em direção a Wolfe. "Senhor Wolfe? Como vai? Com licença." Voltou-se e curvou-se novamente, para Helen Frost, com uma técnica diferente. "Então, aí está você. Como vai? Esteve chorando. Perdoe-me a falta de tato; eu não deveria ter mencionado isso. Como está? Tudo bem?"

"Certamente que estou bem! Pelo amor de Deus, Perren, por que foi que *você* veio?"

"Vim para levá-la para casa." Gebert voltou-se e fixou seus olhos escuros em Wolfe. "Permita-me, senhor. Vim para acompanhar a senhorita Frost até sua casa."

"Realmente", Wolfe murmurou. "Oficialmente? Forçosamente? Apesar de qualquer coisa?"

"Bem..." Gebert sorriu. "Semi-oficialmente. Como devo dizer... A senhorita Frost é quase minha noiva."

"Perren! Isso não é verdade! Já lhe falei para não dizer isso!"

"Eu disse 'quase', Helen." Ele ergueu as palmas das mãos num gesto de auto-reprovação. "Introduzi o 'quase', e permito-me dizê-lo apenas na esperança..."

"Bem, não o diga novamente. Por que você veio?"

Gebert fez nova mesura. "A verdade é que a sua mãe sugeriu que eu o fizesse."

119

"Ah. Ela sugeriu." A senhorita Frost relanceou em torno, para todos os seus protetores. Parecia bastante exasperada. "Suponho que ela sugeriu também a você, Lew. E a você, Bennie?"

"Ora, Helen." O advogado soou convincente. "Não venha pra cima de mim. Vim porque, quando Lew me contou a respeito, achei que era a melhor coisa a fazer. — Fica quieto, Lew! Parece-me que se discutirmos este assunto com calma..."

O telefone tocou e voltei para a minha escrivaninha para atendê-lo. Leach continuou falando, contemporizando. Assim que ouvi quem estava ao telefone, tornei-me discreto: não pronunciei nomes e mantive a voz baixa. Pareceu-me que desta vez era a pessoa certa. Pedi-lhe que aguardasse na linha por um minuto, cobri o fone com a mão, escrevi num pedaço de papel "McN quer vir aqui" e o estendi a Wolfe.

Wolfe olhou-o, enfiou-o no bolso e disse suavemente: "Obrigado, Archie. Assim está melhor. Diga ao senhor Brown para ligar novamente dentro de quinze minutos".

Tive dificuldades para fazer isso. McNair tinha urgência e não queria aguardar. Os demais haviam parado de falar. Tranqüilizei-o com firmeza e, por fim, consegui que concordasse. Desliguei e disse a Wolfe:

"OK."

Ele fazia preparativos para erguer-se. Empurrou a cadeira para trás, sobre os braços do móvel apoiou as mãos, como alavancas, e a montanha se elevou. De pé, olhou todos de relance e adotou o seu tom de voz mais cortante:

"Cavalheiros. São quase quatro horas e devo deixá-los. — Não, permitam-me. A senhorita Frost gentilmente aceitou meu convite para vir até as minhas estufas, ver minhas orquídeas. Ela está... ela e eu concluímos um pequeno acordo. Posso lhes dizer que não sou um ogro e que me ressinto desta ridícula invasão às minhas instalações. Os cavalheiros estão de saída, agora, e ela certamente é livre para acompanhá-los, se escolher fazer isso. Senhorita Frost?"

Ela se pôs de pé. Seus lábios estavam apertados, mas abriu-os para dizer: "Vou olhar as orquídeas".

Todos eles começaram a falar alto e ao mesmo tempo. Ergui-me e me aprontei para dirigir o tráfego no caso de haver um congestionamento. Llewellyn livrou-se do seu advogado e começou a avançar na direção dela, pronto para jogá-la atrás de si na sela e sair galopando. Ela os olhou desafiadoramente:

"Pelo amor de Deus, calem a boca! Não acham que tenho idade suficiente para cuidar de mim mesma? Lew, pare com isso!"

Ela começou a sair da sala com Wolfe. Tudo o que eles puderam fazer foi aceitar o fato e parecer idiotas. O amigo advogado mexeu em seu pequeno nariz rosado. Perren Gebert enfiou as mãos nos bolsos e continuou de pé empertigado. Llewellyn avançou em grandes passos até a porta, depois de os amantes de orquídeas terem saído por ela, e tudo o que podíamos ver eram as suas costas fortes e delgadas. O som da porta do elevador se fechando veio do corredor, bem como o zunido de sua ascensão.

Anunciei: "Isso é tudo, no momento, e não gosto de cenas. Me dão nos nervos".

Lew Frost voltou-se e me disse: "Vá para o inferno".

Sorri para ele. "Não posso meter-lhe a mão, porque é nosso cliente. Mas também deve ir embora já. Tenho trabalho a fazer."

"Deixa, Lew, vamos para o meu escritório", disse o rotundo.

Perren Gebert já estava em movimento. Llewellyn deu-lhe passagem e o perfurou com os olhos enquanto ele passava. Então Leach seguiu, empurrando gentilmente o seu amigo. Ultrapassei-os para abrir-lhes a porta da frente; Llewellyn continuava fazendo comentários, mas os desdenhei. Ele e seu advogado desceram para a calçada e seguiram na direção leste; Gebert entrara num pequeno e maravilhoso conversível, que estacionara atrás da baratinha, e acionava a ignição. Fechei a porta e voltei para o interior da casa.

Pelo telefone interno liguei para as estufas. Em cerca de vinte segundos Wolfe atendeu e eu lhe disse:

"Agora está tudo quieto e pacífico aqui embaixo. Sem nenhuma agitação."

Ouvi-o murmurar: "Ótimo. A senhorita Frost está na estufa do meio, apreciando as orquídeas... razoavelmente bem. Quando o senhor McNair telefonar, diga-lhe para vir às seis horas. Se ele insistir em vir antes, deixe que o faça e mantenha-o esperando. Avise-me quando ele chegar e conserve a porta do escritório fechada. Às seis, se ele tiver chegado, mandarei a senhorita Frost para casa. Ela deixou a sua frasqueira sobre a minha escrivaninha. Mande Fritz trazê-la aqui para cima".

"Está bem."

Desliguei e me instalei para esperar pelo telefonema de McNair, refletindo sobre o poder de atração relativo da beleza em aflição e de dois milhões de dólares, e como tudo provavelmente depende de alguém ser do tipo romântico ou não.

8

Duas horas depois, às seis da tarde, achava-me à minha escrivaninha, martelando vigorosamente, em alta velocidade, a máquina de escrever, copiando as páginas iniciais de um dos catálogos da Hoehn. No rádio, ligado em alto volume, tocava a banda do Surf Room do hotel Portland. Juntos, o rádio e eu, fazíamos um bocado de barulho. Com o seu cotovelo direito sobre o joelho e a cabeça, curvada, apoiada na mão com que cobria os olhos, Boyden McNair estava sentado perto da escrivaninha de Wolfe, na cadeira dos imbecis — como eu a chamo desde o dia em que o promotor distrital Anderson, de Westchester, a ocupou enquanto Wolfe o fazia de idiota.

McNair encontrava-se ali havia quase uma hora. Vociferara já ao telefone, recusara-se a esperar até as seis horas; por fim, aparecera um pouco depois das cinco e esbravejara mais um pouco. E então se aquietara, porque não havia outra coisa a fazer. Trouxera no bolso o seu vidro de aspirinas e já engolira duas, com água fornecida por mim, que também lhe ofereci comprimidos de fenacetina, como reforço, mas que recusou. Ele também não aceitou um drinque, apesar de parecer necessitado de um.

124

A barulheira de rádio e máquina de escrever, às seis horas, tinha como propósito encobrir qualquer som de vozes que pudesse vir do corredor, enquanto Nero Wolfe acompanhava a sua convidada, a senhorita Frost, do elevador até a porta da rua, deixando-a sair para o táxi que a aguardava, chamado por Fritz pelo telefone da cozinha. É claro que eu também não conseguia ouvir nada e, por isso, sem deixar meus dedos pararem, relanceava os olhos para a porta do escritório que, depois de algum tempo, se abriu e Wolfe entrou. Percebendo a *mise-en-scène*, piscou o olho direito para mim e rumou para a sua escrivaninha. Atravessou a sala e sentou-se em sua cadeira, antes que o visitante se desse conta de que ele estava ali. Ergui-me, desliguei o rádio e o silêncio desceu sobre nós. McNair ergueu a cabeça abruptamente. Viu Wolfe, piscou os olhos, pôs-se de pé e olhou em torno.

"Onde está a senhorita Frost?", quis saber.

"Lamento tê-lo feito esperar, senhor McNair. A senhorita Frost foi para casa", disse Wolfe.

"O quê?!", reagiu McNair, boquiaberto. "Foi para casa? Não acredito. Quem a levou? Gebert e Lew Frost estiveram aqui..."

"De fato, estiveram", disse Wolfe, agitando um dedo indicador para ele. "Peço-lhe muito seriamente, senhor: esta sala esteve cheia de idiotas durante a tarde e eu gostaria de contar com alguma sensatez, para variar. Não sou um mentiroso. Não faz dez minutos que coloquei a senhorita Frost num táxi e ela ia direto para casa."

"Dez minutos... mas eu estava aqui! Bem aqui nesta

cadeira! O senhor sabia que eu queria vê-la! Que tipo de tramóia..."

"Sei que o senhor queria vê-la. Mas eu não quis que o fizesse e ela estará em perfeita segurança se conseguir atravessar o trânsito. Não pretendo deixá-lo encontrar-se com a senhorita Frost enquanto eu não tiver tido uma conversa com o senhor. Foi um ardil, sim, mas tenho o direito de recorrer a eles. O que me diz das suas próprias artimanhas? O que tem a declarar sobre as deslavadas mentiras que vem contando à polícia desde o dia em que Molly Lauck foi assassinada? O que me diz, senhor? Responda!"

Por duas vezes McNair ensaiou falar, mas não o fez. Olhou para Wolfe. Sentou-se. Tirou o lenço do bolso e depois o colocou de volta, sem fazer uso dele. Suor brotava em sua testa.

Por fim, com voz tênue e fria, disse: "Não sei do que está falando".

"É claro que sabe." Wolfe fulminou-o com o olhar. "Estou falando da caixa de doces envenenados. Sei como a senhorita Frost ficou sabendo do seu conteúdo. Sei que o senhor o conhecia desde o início e que deliberadamente ocultou da polícia informações vitais num caso de assassinato. Não seja idiota, senhor McNair. Tenho uma declaração assinada por Helen Frost; não havia outra coisa que ela pudesse fazer. Se eu contasse à polícia o que sei, o senhor seria trancafiado. Não o faço, por enquanto, porque quero receber meus honorários e, se o senhor fosse preso, ficaria fora do meu alcance. Faço-lhe a gentileza de presumir que possui alguma inteligência. Se foi o senhor quem envenenou aqueles doces, aconselho-o a não dizer nada, a sair imediatamente daqui e a tomar cuidado comigo; se não foi, fale com objetividade e sem fugir à verdade." Wolfe reclinou-se na cadeira e murmurou: "Tenho aversão a ultimatos, mesmo aos meus próprios. Mas isto já foi longe o bastante".

McNair sentou-se, imóvel. Então vi um tremor percorrer-lhe o ombro esquerdo, um pequeno e rápido espasmo, e, sobre o braço da cadeira, os dedos da sua mão esquerda começarem a crispar-se. Baixou o olhar para eles, estendeu a outra mão, agarrou e torceu-os, enquanto o ombro sofria outro espasmo e eu via os músculos laterais do pescoço se contraírem. Seus nervos certamente estavam em frangalhos. Olhou à volta, deparou com o copo vazio sobre o canto da escrivaninha de Wolfe e, como se se tratasse de um grande favor, pediu:

"Será que eu poderia beber mais um pouco de água?"

Peguei o copo, fui enchê-lo e o trouxe de volta; como ele não erguesse a mão para pegá-lo, coloquei-o novamente sobre a escrivaninha. Ele não prestou atenção.

Resmungou em voz alta, mas para ninguém em particular: "Preciso tomar uma decisão. Pensei que tivesse tomado, mas não esperava por isto".

"Se o senhor fosse um homem esperto, já a teria tomado antes que o inesperado o forçasse a isso", observou Wolfe.

McNair pegou o seu lenço e, desta vez, enxugou o suor. Disse calmamente: "Santo Deus, não sou esperto. Sou o idiota mais completo que jamais nasceu. Estraguei a minha vida inteira". Seu ombro contraiu-se novamente. "Não faria nenhum bem contar à polícia o que sabe, senhor Wolfe. Eu não envenenei aqueles doces."

"Continue", instou Wolfe.

"Sim, vou prosseguir. Não culpo Helen por contar-lhe a respeito, depois do modo como a enredou ontem de manhã. Posso imaginar o que ela teve de enfrentar aqui, hoje, mas também não o recrimino por isso. Estou além dos ressentimentos comuns, eles não significam coisa alguma. Observe que não estou sequer tentando descobrir o que Helen lhe contou. Sei que se ela lhe contou alguma coisa, contou-lhe a verdade."

Ele ergueu a cabeça para olhar mais diretamente para Wolfe. "Não envenenei os doces. Quando subi para o meu escritório, por volta das doze horas naquele dia, para me afastar da multidão por alguns minutos, a caixa de doces estava lá, sobre a minha escrivaninha. Abri-a e olhei dentro, mas não peguei nenhum, pois estava com uma dor de cabeça dos diabos. Quando Helen entrou, pouco depois, eu lhe ofereci os doces, mas, graças a Deus, ela também não pegou nenhum, porque não havia caramelos. Quando desci, novamente, deixei a caixa sobre a escrivaninha; Molly deve tê-la visto lá, mais tarde, e a pegou. Ela... gostava de pregar peças."

McNair calou-se e enxugou a testa novamente. Wolfe perguntou: "O que o senhor fez com o papel e o barbante em que a caixa estava embrulhada?".

"Não havia. Ela não estava embrulhada."

"Quem a colocou sobre a sua escrivaninha?"

"Não sei. Vinte e cinco ou trinta pessoas haviam entrado e saído dali antes das onze e trinta, vendo alguns modelos Crenuit que eu não queria exibir publicamente."

"Quem o senhor acha que a colocou lá?"

"Não faço a menor idéia."

"Quem o senhor pensa que pudesse querer matá-lo?"

"Ninguém iria querer matar-me. É por isso que tenho certeza de que se destinava a outra pessoa e foi deixada lá por engano. De qualquer modo, não há mais motivo para supor..."

"Não estou supondo." Wolfe soou enojado. "O senhor certamente tem uma base sólida quando diz que não é esperto. Mas, com certeza, não é estúpido. Considere o que está me dizendo: o senhor encontrou a caixa de doces sobre a sua escrivaninha; não tem suspeitas quanto a quem a pôs ali; está convencido de que ela não se destinava ao senhor e não faz idéia a quem se destinaria; e, ainda assim, o senhor cuidadosamente omitiu da polícia o fato de que vira a caixa lá. Nunca ouvi tamanha tolice; uma criança de colo riria do senhor." Wolfe suspirou profundamente. "Vou precisar de cerveja. Acho que isto vai exigir toda a minha paciência. O senhor quer cerveja?"

McNair ignorou o convite. Calmamente disse: "Sou escocês, senhor Wolfe. Já reconheci que sou um idiota. Em alguns aspectos vitais, sou um fraco. Mas talvez o senhor saiba quão obstinado um homem fraco às vezes pode ser. Eu posso ser obstinado". Inclinou-se um pouco à frente e sua voz ficou mais tênue: "O que acabei de lhe contar sobre aquela caixa é o que vou dizer até a morte".

"Realmente." Wolfe o estudou. "Então é isso. Mas o senhor não parece compreender que, embora nada mais terrível do que a minha paciência possa confrontá-lo, algo mais desagradável com certeza o fará. Se eu não esclarecer esta coisa com razoável rapidez, terei de contar à polícia o que sei; devo isso ao senhor Cramer, já que aceitei a cooperação dele. Se o senhor se ativer à história absurda que me contou, eles presumirão que é culpado; irão atormentá-lo; vão levá-lo ao calabouço e assediá-lo interminavelmente; poderão, até mesmo, esmurrá-lo, ainda que isso não seja provável com um homem da sua posição; destruirão a sua dignidade, a sua empresa e a sua digestão. No final, com sorte e perseverança, poderão até mesmo eletrocutá-lo. Duvido que o senhor seja idiota o bastante para ser tão obstinado assim."

"Sou obstinado o bastante", afiançou McNair. Inclinou-se novamente à frente. "Mas olhe aqui. Não sou idiota a ponto de não saber o que faço. Estou cansado, desgastado, exaurido, mas sei o que estou fazendo. O senhor pensa que me forçou a admitir algo trazendo Helen aqui e a intimidando, mas eu teria admitido isso ao senhor de qualquer modo e sem demora. E outra coisa: praticamente acabei de lhe dizer que parte da minha história sobre aquela caixa não é verdadeira, mas que vou sustentá-la mesmo assim. Não precisaria ter feito isso. Eu poderia ter lhe contado a história e feito o senhor acreditar que eu esperava que acreditasse nela. Eu fiz isso porque não queria que o senhor me considerasse um idiota ainda maior do que sou. Queria que tivesse a melhor opinião possível de mim, nas atuais circunstâncias, pois quero lhe pedir um favor muito importante. Vim aqui para ver Helen, é verdade, e ver como... como ela estava; mas também vim para pedir-lhe este favor. Quero que aceite um legado em meu testamento."

Wolfe não se surpreendia facilmente, mas aquilo o pegou. Seus olhos estavam arregalados de espanto. Pegou também a mim; soou tão inoportuno como se, de fato, McNair fosse tentar subornar Nero Wolfe, para que sustasse a pressão, e essa era uma idéia tão insólita que comecei a admirá-lo. Concentrei minhas luzes nele com interesse renovado.

McNair continuou: "O que quero lhe deixar é uma responsabilidade. Um... um pequeno objeto e uma responsabilidade. É espantoso que eu tenha de pedir isto ao senhor. Vivo em Nova York há doze anos e, no outro dia, quando tive oportunidade para pensar a respeito, compreendi que não tenho um só amigo em que possa confiar. Oh, claro, posso depositar a confiança habitual em vários deles, mas não confiar algo vital, uma coisa mais importante do que a minha própria vida. Mas hoje, no escritório do meu advogado, tive de nomear uma tal pessoa e nomeei o senhor. Isso é espantoso, pois só o encontrei uma única vez, por alguns minutos na manhã de ontem. Mas o senhor me pareceu ser o tipo de homem que... que será necessário se eu morrer. Na noite passada e hoje de manhã fiz algumas investigações, e acho que o senhor é esse tipo de homem. Precisa ser um homem de coragem, que ninguém possa fazer de bobo e que seja inteiramente honesto. Não conheço ninguém assim e o assunto tinha de ser resolvido hoje, de modo que decidi correr um risco e nomeei o senhor".

McNair escorregou para a frente na cadeira, colocou as duas mãos na beirada da escrivaninha de Wolfe, agarrando-a, e vi os músculos do seu pescoço movimentando-se de novo. "Tomei providências para que o senhor seja remunerado por isso, e será uma herança bastante considerável; minha empresa está em boa situação e fui cuidadoso com investimentos. Para o senhor será apenas outra tarefa, mas, para mim, se eu estiver morto, será da mais vital importância. Se eu ao menos pudesse ter certeza... certeza... Senhor Wolfe, isso deixaria o meu espírito descansar. Esta tarde, fui ao escritório do meu advogado, modifiquei meu testamento e nomeei o senhor. Deixei-lhe... esta tarefa. Eu deveria ter falado com o senhor de antemão, mas não quis correr nenhum risco de não ter minha decisão escrita no papel, preto no branco e assinada. É claro que não posso deixá-la assim sem o seu consentimento. O senhor precisa me dar sua permissão, então ficarei bem." Seu ombro começou a contorcer-se e ele agarrou com mais firmeza a beirada da escrivaninha. "Daí, então, deixe que venha."

Wolfe disse: "Recoste-se na cadeira, senhor McNair. Não quer? Assim vai acabar tendo uma convulsão. Então deixe que venha o quê? A morte?".

"Qualquer coisa."

"Não, não... um péssimo estado de espírito. Mas parece que a sua mente parou de funcionar. O senhor está incoerente. É claro que agora tornou completamente indefensável a sua posição no tocante aos doces envenenados. Obviamente..."

132

McNair interrompeu-o: "Eu o nomeei. O senhor o fará?".

"Permita-me, por favor." Wolfe sacudia um dedo para ele. "Obviamente o senhor sabe quem envenenou os doces e sabe que lhe eram destinados. Está obcecado pelo medo de que essa pessoa inamistosa continue empenhada em matá-lo, apesar da fatal incompetência daquela tentativa. É possível que outras pessoas também estejam em perigo; no entanto, em vez de — depositando nele a sua confiança — deixar que alguém com um pouco de inteligência cuide do assunto, o senhor senta-se aí, diz bobagens e se gaba para mim da sua obstinação. Mais do que isso, tem o desplante de me pedir que concorde em assumir uma incumbência, apesar da minha total ignorância quanto à sua natureza e de eu não fazer idéia de quanto deverei receber por ela. Pfff! Não, com licença. Ou tudo isto é verdade, ou o senhor mesmo é um assassino e está tentando uma trapaça tão elaborada que não é de admirar que esteja com dor de cabeça. O senhor me pergunta se vou fazê-lo. Se quer saber se concordo em fazer um trabalho desconhecido por uma remuneração desconhecida, é claro que não concordo."

McNair continuava a se segurar na beirada da escrivaninha e assim permaneceu enquanto Wolfe se servia de cerveja. Disse: "Está bem. Não me importo por falar comigo dessa maneira. Esperava por isso. Sei que esse é o tipo de homem que o senhor é e está tudo bem. Não espero que aceda a uma tarefa desconhecida; vou falar-lhe sobre ela, foi para isso que vim aqui. Mas eu me sentiria mais à vontade... se o senhor apenas dissesse... que

133

a fará, se não houver nada de errado com ela... se o senhor ao menos disser isso...".

"Por que deveria?" Wolfe estava impaciente. "Não há grande urgência; o senhor tem muito tempo; não janto antes das oito horas. Não precisa temer que a sua nêmesis esteja de tocaia nesta sala; a morte não o perseguirá aqui. Prossiga e conte-me a respeito. Mas deixe-me darlhe um conselho: o que disser será anotado e demandará a sua assinatura."

"Não." McNair tornou-se enérgico e afirmativo. "Não quero nada anotado. E não quero este homem aqui."

"Então não quero ouvi-lo." Wolfe apontou um polegar para mim. "Este é o senhor Goodwin, meu assistente de confiança. Qualquer opinião que o senhor tenha formado a meu respeito inclui necessariamente a ele. A sua discrição é irmã gêmea de sua bravura."

McNair olhou para mim. "Ele é jovem. Não o conheço."

"Como queira." Wolfe deu de ombros. "Não vou tentar convencê-lo."

"Eu sei. O senhor sabe que não precisa fazê-lo. Sabe que não tenho alternativa, que estou encurralado. Mas nada deve ser escrito."

"A esse respeito posso fazer-lhe uma concessão." Wolfe recuperara a paciência. "O senhor Goodwin pode anotar a conversa e depois, se assim for decidido, as anotações poderão ser destruídas."

McNair deixara de agarrar-se à escrivaninha. Olhou de Wolfe para mim e de volta, e, vendo o seu olhar, se não fosse durante o horário comercial — o horário comercial de Nero Wolfe —, eu teria sentido pena dele.

Ele certamente não estava em condições de barganhar com Nero Wolfe. Escorregou para trás em seu assento, juntou as mãos; então, após um momento, separou-as e agarrou os braços da sua cadeira. Olhou-nos, a um e a outro, outra vez.

Abruptamente disse: "Terá de saber a meu respeito ou não acreditará no que eu fiz. Nasci em 1885, em Camfirth, na Escócia. Minha família tinha pouco dinheiro. Não fui grande coisa na escola e nunca tive muita saúde; nada realmente de errado, apenas fraco. Achei que podia desenhar e, aos vinte e dois anos, fui para Paris, estudar arte. Adorei e me esforcei muito, mas nunca realmente realizei qualquer coisa, apenas o suficiente para me manter em Paris desperdiçando o pouco dinheiro que meus pais tinham. Quando eles morreram, um pouco mais tarde, minha irmã e eu não tínhamos nada, mas eu vou chegar lá". Ele parou, colocou as mãos nas têmporas, pressionou e as esfregou. "Minha cabeça vai explodir."

"Vá com calma", murmurou Wolfe. "Logo irá sentir-se melhor. O senhor provavelmente está me contando algo que deveria ter contado a outra pessoa há anos."

"Não", disse McNair com amargor. "Algo que nunca deveria ter acontecido. E não posso contá-lo agora, não a história toda, mas posso contar o bastante. Talvez eu esteja realmente louco, talvez tenha perdido o equilíbrio, talvez esteja apenas destruindo tudo o que salvaguardei durante tantos anos de sofrimento, não sei. De qualquer forma, não posso evitá-lo, tenho de deixar-lhe a caixa vermelha e então o senhor saberá.

"É claro que conheci muita gente em Paris. Uma

dessas pessoas foi uma jovem americana chamada Anne Crandall, que desposei em 1913 e tivemos uma filhinha. Perdi ambas. Minha esposa morreu no dia em que o bebê nasceu, 2 de abril de 1915, e a filha eu perdi dois anos mais tarde." McNair interrompeu-se, olhou para Wolfe e lhe perguntou impetuosamente: "Alguma vez teve uma filhinha?".

Wolfe apenas fez que não com a cabeça. McNair prosseguiu: "Também conheci dois ricos irmãos americanos, os Frost, Edwin e Dudley. Eles ficavam em Paris a maior parte do tempo. Também havia uma garota que eu conhecera toda a minha vida, na Escócia, chamada Calida Buchan. Ela também estava interessada em arte e nesse campo conseguiu aproximadamente o mesmo tanto que eu. Edwin Frost casou-se com ela alguns meses depois de eu desposar Anne, apesar de, durante algum tempo, parecer que seria o irmão mais velho, Dudley, que ia ficar com ela. E acho que realmente ia, se não tivesse ficado fora uma noite, bebendo".

McNair parou e apertou as têmporas novamente. Perguntei-lhe: "Fenacetina?".

Ele recusou. "Estas ajudam um pouco." Tirou o vidro de aspirina do bolso, sacudiu dois comprimidos na palma da mão, atirou-os boca adentro, pegou o copo de água e os engoliu. Disse a Wolfe: "O senhor tem razão. Vou me sentir melhor quando isso acabar. Tenho carregado um fardo de remorso demasiado grande e por tempo demais".

Wolfe balançou a cabeça. "E Dudley Frost saiu para beber..."

"Sim. Mas isso não teve importância. De qualquer

modo, Edwin e Calida estavam casados. Logo depois disso, Dudley voltou para os Estados Unidos, onde estava o seu filho. Como a minha, a mulher dele morrera de parto, seis anos antes. Acho que ele não retornou à França senão mais de três anos depois, quando os Estados Unidos entraram na guerra. Edwin havia morrido; ele se alistara na Força Aérea britânica e foi morto em 1916. Nessa época eu já não estava mais em Paris. Por causa da minha saúde, não me aceitaram no Exército. Não tinha dinheiro algum. Estava na Espanha, com a minha filhinha..."

McNair estacou e eu ergui os olhos do meu caderno de anotações. Ele estava ligeiramente encurvado, com as duas mãos, dedos esticados, apertadas contra a barriga e seu rosto bastava para mostrar que algo, muito pior do que uma dor de cabeça, acontecera subitamente.

Ouvi a voz de Wolfe como uma chicotada: "Archie! Ampare-o!".

Avancei de um salto e tentei pegá-lo. Mas não consegui, porque ele, de repente, entrara em espasmo, uma convulsão por todo o corpo, projetara-se para fora da cadeira e estava lá, em pé, oscilando.

Soltou um grito: "Cristo Jesus!". Pôs suas mãos, os pulsos dobrados, sobre a escrivaninha de Wolfe e tentou retomar uma posição ereta. Gritou novamente: "Oh, Cristo!". Então outra convulsão percorreu o seu corpo e ele arfou para Wolfe: "A caixa vermelha... o número... meu Deus, deixe que eu conte a ele!". Soltou um gemido que veio de suas entranhas e caiu.

Eu o estava segurando, mas deixei que fosse para o

chão, pois ele estava sem sentidos. Ajoelhei-me ao seu lado e vi os sapatos de Wolfe aparecerem por trás dele. Disse-lhe: "Ainda respirando. Não, acho que não. Acho que se foi".

"Chame o doutor Vollmer. Chame o doutor Vollmer. Antes me deixe pegar aquele vidro do seu bolso."

Enquanto eu ia até o telefone, ouvi um resmungo atrás de mim: "Eu estava errado. A morte o perseguiu até aqui. Sou um imbecil".

9

No final da manhã seguinte, 2 de abril, quinta-feira, eu estava à minha escrivaninha, dobrando cheques e colocando-os dentro de envelopes à medida que Wolfe os assinava e os passava para mim. As contas de março estavam sendo pagas. Ele descera das estufas pontualmente às onze horas e aproveitávamos o nosso tempo enquanto esperávamos pela prometida visita do inspetor Cramer.

McNair estava morto quando chegou o dr. Vollmer, que mora a apenas uma quadra. E continuava morto quando Cramer e dois policiais chegaram. Um legista-assistente veio para os procedimentos de rotina e o cadáver foi levado para a realização de uma autópsia. Wolfe contara tudo a Cramer fielmente, sem lhe omitir nada, mas recusara-se a atender ao seu pedido de uma cópia datilografada das anotações que eu fizera durante a sessão com McNair. O vidro de aspirinas, cujo conteúdo original era de cinqüenta comprimidos e ainda continha catorze, foi entregue ao inspetor. Perto do final do encontro com Cramer, após as oito horas da noite, Wolfe tornou-se um pouco lacônico com ele, porque já passara do seu horário para jantar. Antigamente, eu achava que a sua inclinação para comer na hora certa, independentemente de confusão ou de homicídio, era apenas outro detalhe de sua grande excentricidade. Mas não era. Ele apenas tinha fome. Sem falar que era a *cuisine* de Fritz Brenner que esperava por ele.

Na noite de quarta-feira, após o jantar, e de novo naquela manhã, quando Wolfe desceu das estufas, eu havia feito os meus habituais avanços diplomáticos junto a ele, mas tudo o que consegui foram algumas rejeições variadas. Não o pressionei muito, porque vi que se tratava de um caso em que um pouco de entusiasmo irrefletido de minha parte poderia facilmente lançar-me para fora de campo. Nunca o vira tão suscetível. Um assassinato bem montado e executado fora consumado em seu próprio escritório, diante dos seus olhos, menos de dez minutos depois de ele ter solenemente garantido à vítima que a nêmesis estava *verboten* naquelas instalações. Assim, não fiquei surpreso por ele não estar disposto a conversar e não fiz nenhum esforço para cravar-lhe as esporas. Tudo bem, pensei, vá em frente e fique taciturno; de qualquer modo, agora está envolvido até o pescoço; mais cedo ou mais tarde terá de parar de se debater e procurar uma praia.

O inspetor Cramer chegou quando eu envelopava o último cheque. Fritz o escoltou para dentro. Parecia ocupado, mas tranqüilo; de fato, concedeu-me uma piscadela quando se sentou, bateu as cinzas do seu charuto, trouxe-o de volta ao canto da boca e começou a falar em tom informal:

"Sabe, Wolfe, a caminho daqui eu estava pensando que, desta vez, eu tenho uma desculpa absolutamente nova para vir vê-lo. Já estive aqui por uma porção de razões diferentes: para tentar arrancar-lhe alguma informação, para descobrir se estava abrigando um suspeito, para acusá-lo de estar obstruindo o trabalho policial etc. etc., mas esta é a primeira vez que tenho a desculpa de aqui ser a cena de um crime. De fato, estou justamente sentado nela. Não foi nesta cadeira? Hein?"

Eu disse a Wolfe, tentando consolá-lo: "Tudo bem, patrão. É só humor. Um toque de leveza".

"Estou ouvindo." Wolfe estava soturno. "Fiz por merecer até mesmo o humor do senhor Cramer. Pode gastar todo o seu estoque, senhor." Os acontecimentos o haviam afetado bem mais do que eu supunha.

"Oh, eu tenho mais", disse Cramer com um risinho. "O senhor conhece Lanzetta, do gabinete do promotor distrital? Ele o odeia desde aquele caso Fairmount, de três anos atrás. Esta manhã, ele ligou para o comissário para adverti-lo sobre a possibilidade de o senhor estar preparando um golpe fulminante. O comissário contou-me a respeito e eu lhe disse que o senhor é rápido, sim, mas não mais rápido do que a luz." Cramer sacudiu-se em novo risinho, retirou o charuto da boca, pegou sua pasta de cima da escrivaninha, colocou-a sobre os joelhos e a abriu. Grunhiu: "Bem. Aqui está este assassinato. Tenho de voltar antes do almoço. O senhor teve alguma inspiração?".

"Não." Wolfe continuava taciturno. "Quase tive indigestão." Abanou um dedo em direção à pasta: "O senhor está com documentos do senhor McNair?".

"Não, isto é só um monte de lixo. Pode haver um ou dois itens que sirvam para alguma coisa. Segui a sua

141

linha de raciocínio, de que é certeza que tudo está conectado com os Frost, por causa do modo como McNair começou a contar a história dele ao senhor. Os Frost e esse sujeito Gebert estão sendo investigados sob todos os ângulos — para cima, para baixo e de forma cruzada. Mas há duas outras possibilidades claras que não gosto de perder de vista. Primeira, a de suicídio. Segunda, essa mulher, essa condessa Von Rantz-Deichen que deu em cima de McNair nos últimos tempos. Existe uma possibilidade..."

"Rematado disparate!" Wolfe estava explosivo. "Desculpe-me, senhor Cramer. Não estou com espírito para idéias fantasiosas. Prossiga."

"Certo", grunhiu Cramer. "Está sensível, hein? Certo. Idéias fantasiosas. Mesmo assim, vou pôr dois homens para vigiarem a condessa." Ele remexia papéis extraídos da pasta. "Primeiro, sobre o vidro de aspirinas. Havia catorze comprimidos nele. Doze estavam perfeitamente em ordem. Os outros dois eram comprimidos de cianeto de potássio, com uns vinte e cinco miligramas do veneno, recobertos por fina camada de aspirina, ao que parece cuidadosamente aplicada como pó seco sobre toda a superfície. O químico diz que o revestimento foi aplicado com grande habilidade e meticulosidade, de modo que não haveria sabor de cianeto por alguns segundos, antes de o comprimido ser engolido. Não havia odor de cianeto, o cheiro de amêndoas amargas, no vidro, mas ele estava completamente seco, é claro."

Wolfe resmungou: "Ainda assim, o senhor fala de suicídio".

"Eu disse vaga possibilidade. Tá, esqueça. Os exames preliminares da autópsia indicam cianeto de potássio, mas os legistas não sabem dizer se ambos os comprimidos que ele tomou estavam envenenados ou não, porque a substância evapora rapidamente uma vez umedecida. Imagino que ele não esteja muito preocupado se foi um só ou ambos os comprimidos, de modo que eu também não estou. O próximo ponto é: quem colocou os comprimidos falsos junto com as aspirinas? Ou, de qualquer maneira, quem teve oportunidade de fazê-lo? Pus três bons agentes para investigar isso e eles ainda estão trabalhando. Por enquanto, a resposta é: qualquer um. Há mais de uma semana McNair vinha tomando aspirinas feito galinha comendo milho. O tempo todo havia um vidro do analgésico sobre a sua escrivaninha ou numa gaveta. Não há nenhum lá agora, portanto, quando ele saiu ontem, deve tê-lo enfiado no bolso. Trinta e seis, dos cinqüenta comprimidos, se foram; supondo que ele tivesse tomado doze por dia, isso significaria que o vidro estava em uso havia três dias — e durante esse período, dúzias de pessoas entraram e saíram do escritório dele, onde conservava o vidro. Certamente todos os Frost estiveram lá, bem como esse Gebert. A propósito..." Cramer começou a folhear os papéis e parou num: "O que é um camel... camelot-du-qualquer-coisa em francês?".

Wolfe meneou a cabeça. "*Camelot du roi*. Um membro de um grupo político monarquista parisiense."

"Oh. Gebert já foi um deles. Telegrafei para Paris ontem à noite e tive a resposta esta manhã. Gebert foi um desses aí. Ele está em Nova York há mais de três anos, agora, e estamos atrás dele. Os relatórios preliminares que recebi são vagos. Paris também diz S. M. V. S."

Wolfe ergueu uma sobrancelha. "S. M. V. S."

Eu expliquei: "É jargão policial. Sem meios visíveis de subsistência. Como *bonton* para vagabundo".

Wolfe suspirou. Cramer prosseguiu: "Estamos seguindo todos os procedimentos de rotina. Coleta de impressões digitais no vidro de aspirinas, nas gavetas da escrivaninha de McNair e assim por diante. Compras de cianeto de potássio...".

Wolfe fê-lo parar: "Eu sei. Pfff! Não para este assassino, senhor Cramer. Terá de fazer melhor que a rotina".

"Certamente que farei. Ou o senhor fará." Cramer descartou seu charuto e enfiou a mão no bolso em busca de um novo. "Mas apenas o estou informando. Descobrimos uma ou duas coisas. Por exemplo, ontem à tarde, McNair perguntou ao seu advogado se havia algum modo de descobrir se Dudley Frost, como curador do patrimônio da sua sobrinha, malversou parte dele. E mandou fazê-lo bem depressa. Disse que, quando Edwin Frost morreu, vinte anos atrás, ele deixou a esposa sem um tostão e legou tudo para a sua filha Helen, nomeando o irmão Dudley fiduciário em condições tais que ninguém, nem mesmo Helen, poderia exigir-lhe uma prestação de contas. E ele jamais fez uma. Segundo McNair. Estamos investigando isso também. O senhor chega a algum lugar com essas informações? Se a Dudley Frost, como curador, estiver faltando um milhão, ou coisa assim, que bem lhe faria eliminar McNair?"

144

"Eu não saberia dizer. O senhor quer cerveja?"

"Não, obrigado." Cramer acendeu seu novo charuto e seus dentes cravaram-se nele. Deu baforadas até quase incendiá-lo por inteiro. "Bem, talvez possamos chegar a algo com isto." Começou a vasculhar a papelada novamente. "O próximo é um item que o senhor deverá achar interessante. Acontece que o advogado de McNair é um sujeito acessível, dentro do razoável, e, depois da dica que o senhor me deu ontem à noite, fui atrás dele hoje cedo. Ele me deu aquela informação sobre Dudley Frost e reconheceu que McNair fez um testamento ontem. De fato, depois que eu lhe expliquei quanto um caso de assassinato é sério, ele me deixou vê-lo e copiá-lo. McNair deu-o direto para o senhor. Ele pôs o seu nome, sem dúvida."

"Sem o meu consentimento." Wolfe vertia cerveja no copo. "O senhor McNair não era meu cliente."

Cramer grunhiu. "Agora é. O senhor não abandonaria um homem morto, abandonaria? Ele deixou alguns pequenos legados, e o patrimônio residual para uma irmã, Isabel McNair, que vive na Escócia num lugar chamado Camfirth. Há uma referência a instruções específicas que ele deu a ela com relação à propriedade." Cramer virou uma página. "Então o nome do senhor começa a aparecer. O parágrafo seis o nomeia testamenteiro, sem remuneração. O parágrafo seguinte diz:

"7. Para Nero Wolfe, residente à rua 35, número 918, na cidade de Nova York, deixo a minha caixa de couro vermelho e o seu conteúdo.

'Informei-o sobre onde ela se encontra e o que ela contém deverá ser considerado sua propriedade exclusiva, a ser utilizada por ele conforme sua vontade e discernimento. Determino que qualquer conta que ele possa apresentar, num montante razoável, por serviços por ele executados em conexão com isto, deve ser considerada uma dívida justa e adequada do meu patrimônio, que lhe deve ser paga prontamente.'"

"Bem." Cramer engasgou-se com fumaça. "Ele é seu cliente agora, hein? Ou ao menos será assim que isto for legitimado."

Wolfe sacudiu a cabeça. "Eu não consenti. E ofereço-lhe dois comentários: primeiro, observe a estarrecedora cautela do escocês. Quando o senhor McNair escreveu isso, encontrava-se num frenesi de desespero, estava me contratando para uma tarefa tão vital para ele que tinha de ser cumprida corretamente ou o seu espírito não poderia descansar, e, ainda assim, ele inseriu *num montante razoável*." Wolfe suspirou. "É óbvio que isso também era necessário para o descanso do seu espírito. Segundo, ele me deixou um problema. Onde está a caixa de couro vermelho?"

Cramer olhou direto para ele e disse, calmamente: "Fico imaginando".

Wolfe abriu os olhos, suspeitoso. "O que quer dizer com esse tom, senhor? Está imaginando o quê?"

"Fico imaginando onde a caixa vermelha se encontra." Cramer virou para cima a palma de uma mão. "Por que não deveria? Aposto cem contra um que aquilo que está dentro dela resolverá este caso." Olhou em torno e novamente para Wolfe. "Suponho que não haja nenhuma possibilidade de que ela pudesse estar bem aqui, neste escritório, neste minuto, por exemplo, no cofre ou em uma das gavetas da escrivaninha de Goodwin." Voltou-se para mim: "Importa-se de olhar, filho?".

Sorri para ele. "Não preciso. Estou com ela dentro do meu sapato."

"Senhor Cramer", cortou Wolfe. "Disse-lhe na noite passada até onde o senhor McNair chegou com a sua história. O senhor pretende dizer que tem o atrevimento de suspeitar..."

"Ouça aqui." Cramer começou a falar mais alto e com maior firmeza. "Não me venha com essa. Se eu tivesse algum atrevimento, não me daria o trabalho de trazê-lo comigo para cá, apenas tomaria algum emprestado aqui. Já vi demasiadas vezes a sua inocência ultrajada. Lembro-o da recente ocasião quando me arrisquei a sugerir que a fulana Fox poderia estar se escondendo aqui na sua casa. Também o lembro de que McNair disse ontem, em seu testamento — aqui, vou ler para o senhor — 'informei-o sobre onde ela se encontra'. Entendeu? Pretérito perfeito. Claro, eu sei, o senhor contou-me tudo o que McNair disse ontem à tarde, mas de onde ele tirou essa idéia de pretérito perfeito antes de encontrá-lo ontem? O senhor o viu na terça-feira, também..."

"Tolice. Na terça-feira foi uma breve primeira entrevista..."

"Está bem, já o vi ir bem mais longe do que aquilo numa primeira entrevista. Está bem, sei que estou berrando e vou continuar berrando. Por uma vez, quero

147

ser amaldiçoado se vou ficar na fila, na calçada, esperando o senhor abrir as portas e deixar-nos entrar para assistir ao show. Não há razão nenhuma neste mundo para o senhor não apresentar aquela caixa vermelha neste instante e deixar-me pôr as mãos nela. Não estou tentando afastá-lo de uma remuneração; vá atrás dela, tem o meu apoio. Mas eu sou o chefe do Esquadrão de Homicídios da cidade de Nova York e estou saturado de vê-lo bancar Deus Todo-Poderoso com qualquer prova, quaisquer pistas, quaisquer fatos e quaisquer testemunhas — e com tudo o que lhe ocorra pensar que vai precisar por algum tempo — sem fazer nada! Não desta vez! Mas não mesmo!"

Wolfe murmurou suavemente: "Avise-me quando tiver terminado".

"Eu não vou terminar."

"Vai, sim. Mais cedo do que pensa. O senhor está jogando durante uma fase de azar, senhor Cramer. Ao exigir que eu apresente a caixa vermelha do senhor McNair, escolheu o pior momento possível para acionar as suas tropas de reserva e arrasar o forte. Confesso que, por vezes, tergiversei com o senhor e joguei com duplos sentidos, mas o senhor nunca me viu dizer-lhe uma mentira direta e categórica. Jamais, senhor. Digo-lhe agora que nunca vi a caixa vermelha do senhor McNair, que não faço idéia de onde ela está ou esteve e que não tenho nenhum conhecimento sobre o que ela contém. Assim, por favor, não grite comigo desta maneira."

Cramer fitava-o, boquiaberto. Sendo habitualmente tão autoritário, sua aparência, com o queixo caído, era tão notável que achei que não lhe faria mal se eu lhe mostrasse a minha simpatia; assim, com o meu lápis em uma das mãos e o caderno de notas na outra, ergui ambos bem acima da minha cabeça, escancarei a boca, expandi o tórax e executei um imenso bocejo. Ele me viu fazê-lo, mas não atirou o charuto em mim, pois estava realmente atordoado. Finalmente conseguiu articular palavras para Wolfe:

"O senhor quer mesmo dizer isso? Não está em seu poder?"

"Não está."

"Não sabe onde está? Não sabe o que há dentro dela?"

"Não sei."

"Então, por que foi que ele disse ontem, em seu testamento, que havia lhe dito onde ela estava?"

"Ele pretendia fazê-lo. Estava antecipando."

"Ele não chegou a dizê-lo?"

Wolfe fechou a cara. "Maldição, senhor. Deixe a redundância para a música e para os interrogatórios cruzados. Não estou lhe tocando uma melodia e não gosto de ser apoquentado."

Cinzas do charuto de Cramer caíram no tapete. Ele não prestou atenção no fato. Resmungou: "Maldição". E afundou de novo em sua cadeira. O momento me pareceu perfeito para outro bocejo, mas quase fiquei de queixo travado bem no meio dele quando Cramer, de súbito, explodiu selvagemente comigo: "Pelo amor de Deus, vira logo do avesso de uma vez, seu palhaço!".

Queixei-me: "Santos céus, inspetor, um cara não pode evitar quando tem de...".

"Cale a boca!" Sentou-se e pareceu estupefato. Aquilo começava a ficar monótono quando ele se tornou lamurioso com Wolfe: "Isto é uma saudável bofetada, está bem. Eu não sabia que o senhor tinha me logrado tanto assim. Me acostumei tanto a vê-lo ter coelhos escondidos no chapéu que estava tomando duas coisas como absolutamente garantidas. A primeira, que a resposta a este caso está na tal caixa vermelha. A segunda, que o senhor estava com ela ou sabia onde ela está. Agora me diz que esta segunda não procede. Está bem, acredito no senhor. E quanto à número um?"

Wolfe assentiu com a cabeça. "Concordo com o senhor. Penso que, se dispuséssemos do conteúdo da caixa vermelha, saberíamos quem tentou matar o senhor McNair na segunda-feira da semana passada e quem o matou ontem." Wolfe comprimiu os lábios por um momento e então acrescentou: "Matou-o aqui. No meu escritório. Na minha presença".

"É. Com certeza." Cramer espetou seu charuto no cinzeiro. "Para o senhor, é isso que o torna um crime em vez de um caso." Voltou-se abruptamente para mim: "Pode ligar para o meu escritório?".

Girei a cadeira para a escrivaninha, puxei o aparelho e disquei. Quando me conectaram ao ramal, pedilhes que esperassem um momento, vaguei minha cadeira e Cramer mudou-se para ela.

"Burke? É Cramer. Tem um bloco de papel? Anote o seguinte: caixa de couro vermelha, não sei o tamanho, nem o peso, se velha ou se nova. Provavelmente não muito grande, porque as chances são de que contenha apenas papéis, documentos. Pertenceu a Boyden McNair. Um: dar cópias da foto de McNair a dez agentes e enviá-los a todas as casas-fortes com cofres de aluguel da cidade. Localizar qualquer cofre de aluguel que ele tenha tido e, assim que localizado, obter ordem judicial para abri-lo. Mandar o Haskins atrás daquele esquisitão do Midtown National, que é tão pretensioso. Dois: ligar para os homens que estão revistando o apartamento de McNair e o seu estabelecimento, informá-los sobre a caixa e dizer-lhes que quem a achar poderá tirar um dia de folga. Três: recomeçar tudo novamente com os amigos e conhecidos de McNair, perguntando-lhes se alguma vez o viram de posse de uma tal caixa, onde e quando, e que aparência ela tem. Também perguntar a Collinger, o advogado de McNair. Eu estava tão certo... Não lhe perguntei isso. Quatro: enviar outro telegrama para a Escócia e dizer-lhes para inquirirem a irmã de McNair sobre a caixa. Chegou uma resposta para aquele que você enviou esta manhã?... Não, dificilmente deu tempo. Anotou tudo?... Ótimo. Comece imediatamente. Estarei aí dentro em pouco."

Ele desligou. Wolfe murmurou: "Dez homens... cem... mil... Realmente, senhor Cramer, com um destacamento como esse, deveria capturar pelo menos dez acusados para cada crime cometido".

"É, sim." Cramer olhou em torno. "Oh, acho que deixei o meu chapéu no corredor. Informarei o senhor quando encontrarmos a caixa, já que é propriedade sua. Poderei, antes, dar uma olhada dentro dela, só para ter certeza de que não contém bombas. Detestaria ver o Goodwin, aqui, ser ferido. O senhor fará alguma investigação?"

Wolfe abanou a cabeça. "Com o seu exército de *terriers* escavando em todas as tocas? Não haveria espaço.

151

Lamento, senhor, pelo seu desapontamento aqui; se eu soubesse onde está a caixa vermelha, o senhor seria o primeiro a ouvir a respeito. Confio em que continuamos irmãos-em-armas? Quero dizer, no caso atual?"

"Plenamente. Companheiros."

"Ótimo. Então lhe farei uma pequena sugestão. Certifique-se de que os Frost, todos eles, fiquem imediatamente a par dos termos do testamento do senhor McNair. Não precisa preocupar-se com o senhor Gebert; deduzo que, se os Frost estiverem informados, ele também logo o estará. O senhor está em melhor posição do que eu para providenciar isso sem alarde."

"Correto. Mais alguma coisa?"

"É tudo. Com exceção de que, no caso de o senhor encontrar a caixa, eu não lhe recomendaria afixar o conteúdo dela no seu quadro de avisos. Imagino que ele terá de ser manuseado com prudência e habilidade. A pessoa que colocou aqueles comprimidos envenenados no vidro de aspirinas é muito engenhosa."

"Ã-hã. Mais alguma coisa?"

"Só que lhe desejo melhor sorte em outro lugar do que o senhor teve aqui."

"Obrigado. Vou precisar mesmo."

Cramer partiu.

Wolfe tocou a campainha pedindo cerveja. Fui à cozinha pegar um copo de leite, retornei com ele ao escritório e, postado junto à janela, comecei a bebericar. Um relance para Wolfe mostrara-me que as coisas estavam paralisadas, pois ele se achava sentado ereto e com os olhos abertos, virando as páginas de um folheto da Richardt que chegara pelo correio de manhã. Dei de ombros negligentemente. Depois de beber todo o leite, sentei-me à minha escrivaninha, fechei os envelopes com os cheques, selei-os, fui ao corredor pegar meu chapéu e, bem devagar, saí para jogá-los na caixa do correio na esquina. Quando retornei, Wolfe continuava em recesso; tirara uma *Laeliocattleya luminosa aurea* do vaso sobre a sua escrivaninha e levantava a capa da antera da flor para examinar-lhe as polínias com a lupa. Ao menos não começara a mexer no atlas. Sentei-me e observei:

"Lá fora está um belo e agradável dia de primavera. Dois de abril. Dia do velório de McNair. Ontem o senhor disse que a situação era espectral. Agora ele próprio é um espectro."

Wolfe resmungou com indiferença: "Ele não é um espectro".

"Então ele é matéria inerte."

"Ele não é matéria inerte. A menos que tenha sido embalsamado com meticulosidade incomum. A atividade de decomposição é tremenda."

"Está bem, então ele é um banquete. O que o senhor disser. Posso perguntar se entregou o caso ao inspetor Cramer? Deveria eu ir até a delegacia e pedir-lhe instruções?"

Não obtive resposta. Aguardei durante um intervalo decente e, então, prossegui: "Veja, por exemplo, essa caixa de couro vermelha. Digamos que Cramer a encontre, a abra, conheça tudo o que seria divertido saber, entre em sua carruagem e vá capturar o assassino, *com* provas. Lá se iria a primeira metade dos honorários que o senhor teria a receber de Llewellyn. A segunda metade já se foi, pois McNair está morto e, é claro, aquela herdeira não quererá mais trabalhar lá. Começa a parecer que o senhor não só teve o desconforto de ver McNair morrer bem na sua frente, como também não poderá enviar a ninguém a conta por isso. Ensinou-me a ser rígido em questões de dinheiro. Sabe que o doutor Vollmer cobrará cinco dólares por ter vindo aqui ontem? O senhor podia fazê-lo mandar a conta para o espólio de McNair, mas, de qualquer maneira, teria o trabalho e a despesa de cuidar disso, já que é o testamenteiro não remunerado. E, a propósito, como fica esse negócio de testamenteiro? O senhor não deveria estar se mexendo e fazendo alguma coisa?".

Nenhuma resposta.

Continuei: "E além disso, Cramer não tem realmente nenhum direito sobre a caixa vermelha. Legalmente ela pertence ao senhor. Mas se ele conseguir botar as mãos nela, irá saqueá-la, não pense que não. Daí, então, o senhor poderá fazer o seu advogado escrever-lhe uma carta...".

"Cale a boca, Archie." Wolfe depôs o copo. "Você está dizendo disparates. Ou talvez não esteja; não está brincando? Você sairia com sua pistola e mataria todos os homens do exército do senhor Cramer? Não vejo outra maneira de parar a busca deles. E então você encontraria a caixa vermelha?"

Sorri para ele, condescendente. "Eu não faria isso, porque não precisaria fazê-lo. Se eu fosse o tipo de homem que o senhor é, apenas me sentaria calmamente em minha cadeira, com os olhos fechados, e aplicaria psicologia ao caso. Como fez com Paul Chapin, lembra? Primeiro, eu decidiria como era a psicologia de McNair, cobrindo cada ponto. Depois, diria a mim mesmo: se a minha psicologia fosse assim, e se eu tivesse de esconder um objeto muito importante como uma caixa vermelha, onde o ocultaria? Então, eu diria a outra pessoa: Archie, por favor, vá imediatamente a tal e tal lugar, pegue a caixa vermelha e traga-a aqui. Dessa forma, o senhor estaria de posse dela antes de qualquer um dos homens de Cramer..."

"Chega." Wolfe foi categórico, mas estava imperturbável. "Tolerarei ser espicaçado só quando for necessário, Archie. No caso presente não preciso disso, preciso de fatos; mas me recuso a desperdiçar as suas energias e as minhas na montagem de uma coleção deles, o que poderá ser completamente inútil uma vez que a caixa vermelha seja encontrada. No tocante a achá-la, é óbvio que estamos fora disso, com os *terriers* de Cramer cavando em todas as tocas." Então, tornou-se um pouco ácido: "Opto por lembrar-lhe o que o meu programa projetava ontem: supervisar o cozimento de um ganso. Não, ver um homem morrer envenenado. E o seu, para esta manhã, era: ir com o carro até o estabelecimento do senhor Salzenbach, em Garfield, buscar um cabrito recém-abatido. Não ficar me importunando com futilidades. E para esta tarde... Sim, Fritz?".

Fritz aproximou-se: "O senhor Llewellyn Frost está aí e deseja vê-lo".

"Diabos." Wolfe suspirou. "Nada pode ser feito agora. Archie, se você... não. Afinal, ele é nosso cliente. Faça-o entrar."

10

Ao contrário do que fizera na véspera, desta vez Llewellyn aparentemente não viera para arrancar homens obesos de suas cadeiras. Também não estava com o seu advogado a tiracolo. Ele parecia um pouco abatido, mais receptivo. Sua gravata estava desalinhada. Disse "bom dia" a Wolfe e a mim, como se contasse com nossa concordância e precisasse de nosso apoio; até mesmo agradeceu a Wolfe por convidá-lo a tomar assento. Então sentou-se e olhou rapidamente de um para o outro como se tentasse se lembrar do que viera fazer.

"O senhor sofreu um choque, senhor Frost. Eu, também. O senhor McNair estava sentado na cadeira em que o senhor se encontra agora, quando engoliu o veneno", disse Wolfe.

Lew Frost anuiu com a cabeça. "Eu sei. Ele morreu exatamente aqui."

"De fato. Dizem que cento e cinqüenta miligramas podem matar um homem em trinta segundos. O senhor McNair ingeriu de duzentos e cinquenta a quinhentos miligramas. Ele teve convulsões quase que de imediato e morreu em menos de um minuto. Queira receber os meus pêsames. Ainda que não estivessem nos melhores termos, o senhor o conhecia há muito tempo. Não conhecia?"

Llewellyn balançou a cabeça outra vez. "Conhecia-o há quase doze anos. Nós... nós não estávamos exatamente em maus termos..." Interrompeu-se e refletiu. "Bem, acho que estávamos, sim. Mas não em termos pessoais. Quero dizer, não creio que desgostássemos um do outro. O fato é que tudo não passou de um mal-entendido. Só esta manhã descobri que eu estava errado na principal coisa que tinha contra ele. Achava que ele queria que a minha prima se casasse com aquele sujeito Gebert e agora soube que ele não queria isso de jeito nenhum. Ele era absolutamente contra isso." Llewellyn refletiu outra vez. "Isso... isso me fez pensar... quero dizer, eu estava completamente errado quanto a isso. Veja, quando eu vim ver o senhor, na segunda-feira... e na semana passada, também... eu achava que sabia de algumas coisas. Não disse nada sobre isso ao senhor — nem ao senhor Goodwin aqui, quando lhe falei a respeito — porque eu sabia que estava com preconceito. Não queria acusar ninguém. Eu só queria que o senhor descobrisse. E quero dizer... quero desculpar-me. Minha prima disse-me que tinha visto aquela caixa de doces, como e quando. Teria sido melhor se ela tivesse lhe contado tudo a respeito, compreendo isso. Ela também. Mas o diabo é que eu estava com a cabeça em outra... outra... o que quero dizer é que eu achava que sabia de algo..."

"Compreendo, senhor." Wolfe soou impaciente. "O senhor sabia que Molly Lauck estava enamorada do senhor Perren Gebert. Sabia que Gebert queria casar-se com sua prima Helen e achava que o senhor McNair apoiava essa idéia. O senhor estava mais do que disposto a suspeitar que a origem dos doces envenenados era aquele emaranhado erótico-matrimonial, já que este o preocupava tanto, pois o senhor mesmo queria casar-se com a sua prima."

Llewellyn olhou fixamente para ele. "De onde tirou essa idéia?" Seu rosto começou a ficar vermelho e ele vociferou: "Casar-me com ela? O senhor está doido. Que tipo de maldito imbecil...".

"Por favor, não faça isso", disse Wolfe, brandindo um dedo indicador para ele. "O senhor deveria saber que detetives às vezes detectam — ao menos alguns o fazem. Não digo que o senhor tivesse a intenção de se casar com sua prima, apenas que queria fazê-lo. Percebi isso logo no início da nossa conversação, na tarde da segunda-feira da semana passada, quando o senhor me disse que ela é a sua ortoprima. Não havia motivo para uma palavra tão complicada e incomum se encontrar na linha de frente dos seus pensamentos, como obviamente estava, a menos que o senhor tivesse estado tão preocupado com a idéia de casar-se com a sua prima, bem como em relação ao costume e à legitimidade do casamento entre primos em primeiro grau, que estudasse a questão a fundo. Ficou evidente que a lei canônica e os graus levíticos não lhe bastaram; o senhor se embrenhara na antropologia. Ou, possivelmente, não bastaram a outra pessoa — à própria Helen, à mãe dela, ao seu pai..."

"O senhor não detectou isso. Foi ela que lhe contou. Ontem... ela lhe contou?", disse Lew Frost intempestivamente, com o rosto ainda vermelho.

Wolfe abanou a cabeça. "Não, senhor. Eu o detectei. Entre outras coisas. Não me surpreenderia saber que, quando esteve aqui, três dias atrás, o senhor estava bastante convencido de que ou o senhor McNair ou o senhor Gebert matara Molly Lauck. Certamente o senhor não estava em condições de discernir entre tolice e plausibilidade."

"Eu sei que não. Mas não estava convencido de... nada." Llewellyn mordiscava os lábios. "Agora, decerto, eu vejo melhor. Essa coisa com McNair é terrível. Os jornais recomeçaram com a história toda novamente. A polícia veio nos procurar — nós, os Frost — esta manhã, como se... como se soubéssemos de algo a respeito. E Helen está toda magoada, é claro. Ela queria ir ver o corpo de McNair esta manhã, mas não pôde, pois lhe disseram que estava sendo submetido a autópsia, e isso não foi agradável. Então ela quis vir ver o senhor e eu acabei trazendo-a para cá. Entrei primeiro porque não sabia quem poderia estar aqui. Ela está lá fora no meu carro. Posso trazê-la?"

Wolfe fez uma careta: "Não há nada que eu possa fazer por ela, neste momento. Suspeito que ela não esteja em condições...".

"Ela quer vê-lo."

Wolfe deu de ombros: "Traga-a".

Lew Frost ergueu-se e saiu a passos largos. Fui com ele para cuidar da porta da frente. Estacionado junto ao meio-fio da esquina estava um cupê cinza e de dentro dele emergiu Helen Frost. Llewellyn escoltou-a pelo alpendre e pelo corredor — e devo dizer que ela não estava com a aparência de uma deusa. Seus olhos esta-

159

vam inchados; o nariz, vermelho e irritado; e ela parecia adoentada. Seu ortoprimo conduziu-a até o escritório e eu fui atrás. Ela cumprimentou Wolfe com um aceno de cabeça e sentou-se na "cadeira dos imbecis"; então olhou para Llewellyn, para mim e para Wolfe, como se não tivesse certeza de nos conhecer.

Olhou para o chão e para cima, de novo. "Foi exatamente aqui", disse em tom mortiço. "Não foi? Exatamente aqui."

"Sim, senhorita Frost", concordou Wolfe. "Mas se foi para isso que veio, para estremecer no lugar em que o seu melhor amigo morreu, isso não nos ajudará em nada." Ele se empertigou um pouco. "Este é um escritório de detetive, não um local para cultivar a morbidez. Sim, ele morreu aqui. Ele engoliu o veneno sentado nessa cadeira; ele vacilou sobre os pés e tentou manter-se ereto apoiando os punhos sobre a minha escrivaninha, caiu no chão numa convulsão e morreu; se ele ainda estivesse aqui, a senhorita poderia tocá-lo sem erguer-se da sua cadeira."

Helen estava de olhos arregalados, a respiração suspensa. Llewellyn protestou: "Pelo amor de Deus, Wolfe, o senhor pensa...".

Com um movimento de mão espalmada, Wolfe fê-lo calar-se. "Acho que eu tinha de sentar-me aqui e ver o senhor McNair ser assassinado em meu escritório. Archie, o seu caderno de anotações, por favor. Ontem eu disse à senhorita Frost que estava na hora de algo ser dito a ela. O que foi que eu disse então? Leia-o."

Peguei o caderno, voltei as páginas, encontrei o que queria e li:

"... Em sua vaidade, está assumindo — por sua juventude e inexperiência — uma enorme responsabilidade. Molly Lauck morreu há nove dias, provavelmente por atrapalhar o esforço de alguém para matar uma outra pessoa. Durante todo esse tempo, a senhorita detinha informações que, manuseadas com competência e presteza, poderiam ter ocasionado algo muito mais importante do que infligir vingança; poderiam salvar uma vida e talvez fosse possível que essa vida merecesse ser salva. Não acha..."

"É o bastante." Wolfe dirigiu-se para ela. "Isso, *mademoiselle*, foi um apelo cortês e razoável. Não faço apelos como esse com freqüência; sou demasiado vaidoso. Apelei à senhorita, sem êxito. Se lhe é doloroso ser recordada de que o seu melhor amigo morreu ontem, em sofrimento, no local em que agora se encontra a cadeira que ocupa, a senhorita pensa que foi agradável para mim estar sentado aqui e vê-lo morrer?" Abruptamente voltou-se para Llewellyn. "E o senhor, cavalheiro, que me contratou para resolver um problema e então passou a me tolher assim que dei o primeiro passo — agora está rápido no gatilho para ficar melindrado se não demonstro ternura e consideração pelo remorso e pelo pesar de sua prima. Não as demonstro porque não as tenho. Se, neste escritório, ofereço algo à venda e que vale a pena comprar, certamente não são um coração terno e simpatia lacrimosa pela aflição de crianças mimadas e obtusas." E, dirigindo-se de novo a Helen: "Ontem, em seu orgulho, a senhorita não pediu

161

e não ofereceu nada. Toda informação que deu lhe foi arrancada por força de uma ameaça. Para o que veio hoje? O que deseja?"

Llewellyn se erguera e fora para junto da cadeira dela. Estava se contendo. "Vem, Helen", instou-a. "Vem, sai daqui..."

Ela estendeu uma mão, tocou sua manga e fez que não com a cabeça sem olhar para ele. "Senta, Lew", disse-lhe. "Por favor. Eu mereço isso." Havia um ponto de cor na face que eu podia ver.

"Não. Vem."

Ela balançou a cabeça outra vez, negando. "Vou ficar."

"Eu não." Ele esticou o queixo na direção de Wolfe. "Olhe aqui, eu pedi desculpas ao senhor. Tudo bem, eu lhe devia isso. Mas agora quero dizer... aquela coisa que assinei aqui na terça-feira... aviso-o de que não a reconheço mais. Não vou lhe pagar dez mil dólares, porque não os tenho e porque o senhor não os mereceu. Posso pagar-lhe uma soma razoável quando enviar uma conta. O negócio está desfeito."

Wolfe balançou a cabeça e murmurou: "Eu esperava por isso, é claro. As suspeitas, para cuja fundamentação me contratou, evaporaram. A ameaça de molestamento de sua prima, causada por sua admissão de que tinha visto a caixa de doces, já não existe. Metade do seu propósito foi alcançada, já que a sua prima não irá mais trabalhar — ao menos não para o senhor McNair. Quanto à outra metade, prosseguir com a investigação do assassinato de Molly Lauck significaria necessariamente uma investigação também da morte do senhor McNair, e isso poderia com facilidade resultar em algo altamente desagradável para um Frost. Essa é a lógica da coisa, para o senhor, perfeitamente correta; e se tenho a expectativa de ganhar mesmo uma fração justa da minha remuneração, terei de processá-lo para recebê-la". Suspirou e recostou-se na cadeira. "E o senhor me arrastou até a rua 52 com aquela maldita carta. Tenha um bom dia, senhor. Não o culpo; mas tenha a certeza de que lhe mandarei uma fatura de dez mil dólares. Sei o que está pensando: que não será processado, porque eu não irei a um tribunal testemunhar. O senhor está certo; mas sem dúvida eu lhe enviarei uma fatura."

"Vá em frente. Vamos, Helen."

Ela não se moveu. Disse calmamente: "Senta, Lew".

"Pra quê? Anda. Você ouviu o que ele disse sobre 'desagradável para um Frost'? Não vê que foi ele que lançou a polícia atrás de nós como se fôssemos todos um bando de assassinos? E que ele o fez em função de alguma coisa que McNair lhe disse ontem, antes... antes de aquilo acontecer? Exatamente como papai disse, e a tia Callie também? Você se admira porque eles não queriam deixá-la vir aqui a menos que eu viesse junto? Não estou dizendo que McNair tenha contado mentiras a ele, só estou dizendo..."

"Lew! Pára!" Ela não falou alto, mas com determinação. Colocou novamente uma das mãos sobre a manga dele. "Escuta, Lew. Você sabe muito bem que todos os mal-entendidos que sempre tivemos ocorreram por causa do tio Boyd. Não acha que podíamos parar de tê-los, agora que ele está morto? Eu disse ao senhor Wolfe ontem... ele... ele foi o melhor homem que eu jamais conheci... Não espero de você que concorde com isso... mas é verdade. Sei que ele não gostava de você, e eu, honestamente, achava que era a única coisa em que estava errado." Ergueu-se e colocou uma mão sobre cada um dos braços dele. "Você também é um bom homem, Lew. Você tem uma porção de coisas boas. Mas eu amava o tio Boyd." Ela apertou os lábios e balançou a cabeça várias vezes. Por fim, engoliu em seco e continuou: "Ele foi uma excelente pessoa... foi sim. Ele me deu todo o bom senso que tenho e foi ele que me impediu de ser apenas uma completa idiota ridícula...". Ela apertou os lábios novamente: "Ele sempre costumava dizer... sempre que eu... eu...".

Ela voltou-se de supetão, sentou-se, afundou o rosto nas mãos e desatou a chorar.

Llewellyn começou a falar-lhe: "Ora, Helen, pelo amor de Deus, eu sei como se sente...".

"Sente-se e cale a boca. Desista!", rosnei para ele.

Ele ia continuar a confortá-la. Levantei de um salto, peguei seu ombro e o girei. "O senhor já não é mais um cliente aqui. Não discuta. Eu não lhe disse que cenas me deixam nervoso?" Deixei-o olhando com ferocidade para mim; fui até o armário, peguei um pouco de conhaque e um copo de água fria, e voltei postando-me ao lado da cadeira de Helen Frost. Ela se acalmou rapidamente, pescou um lenço de dentro de sua bolsa e, numa seqüência de breves toques com ele, começou a enxugar as lágrimas. Aguardei até que ela pudesse ver, para então dizer-lhe:

"Conhaque. Guarnier 1890. Devo colocar água?"

Ela recusou com um gesto, agarrou o copo e engoliu rapidamente o conteúdo. Ofereci-lhe a água e ela tomou um gole dela. Então olhou para Nero Wolfe e disse: "O senhor terá de me desculpar. Não estou pedindo ternura, mas terá de me desculpar". Olhou para o primo: "Não falarei mais sobre o tio Boyd com você. Não faz nenhum bem, faz? É bobagem". Enxugou os olhos de novo, inspirou fundo, com ligeiro tremor, exalou e se dirigiu novamente a Wolfe:

"Não me importa o que o tio Boyd lhe disse sobre nós, os Frost", disse. "Não pode ter sido nada de muito terrível, porque ele não diria mentiras. Também não me importa se o senhor está colaborando com a polícia. Não poderia haver nada mais... mais desagradável para um Frost do que aquilo que aconteceu. De qualquer modo, a polícia não descobriu absolutamente nada sobre Molly Lauck, e o senhor sim."

Suas lágrimas haviam secado. Ela prosseguiu: "Lamento se não lhe contei... é claro que lamento. Achei que estava guardando um segredo para o tio Boyd, mas lamento de qualquer maneira. Só desejaria que houvesse outra coisa que eu pudesse lhe contar... mas, de todo modo... posso fazer isto. Esta é a primeira vez que estou verdadeiramente contente por ter muito dinheiro. Eu lhe pagarei qualquer valor para que descubra quem matou o tio Boyd. Qualquer valor, e... e o senhor não terá de processar-me para recebê-lo".

Peguei o copo dela e fui até o armário, para colocar um pouco mais de conhaque. Sorri para a garrafa enquanto despejava, pensando em como este caso estava resultando apenas numa seqüência de um maldito cliente após o outro.

165

11

Llewellyn protestava: "Mas, Helen, este é um trabalho policial. Não que Wolfe possa ser ainda mais desagradável do que a polícia, mas se trata de uma tarefa para policiais e você deve deixar que a cumpram. De qualquer maneira, papai e tia Callie ficarão irritados feito o diabo, você sabe disso. Viu como vieram atrás de mim quando eu... terça-feira".

"Não me importa se vão ficar irritados. Não é o dinheiro deles, é o meu", retrucou Helen. "Eu é que estou fazendo isso. Claro, não atingirei a maioridade senão no mês que vem. Isso tem importância, senhor Wolfe? Está bem para o senhor?"

"Perfeitamente bem."

"O senhor o fará?"

"Se aceito a sua incumbência? Apesar da minha experiência com outro Frost como cliente, sim."

Ela se voltou para o ortoprimo: "Você faz o que achar melhor, Lew. Vá para casa e conte-lhes, se quiser. Mas eu... eu gostaria de tê-lo...".

Ele estava de cara fechada. "Você está determinada?"

"Sim, completamente determinada."

"Então tá." Ele voltou para a sua cadeira. "Fico aqui.

Sou pelos Frost, mas você é a primeira na minha lista. Você é... ora, nada." Ele enrubesceu um pouco. "Vá em frente."

"Obrigada, Lew." Ela prosseguiu, dirigindo-se a Wolfe: "Presumo que o senhor queira que eu assine alguma coisa?".

Wolfe sacudiu a cabeça: "Isso não será necessário". Ele se recostara e seus olhos estavam semicerrados. "Meu preço será adequado, mas não exorbitante. Não tentarei fazê-la pagar pela inconstância do seu primo. Mas uma coisa deve ficar perfeitamente entendida. A senhorita está me contratando para este trabalho por causa da sua afeição e estima pelo senhor McNair e porque deseja que o assassino dele seja descoberto e punido. No momento, a senhorita se encontra sob o domínio de emoções poderosas. Tem certeza de que amanhã ou na próxima semana ainda vai querer que o faça? Quer o assassino capturado, julgado, condenado e executado, mesmo que aconteça, por exemplo, tratar-se do seu primo, do seu tio, da sua mãe... ou do senhor Perren Gebert?"

"Mas isso... isso é ridículo..."

"Pode ser, mas a questão ainda precisa ser respondida. A senhorita deseja pagar-me para pegar o assassino, não importa quem seja?"

Ela o fitou e, por fim, disse: "Sim. Seja quem for que tenha matado o tio Boyd. Sim, quero".

"A senhorita não voltará atrás?"

"Não."

"Muito bem. Acredito na senhorita. Me esforçarei para cumprir a tarefa. Agora quero fazer-lhe algumas perguntas, mas é possível que a resposta para a primeira torne desnecessárias as demais. Quando foi que viu, pela última vez, a caixa de couro vermelha do senhor McNair?"

"O quê?" Ela franziu o cenho. "Caixa de couro vermelha?"

"É isso."

"Nunca. Nunca a vi. Eu nem sabia que ele tinha uma."

"É mesmo? E o senhor, está respondendo a perguntas?"

"Acho que sim. Claro. Mas não sobre uma caixa de couro vermelha. Nunca a vi", disse Lew Frost.

Wolfe suspirou. "Temo, então, que teremos de prosseguir. Posso contar-lhe, senhorita Frost, que o senhor McNair previa — ao menos, temia — o que o esperava. Enquanto a senhorita estava aqui ontem, ele foi ao advogado alterar o testamento. Ele deixou seu patrimônio para a irmã Isabel, que vive na Escócia. Nomeou-me executor de seu testamento e me legou sua caixa de couro vermelha e seu conteúdo. Ele veio aqui pedir-me que aceitasse o encargo e o legado."

"Ele o nomeou executor?" Llewellyn fitava-o, incrédulo. "Por quê? Ele não o conhecia. Anteontem ele nem sequer quis falar com o senhor..."

"Exatamente. Isso mostra a extensão do seu desespero. Mas é evidente que a caixa vermelha contém o segredo de sua morte. De fato, senhorita Frost, fiquei contente por vê-la aqui hoje. Eu tinha esperança de que me desse uma descrição da caixa, ou algo mais."

Ela abanou a cabeça: "Nunca a vi. Não sabia... mas

não compreendo... se queria que o senhor a tivesse, por que ele não lhe contou ontem...".

"Ele pretendia contar. Mas não foi muito longe. Suas últimas palavras — sua derradeira e fútil luta contra o seu destino — foram um esforço para contar-me onde se encontra a caixa vermelha. Devo informá-la: o inspetor Cramer tem uma cópia do testamento e, agora mesmo, dezenas de policiais estão procurando pela caixa; portanto, se a senhorita ou o seu primo puderem me dar qualquer indicação, não há tempo a perder. É desejável que eu obtenha a caixa antes deles. Não para proteger o assassino, mas tenho a minha própria maneira de fazer as coisas — e a polícia não tem outro cliente senão a cadeira elétrica."

"Mas o senhor diz que ele lhe legou a caixa, é propriedade sua...", disse Llewellyn.

"Provas em casos de assassinato não são propriedade de ninguém, uma vez que a Lei as pegue. Se o senhor Cramer a encontrar, o melhor com que poderemos contar será o papel de espectador privilegiado. Portanto, voltem no tempo em suas mentes, ambos. Examinem, em suas memórias, dias, semanas, meses, anos passados. Se puderem, ressuscitem alguma observação feita pelo senhor McNair, algum gesto esquecido, talvez de irritação ou de constrangimento ao ser interrompido, talvez o fechamento apressado de uma gaveta, ou a revelação involuntária de um esconderijo. Um comentário feito por outra pessoa que possa ter tido conhecimento disso. Alguma ação singular ou habitual do senhor McNair, inexplicada no momento..."

Llewellyn meneava lentamente a cabeça. Helen

disse: "Nada. Vou pensar, mas estou certa de que não há nada semelhante de que consiga lembrar".

"Isso é péssimo. Continuem tentando. Claro, os policiais estão revistando o apartamento e a empresa dele. Ele utilizava algum outro local, terrestre ou aquático? Uma garagem, um barco, um lugar no campo?"

Llewellyn olhava inquisidoramente para a prima. "Sim. Glennanne" ela assentiu. Um pequeno chalé com algumas centenas de metros quadrados de terreno, ao norte, perto de Brewster".

"Glennanne?"

"Sim. O nome de sua esposa era Anne e o da filha, Glenna."

"O local era propriedade dele?"

"Sim. Ele o comprou há uns seis anos."

"O que é e onde fica Brewster?"

"É um pequeno vilarejo a uns oitenta quilômetros ao norte de Nova York."

"Não diga." Wolfe sentou-se ereto. "Archie. Convoque Saul, Orrie, Johnny e Fred. Que venham para cá, agora. Se não puderem vir os quatro de imediato, envie os dois primeiros que chegarem para revistar Glennanne; os outros dois se juntarão a eles assim que possível. Primeiro o chalé, rápida e meticulosamente; em seguida, o terreno. Há um jardim, senhorita Frost? Ferramentas?"

Ela confirmou com um movimento de cabeça. "Ele... ele cultivava algumas flores."

"Ótimo. Eles podem levar o sedã. Consiga coisas extras para cavar, se precisarem, e eles devem levar lanternas para prosseguir com a busca à noite. É mais provável no chalé — um buraco na parede, uma prancha solta do assoalho. Chame-os. Espere. Antes, o seu caderno de anotações; anote o que vou dizer e depois datilografe em papel timbrado:

> Por meio deste documento, autorizo o seu portador, Saul Panzer, a assumir total controle da casa e do terreno de Glennanne, propriedade de Boyden McNair, falecido, e a empreender certas atividades ali em conformidade com instruções que lhe dei.

"Deixe espaço para eu assinar acima da designação 'Executor do testamento de Boyden McNair'. Ainda não me qualifiquei, mas podemos resolver a burocracia mais tarde." Wolfe dispensou-me com um aceno da cabeça. "Agora, senhorita Frost, talvez possa contar-me..."

Fui para o telefone e comecei a discar. Consegui de imediato falar com Saul e com Orrie e eles disseram que viriam sem demora. Fred Durkin não estava, mas sua mulher disse saber onde encontrá-lo e que o faria ligar para mim em dez minutos. Johnny Keems criara o hábito de, quando não estava em alguma missão para nós, telefonar todas as manhãs, às nove horas, para me passar o seu programa. Naquele dia, havia me informado que continuava fazendo um serviço como segurança para Del Pritchard, então liguei para aquele escritório. Eles iam necessitar do Johnny o dia todo, mas, antes que eu terminasse de datilografar a autorização para Saul, Fred telefonou, de modo que eu podia contar com três.

Saul Panzer foi o primeiro a chegar e Wolfe fez Fritz acompanhá-lo até o escritório. Ele entrou com o chapéu na mão, lançou-me uma piscadela, perguntou a Wolfe como ia, num relance registrou uma imagem indelével dos dois Frost e então apontou seu grande nariz inquisidoramente para Wolfe.

Este passou-lhe as coordenadas e lhe disse o que deveria procurar. Helen Frost explicou-lhe como chegar a Glennanne a partir do vilarejo de Brewster. Eu lhe entreguei a autorização assinada e quarenta dólares para despesas, dinheiro que ele colocou cuidadosamente em sua velha carteira marrom. Wolfe disse-lhe para tirar o carro da garagem e esperar em frente para apanhar Fred e Orrie assim que chegassem.

Saul balançou afirmativamente a cabeça. "Sim, senhor. Se encontrar a caixa, devo deixar Fred ou Orrie no local, quando eu vier embora?"

"Sim. Até que seja notificado. Deixe o Fred."

"Se algum estranho se oferecer para me ajudar a procurar, devo permitir que o faça?"

Wolfe franziu o cenho: "Eu ia mencionar isso. Certamente não pode haver objeção a tal ajuda se mostrarmos uma preferência pela lei e pela ordem. Com toda cortesia, você pode pedir-lhe que mostre uma ordem de busca".

"Há alguma coisa 'quente' na caixa?" Saul corou. "Quero dizer, propriedade roubada?"

"Não. Ela é legalmente minha. Defenda-a."

"Certo." Saul se foi. Fiquei pensando que, se ele conseguisse colocar suas manzorras na caixa, eu não gostaria de ser o sujeito a tentar tirá-la dele, apesar de sua pequena estatura. Ele tinha por Nero Wolfe a mesma consideração que eu tenho por meu nariz aristocrático e por meus grandes e inteligentes olhos castanhos.

Wolfe acionara o botão para chamar Fritz, um toque longo, não os dois curtos para pedir cerveja. Fritz veio e se postou para receber instruções.

Wolfe franziu as sobrancelhas. "Você pode 'esticar' o almoço para nós? Para incluir dois convidados?"

"Não", irrompeu Llewellyn. "Realmente... Nós precisamos voltar para casa. Prometi ao papai e à tia Callie..."

"O senhor pode telefonar para eles. Eu aconselho a senhorita Frost a ficar. A qualquer momento poderemos ouvir que a caixa foi encontrada e isso significaria uma crise. E, para tomar providências diante da possibilidade de que não seja encontrada, vou precisar de uma porção de informações. Senhorita Frost?"

Ela anuiu com a cabeça. "Eu fico. Não estou com fome. Eu fico. Você fica comigo, Lew?"

Ele resmungou algo para ela, mas não saiu do lugar. Wolfe disse a Fritz:

"O fricandó deve ser suficiente. Acrescente alface à salada, se as endívias forem poucas e, é claro, aumente o azeite. Ponha para gelar uma garrafa de Marcobrunner '28. Chame-nos assim que estiver servido." Com o aceno de um dedo, ele dispensou o cozinheiro e tornou a ajeitar-se na cadeira. "Agora, senhorita Frost. Estamos empenhados num empreendimento conjunto. Preciso de fatos. Vou lhe fazer uma porção de perguntas tolas. Se alguma delas se revelar sábia ou esperta, a senhorita não o saberá, mas esperemos que eu, sim, o saiba. Se lhe perguntar se a sua mãe recentemente a mandou ao farmacêutico da esquina comprar comprimidos de cianeto de potássio, apenas diga não e ouça a pergunta seguinte. Certa vez, resolvi um caso difícil ao saber de uma jovem, após interrogá-la durante cinco horas, que lhe haviam dado um jornal do qual fora cortado um pedaço. Os inalienáveis direitos da senhorita à privacidade estão temporariamente suspensos. Está compreendido?"

"Sim." Ela o encarou. "Não me importo. É claro que sei que o senhor é inteligente, quero que o seja. Sei com que facilidade me pegou numa mentira na manhã de terça-feira. Mas o senhor deveria saber... o senhor não conseguirá pegar-me numa agora, porque não tenho nada sobre o que mentir. Não vejo como qualquer coisa que eu saiba possa ajudá-lo..."

"É possível que não possa. Só podemos tentar. Primeiro, deixe-nos esclarecer um pouco o presente para, depois, trabalharmos retroativamente. Devo informá-la: o senhor McNair contou-me algumas coisas ontem, antes de ser interrompido. Tenho alguns conhecimentos para começar. Assim, por exemplo, o que o senhor Gebert quis dizer ontem quando afirmou que a senhorita era quase sua noiva?"

Ela apertou os lábios, mas então foi direta:

"Ele não quis dizer nada, realmente. Por... por diversas vezes ele me pediu em casamento."

"A senhorita o encorajou?"

"Não."

"Alguém o fez?"

"Por que... quem poderia?"

"Uma porção de gente. A sua criada, o pastor da igreja dele, um membro da família da senhorita... Alguém o encorajou?"

Depois de uma pausa, ela disse: "Não".

"A senhorita disse que não tem nada sobre o que mentir."

"Mas eu..." Ela parou e tentou sorrir para ele. Foi aí que eu comecei a pensar que ela era uma boa criança, quando a vi tentar sorrir para mostrar que não estava tentando enganá-lo. Ela continuou: "Isto é tão pessoal... não vejo como...".

Wolfe sacudiu um dedo para ela. "Continuamos na teoria de que, não importa o que ocorra, queremos descobrir o assassino do senhor McNair. Mesmo que — apenas como um exemplo — signifique arrastar a sua mãe para dentro de um tribunal para testemunhar contra alguém de que ela goste. Se esse é o objetivo da senhorita, precisa deixar o método da busca por minha conta; e, lhe imploro, não se esquive e não fuja à menor pedra de tropeço. Quem encorajou o senhor Gebert?"

"Não o farei de novo", prometeu ela. "Na realidade, ninguém o encorajou. Eu o conheço desde sempre e minha mãe o conhece desde antes de eu ter nascido. Minha mãe e meu pai o conheciam. Ele sempre foi... atencioso, divertido e, em alguns aspectos, é interessante e gosto dele. Em outros, desgosto extremamente. Minha mãe me disse que, por conta dos pontos positivos dele, eu deveria controlar o meu desgosto e que, sendo ele um amigo tão antigo, eu não devia ferir os seus sentimentos com um distanciamento. Que não faria mal deixá-lo pensar que continua no páreo enquanto eu não tiver decidido."

"A senhorita concordou com isso?"

"Bem, eu... eu não fui contra. Minha mãe é muito persuasiva."

"Qual foi a atitude do seu tio, o senhor Dudley Frost, curador do seu patrimônio?"

"Oh, eu nunca discuti esse tipo de coisa com ele. Mas sei qual teria sido sua atitude. Ele nunca gostou de Perren."

"E o senhor McNair?"

"Ele desgostava ainda mais de Perren do que eu. Exteriormente eles eram amigos, mas... de qualquer modo, o tio Boyd não tinha duas caras. Quer que lhe conte..."

"Sim, por favor"

"Bem, certo dia, há cerca de um ano, o tio Boyd mandou me chamar em seu escritório e, quando entrei, Perren estava lá. Tio Boyd se encontrava de pé, parecia pálido e decidido. Perguntei-lhe do que se tratava e ele disse que só queria me dizer, na presença de Perren, que qualquer influência que a sua amizade e afeição pudessem ter sobre mim seria inalteravelmente contrária ao meu casamento com Perren. Disse-o de maneira muito... formal, e isso não era do seu feitio. Não me pediu para prometer coisa alguma. Apenas disse aquilo e então me dispensou."

"E, apesar disso, o senhor Gebert persistiu em lhe fazer a corte."

"Claro que sim. Por que não o faria? Muitos homens a fizeram. Sou tão rica que vale a pena fazer um esforço."

"Caramba." Por um instante, os olhos de Wolfe piscaram arregalados para ela, mas voltaram a ficar semicerrados. "Tão cínica com relação a isso? Mas um cinismo corajoso, que, naturalmente, é adequado. Nada é mais admirável do que a firmeza com que milionários suportam as desvantagens de sua riqueza. Qual é a profissão do senhor Gebert?"

"Ele não tem nenhuma. Essa é uma das coisas de que não gosto nele. Ele não faz nada."

"Ele tem alguma renda?"

"Não sei. De fato, não sei nada a respeito. Suponho que tenha... ouvi-o fazer observações vagas. Ele mora no Chesebrough e tem um carro."

"Eu sei. O senhor Goodwin informou-me de que ele veio com esse carro aqui, ontem. De todo modo, é um homem de coragem. A senhorita o conheceu na Europa; o que ele fazia lá?"

"Não mais do que aqui, até onde lembro — é claro, eu era menina, então. Ele foi ferido, em seguida veio visitar-nos na Espanha — quero dizer, veio visitar a minha mãe, pois eu tinha só dois anos de idade — e foi conosco para o Egito um pouco depois; mas, quando prosseguimos para o Oriente, ele retornou..."

"Um momento, por favor." Wolfe estava de cenho franzido. "Vamos acertar a cronologia. Parece que um grupo considerável esteve na Espanha; as quase últimas palavras do senhor McNair foram que havia ido para a Espanha com a filha pequena. Bem, comece quando a sua vida começou. A senhorita nasceu, como me disse ontem, em Paris, em 7 de maio de 1915. Seu pai já se encontrava na guerra, como membro da Força

Aérea britânica, e foi morto quando a senhorita tinha apenas alguns meses de idade. Quando foi que sua mãe a levou para a Espanha?"

"No início de 1916. Ela tinha medo de continuar em Paris, por causa da guerra. Fomos primeiro para Barcelona e, então, para Cartagena. Um pouco mais tarde, tio Boyd e Glenna vieram se juntar a nós. Ele não tinha dinheiro, estava mal de saúde e minha mãe... o ajudou. Acho que Perren veio, não muito mais tarde, em parte porque tio Boyd estava lá — ambos tinham sido amigos de meu pai. Então, em 1917, Glenna morreu; pouco depois disso, o tio Boyd retornou para a Escócia e minha mãe me levou para o Egito, porque eles temiam uma revolução ou algo assim na Espanha; Perren foi conosco."

"Ótimo. Possuo uma casa no Egito que não vejo há vinte anos. Tem ladrilhos persas, de Rhages e de Veramine, na entrada. Por quanto tempo ficaram no Egito?"

"Por cerca de dois anos. Em 1919, quando eu tinha quatro anos de idade — é claro, foi minha mãe que me contou tudo isso —, três cidadãos ingleses foram mortos durante um tumulto no Cairo e minha mãe decidiu partir. Perren voltou para a França. Minha mãe e eu fomos para Bombaim, mais tarde para Bali, para o Japão e para o Havaí. Meu tio, curador do meu patrimônio, vivia insistindo em que eu deveria ter uma educação americana e, finalmente, em 1924 — eu tinha nove anos, então —, deixamos o Havaí e viemos para Nova York. Foi a partir daí, realmente, que eu conheci o tio Boyd, porque, é óbvio, eu não me lembrava dele da Espanha, já que só tinha dois anos."

"Ele já possuía a empresa em Nova York quando vocês chegaram aqui?"

"Não. Ele me contou: começou desenhando para a Wilmerding em Londres, onde fez muito sucesso e se tornou sócio; então decidiu que Nova York seria melhor e veio para cá em 1925, estabelecendo-se por conta própria. Claro, a primeira coisa que fez foi procurar minha mãe e ela lhe foi de alguma ajuda, graças às pessoas que conhecia; mas ele teria chegado ao topo de qualquer modo, pois era muito competente. Tinha grande talento. Paris e Londres começaram a copiá-lo. O senhor nunca teria imaginado, só de estar com ele, conversar com ele... nunca teria imaginado..."

Ela vacilou e parou. Wolfe começou a murmurar-lhe algo para acalmá-la, mas uma interrupção poupou-lhe o esforço. Fritz surgira para anunciar o almoço. Wolfe empurrou sua cadeira para trás:

"O seu casaco ficará bem aqui, senhorita Frost. Seu chapéu? Mas permita-me insistir, como um favor; comer usando um chapéu, a não ser em estações de trem, é uma barbaridade. Muito obrigado. Restaurante? Nada sei sobre restaurantes; é quase uma compulsão: eu não comeria num deles nem que o próprio Vatel fosse o *chef*."

Então, depois de nos sentarmos à mesa, quando Fritz veio para passar a travessa com a entrada, Wolfe fez as apresentações, conforme era o seu hábito com convidados que ainda não haviam experimentado daquela cozinha:

"Senhorita Frost, senhor Frost, este é o senhor Brenner."

Também em conformidade com o costume, não houve conversa sobre assuntos de negócios durante a refeição. Llewellyn estava inquieto, mas comeu; e pareceu que, de fato, a nossa nova cliente estava faminta como o diabo. Provavelmente não tomara o café-da-manhã. Seja como for, ela atacou o fricandó de um modo que fez Wolfe olhá-la com franca aprovação. Ele se encarregou do fardo da conversação, principalmente sobre o Egito, ladrilhos, as utilidades do lábio dobrado do camelo e a teoria de que o gênio colonizador da Inglaterra se deveu ao clima repulsivo daquele país, razão pela qual os ingleses com um mínimo de senso e força de vontade invariavelmente haviam decidido ir trabalhar em outro lugar. Eram duas e meia quando terminamos a salada; então voltamos para o escritório, onde Fritz nos serviu o café.

Helen Frost telefonou para sua mãe. Aparentemente, houve considerável protesto materno na outra extremidade da linha, pois Helen soou primeiro persuasiva, depois irritada e, por fim, bastante insolente. Durante aquela performance, Llewellyn permaneceu sentado, olhando-a mal-humorado, e eu não conseguia saber se a carranca era para ela ou para a oposição. De qualquer modo, não teve efeito sobre a nossa cliente, pois ela estava sentada à minha escrivaninha e não podia vê-lo.

Wolfe começou a falar com ela novamente, retomando a cantilena sobre Perren Gebert, mas, durante aproximadamente a primeira meia hora, ela foi entrecortada, pois o telefone continuou interrompendo. Johnny Keems ligou para dizer que, se estávamos precisando dele, poderia deixar o trabalho na Pritchard e eu lhe respondi que não se preocupasse, que daríamos um jeito. Depois foi a vez de Dudley Frost telefonar, para dar imensa bronca no filho; Llewellyn ouviu calmamente e anunciou que sua prima Helen precisava dele onde se encontrava — ela, ao ouvir isso, manteve a expressão séria, mas eu sufoquei o riso. Em seguida, uma chamada de Fred Durkin, para dizer que haviam chegado a Glennanne e tomado posse, que não tinham encontrado ninguém lá e que haviam iniciado as operações; o telefone do chalé não estava funcionando, de modo que Saul enviara Fred à aldeia para fazer o relatório. Um homem chamado Collinger ligou e insistiu para falar com Wolfe; eu ouvi o que tinha a dizer e anotei, como de hábito; era o advogado de Boyden McNair, querendo saber se Wolfe poderia passar em seu escritório imediatamente para uma reunião sobre o testamento — e, é claro, a simples idéia fez a digestão de Wolfe retroceder em pelo menos dez minutos. Ficou acertado que Collinger viria à rua 35 na manhã seguinte. Então, um pouco depois das três horas da tarde, foi a vez do inspetor Cramer, informando que o seu exército estava fazendo progresso uniforme em todas as frentes, isto é, nenhum. Nada de caixa vermelha e nenhuma informação sobre ela; nenhum vestígio sobre o motivo do crime em lugar algum; nada entre os documentos de McNair cuja interpretação pudesse ser levada a inferir assassinato; nada sobre um comprador de cianeto de potássio; nada sobre coisa alguma.

Cramer soava um pouco fatigado. "E há também uma coisa engraçada: não conseguimos encontrar os jovens Frost em lugar nenhum", disse, num tom de voz magoado. "O seu cliente, Lew, não está em casa, nem em seu escritório no Teatro Portland ou em outro lugar; e Helen, a filha, também não. A mãe diz que ela saiu por volta das onze horas, mas que não sabe aonde foi; e eu descobri que Helen era mais próxima do que qualquer outra pessoa de McNair, eram amigos muito chegados, de modo que ela é nossa melhor chance com a caixa vermelha. Então, o que faz ela correndo pela cidade, tendo McNair acabado de esticar as canelas? Há uma possibilidade de algo ter esquentado demais para eles e que por isso tenham sumido. Lew foi ao apartamento dos Frost na rua 65 e os dois saíram juntos. Estamos tentando rastrear..."

"Senhor Cramer. Por favor. Eu já lhe murmurei por duas vezes: a senhorita Helen Frost e o senhor Llewellyn Frost encontram-se aqui em meu escritório; estou conversando com eles. Eles almoçaram..."

"Hein? Eles estão aí agora?"

"Sim. Chegaram aqui esta manhã, pouco depois de o senhor sair."

"Maldição!" Cramer esganiçou um pouco. "O que está tentando fazer, lamber um pouco do creme o senhor mesmo? Quero vê-los. Peça-lhes que venham até aqui. Espere, deixe-me falar com ela. Ponha-a na linha."

"Vamos, senhor Cramer." Wolfe pigarreou. "Não lambo creme; este homem e esta mulher vieram me ver sem serem anunciados ou esperados. Estou perfeitamente propenso a deixá-lo falar com ela, mas não tem sentido..."

"O que quer dizer com propenso? O que é isso, humor? Por que, diabos, o senhor não deveria estar propenso?"

"Deveria. Mas é apropriado mencioná-lo, já que a senhorita Frost é minha cliente e, portanto, está sob minha..."

"Sua cliente? Desde quando?" Cramer estava fervendo. "Que tipo de embromação é essa? O senhor me disse que Lew Frost o havia contratado!"

"Assim o fez. Mas isso, ahn, mudamos isso. Eu... falando como se eu fosse um cavalo... troquei de cavaleiro no meio da corrida. Estou trabalhando para a senhorita Frost. Eu dizia que não tem sentido uma duplicação de esforço. Ela sofreu um grave choque e está sob tensão. Pode interrogá-la, se desejar; eu já o fiz e ainda não terminei, mas é mínima a probabilidade de, no final, os interesses dela estarem em conflito com os seus. Ela está tão ansiosa quanto o senhor para encontrar o assassino do senhor McNair; foi para isso que ela me contratou. Posso dizer-lhe o seguinte: nem ela nem seu primo têm nenhum conhecimento sobre a caixa vermelha. Jamais a viram ou ouviram falar dela."

"Com os diabos." Houve um silêncio na linha. "Quero vê-la e ter uma conversa com ela."

Wolfe respirou fundo. "Naquele antro infernal? Ela está cansada, não tem nada a dizer que possa ajudá-lo; ela vale dois milhões de dólares e terá idade suficiente para votar antes do próximo outono. Por que não a procura na casa dela hoje à noite, após o jantar? Ou manda um dos seus tenentes?"

"Porque eu... Ora, ao diabo com isso! Eu devia saber

que não adianta discutir com o senhor. E ela não sabe onde está a caixa vermelha?"

"Ela não sabe de coisa alguma a respeito. O primo também não. Dou-lhe minha palavra."

"Está bem. Talvez eu a procure mais tarde. Mantenha-me informado sobre o que descobrir, hein?"

"Com toda certeza."

Wolfe desligou e empurrou o telefone para longe de si; recostou-se, entrelaçou os dedos sobre a barriga e, enquanto sacudia lentamente a cabeça, murmurou: "Esse homem fala demais. Tenho certeza, senhorita Frost, de que não ficará ressentida por perder uma visita ao quartel-general da polícia. Este é um dos meus preconceitos mais fortes, a minha aversão a permitir que um cliente meu se apresente lá. Esperemos que a busca do senhor Cramer pela caixa vermelha o mantenha entretido".

"Em minha opinião essa é, de qualquer maneira, a única coisa a fazer, esperar até que seja encontrada", interveio Llewellyn. "Toda essa mixórdia de história antiga... Se se empenhasse tanto em proteger o cliente contra o molestamento que o senhor mesmo inflige, como faz..."

"Lembro-o, senhor, de que está sendo tolerado aqui. Sua prima tem o bom senso de, ao contratar um especialista, permitir-lhe que realize seus truques. O que dizíamos, senhorita Frost? Ah, sim. Contava-me que o senhor Gebert veio para Nova York em 1931. A senhorita tinha dezesseis anos de idade, então. Disseme que ele tem quarenta e quatro, portanto, na época estava com trinta e nove, o que não é uma idade avançada. Suponho que, como velho amigo, ele procurou a sua mãe assim que chegou."

Ela anuiu com a cabeça. "Sim. Sabíamos que vinha; ele avisara por carta. Claro, eu não me lembrava dele; não o tinha visto desde os meus quatro anos."

"Claro que não. Teria ele, talvez, vindo numa missão política? Soube que ele era um membro dos *camelots du roi*."

"Acho que não. Estou certa de que não. Mas isso é ridículo, certamente não posso ter certeza. Mas penso que não."

"De qualquer maneira, até onde sabe, ele não trabalha e a senhorita não gosta disso."

"Não gosto disso em ninguém."

"Sentimento notável para uma herdeira. Seja como for, se o senhor Gebert a desposasse, isso seria um emprego para ele. Vamos abandoná-lo a essa magra esperança de redenção. Estamos nos aproximando das quatro horas, quando devo deixá-la. Tenho de lhe perguntar sobre uma frase que deixou inacabada ontem, pouco depois de eu lhe ter feito meu malsucedido apelo. Contou-me que seu pai morreu quando a senhorita tinha apenas alguns meses de idade e que, por esse motivo, nunca teve um pai; mas então disse 'Isto é' e parou. Eu a cutuquei, mas a senhorita disse que não era nada e deixamos por isso. De fato, pode não ser nada, mas eu gostaria de ouvir... o que é que estava na ponta da sua língua. A senhorita se lembra?"

Ela balançou a cabeça. "Realmente não era nada. Apenas algo tolo."

"Deixe-me ouvi-lo. Eu lhe disse, estamos vasculhando uma campina à procura de uma semente de mostarda."

"Mas não era nada, nada mesmo. Apenas um sonho, um sonho infantil que tive numa ocasião. Depois disso ele se repetiu várias vezes, sempre o mesmo. Um sonho sobre mim mesma..."

"Conte."

"Bem... a primeira vez que o tive foi em Bali e eu tinha uns seis anos de idade. Me pergunto, desde então, se alguma coisa aconteceu naquele dia para me levar a ter tal sonho, mas nunca consegui lembrar-me de nada. Sonhei que era um bebê, não uma recém-nascida, mas grande o bastante para caminhar e correr... com uns dois anos, imagino; numa cadeira, sobre um guardanapo, havia uma laranja que fora descascada e dividida em gomos. Peguei um gomo da laranja e o comi; então peguei outro, voltei-me para um homem que estava sentado lá, num banco, estendi-o para ele e disse claramente: 'Para o papai'. Era a minha voz, só que era um bebê falando. Comi mais um gomo; depois peguei outro e disse novamente: 'Para o papai'; e continuei com isso até que os gomos acabaram. Acordei do sonho tremendo e comecei a chorar. Minha mãe, que dormia em outra cama — era uma varanda fechada com tela —, veio até mim; perguntou-me o que acontecera e eu disse: 'Estou chorando porque me sinto tão bem'. Nunca contei o sonho a ela. Depois, tive-o mais algumas vezes — acho que a última foi quando eu tinha uns onze anos, aqui em Nova York. Sempre que o tinha, eu chorava."

"Qual era a aparência do homem?", perguntou Wolfe.

"Por isso é que era apenas tolice" respondeu ela, com um aceno negativo. "Não era um homem, apenas se parecia com um. Havia uma fotografia de meu pai, que minha mãe guardou, mas eu não saberia dizer se parecia ser ele no sonho. Só... eu só o chamei de papai."

"Realmente." Wolfe fez um bico com os lábios e depois os relaxou. Após um tempo, observou: "Possivelmente notável, por conta da imagem específica. A senhorita comeu gomos de laranja quando jovem?".

"Imagino que sim. Sempre gostei de laranjas."

"Bem. Nada revelador. É possível que, como diz, não seja absolutamente nada. A senhorita mencionou uma fotografia de seu pai. Sua mãe guardou só uma?"

"Sim. Guardou-a para mim."

"Nenhuma para ela própria?"

"Não." Uma pausa. E então Helen disse, com calma: "Não há segredo sobre isso. E foi perfeitamente natural. Minha mãe ficou amargamente ofendida com os termos do testamento do meu pai e acho que ela tinha o direito de ficar. Houve algum tipo de desentendimento sério entre eles — nunca soube o que foi — na época do meu nascimento, mas não importa o quanto isso tenha sido sério... de todo modo, ele não deixou nada para ela. Nada mesmo, nem mesmo uma pequena renda".

Wolfe balançou a cabeça. "Foi o que eu soube. Tudo foi legado à senhorita, em fideicomisso, ficando o seu tio — Dudley, o irmão de seu pai — como fiduciário. Já leu o testamento alguma vez?"

"Uma vez, há muito tempo. Pouco depois de chegarmos a Nova York, meu tio me fez lê-lo."

"Com nove anos de idade. Mas a senhorita o leu com dificuldade. Muito bom. Eu também soube que o seu tio foi investido de poder e autoridade exclusivos, sem que a senhorita ou outra pessoa ficasse com o direito de supervisão. Creio que a frase legal habitual é 'critério absoluto e incontrolado'. De modo que, de fato, a senhorita não sabe quanto valerá no seu vigésimo primeiro aniversário; poderão ser milhões e poderá não ser nada. Poderá estar endividada. Se algo..."

Lew Frost interveio. "O que o senhor está tentando insinuar? Se quer dizer que o meu pai..."

Wolfe cortou-o abruptamente: "Não faça isso! Não insinuo nada; apenas declaro o fato da ignorância de minha cliente com relação ao seu patrimônio. Este poderá estar aumentado, poderá estar exaurido, ela não sabe. Sabe, senhorita Frost?"

"Não, não sei." Seu cenho estava franzido. "Sei que por mais de vinte anos a renda foi paga integralmente, pontualmente a cada trimestre. Com efeito, senhor Wolfe, acho que estamos ficando..."

"Devemos terminar logo; tenho de deixá-la dentro em pouco. Quanto à irrelevância, eu a avisei de que poderíamos enveredar por quaisquer caminhos. Seja indulgente comigo em mais duas questões sobre o testamento de seu pai: a senhorita toma posse e assume controle total em 7 de maio?"

"Sim."

"E, no caso de a senhorita morrer antes de completar vinte e um anos, quem herda?"

"Se eu estivesse casada e tivesse um filho, seria ele o herdeiro. Se não, metade iria para o meu tio e metade para o filho dele, meu primo Lew."

"Realmente. Nada para a sua mãe, nem mesmo nessa ocasião?"

"Nada."

"Então é assim. O seu pai cultivou de fato o lado dele naquela controvérsia." Wolfe dirigiu-se a Llewellyn: "Cuide muito bem da sua prima durante mais cinco semanas. Se algum mal suceder a ela nesse período, o senhor terá um milhão de dólares e o demônio não mais o deixará dormir. Testamentos são coisas doentias. Freqüentemente. É espantoso o dano que a ira de um homem pode provocar muito depois de as células cerebrais, que nutriram a ira, terem apodrecido". Ele agitou o indicador em direção à nossa cliente: "Em breve, é claro, a senhorita mesma terá de fazer um testamento, para dispor da dinheirama no caso de vir a morrer em, digamos, 8 de maio, ou subseqüentemente. Presumo que tem um advogado?"

"Não. Nunca precisei de um."

"Precisará de um agora. É para isso que serve uma fortuna, para sustentar os advogados que a defendem para o seu dono contra a espoliação." Wolfe olhou para o relógio. "Tenho de deixá-la. Acredito que a tarde não foi desperdiçada; presumo que a senhorita sente que foi. Não penso assim. Posso deixar as coisas nesse pé por enquanto? Agradeço-lhe por sua indulgência. E enquanto continuamos contando tempo, aguardando que aquela maldita caixa seja encontrada, tenho um pequeno favor a lhe pedir: poderia levar o senhor Goodwin à sua casa, para tomar chá com a senhorita?"

A carranca de Llewellyn — que ele vinha ostentando na última meia hora — cerrou-se ainda mais. Helen Frost olhou rapidamente para mim e, então, de volta para Wolfe.

"Bem", disse ela, "suponho que... se o senhor quer..."

"Quero. Presumo que seja possível ter o senhor Gebert lá?"

Ela fez que sim com a cabeça. "Ele está lá agora. Ou estava quando telefonei para minha mãe. Claro... o senhor sabe... minha mãe não aprova..."

"Tenho consciência disso. Ela acha que a senhorita está cutucando um vespeiro. Mas o fato é que os policiais são as vespas; a senhorita os evitou e ela não. O senhor Goodwin é um homem simples e saudável, não desprovido de argúcia. Quero que ele converse com o senhor Gebert, e também com a sua mãe, se ela o permitir. Logo será maior de idade, senhorita Frost; decidiu realizar um projeto difícil e possivelmente perigoso; decerto pode convencer sua família e amigos próximos a mostrarem alguma consideração. Se eles não têm conhecimento de nenhuma circunstância com relação à morte do senhor McNair, tanto mais deveriam se prontificar a deixar claro esse ponto e nos ajudar a encontrar uma trilha que nos afaste da ignorância. Assim, se a senhorita convidasse o senhor Goodwin para uma xícara de chá..."

Llewellyn disse, com azedume: "Acho que papai está lá, também; ele ia ficar até a nossa volta. Vai ser apenas uma grande agitação. Se é Gebert que o senhor quer, por que não podemos chamá-lo para cá? Ele fará qualquer coisa que Helen mandar."

"Porque por duas horas estarei envolvido com as minhas plantas." Wolfe olhou novamente para o relógio e se ergueu da cadeira.

Nossa cliente mordia o lábio. Parou de fazê-lo e olhou para mim: "O senhor tomará chá conosco, senhor Goodwin?".

Assenti com a cabeça: "Sim. Muito grato".

Encaminhando-se para a porta, Wolfe disse a ela: "É um prazer ganhar honorários de uma cliente como a senhorita. Consegue chegar a um sim ou a um não sem antes dar a volta ao globo. Espero e acredito que, quando terminarmos, não terá nada a lamentar". Continuou andando e, ao chegar à soleira da porta, voltou-se: "A propósito, Archie, veja se pode pegar aquele pacote do seu quarto antes de sair. Coloque-o sobre a minha cama".

Ele foi para o elevador. Levantei-me e disse à minha anfitriã em perspectiva que voltaria num minuto; saí do escritório e subi a escada aos saltos. Não parei no primeiro andar, onde ficava o meu quarto, mas continuei subindo em direção à cobertura, onde, por causa da carga que ele transportava, cheguei quase ao mesmo tempo que o elevador. Wolfe me aguardava, em pé, junto à porta que conduzia às estufas.

"Uma idéia", murmurou, "é observar as reações dos outros com relação ao retorno dos primos daqui do escritório antes de haver uma oportunidade para a troca de informações. Outra, é formar uma opinião precisa sobre se um deles já viu a caixa vermelha alguma vez ou se está de posse dela agora. A terceira, é uma ofensiva geral contra a reticência."

"OK. Quão sinceros estamos?"

"Razoavelmente sinceros. Tenha em mente que, com todos os três lá, são muitas chances contra uma de que você estará conversando com o assassino, de modo que a sinceridade será unilateral. Você, é claro, estará esperando cooperação."

"Claro, é o que sempre espero, porque sou um homem saudável."

Corri escadas abaixo e encontrei a nossa cliente já de chapéu, casaco e luvas, e seu primo em pé ao seu lado, com os rostos expressando coragem e alguma hesitação.

Sorri para eles: "Vamos lá, crianças".

12

A rigor, aquilo não era trabalho para mim. Sei muito bem qual é a minha área. Além da minha função primária de espinho no assento da cadeira de Wolfe, para impedi-lo de ir dormir e só acordar para as refeições, sou talhado principalmente para duas coisas: para pular e agarrar algo antes que outro sujeito consiga botar-lhe as manzorras e para reunir peças do quebra-cabeça com as quais Wolfe trabalhará. Esta expedição até a rua 65 não era nenhuma delas. Eu não finjo ser forte em matéria de nuances. Basicamente, sou o tipo direto e é por isso que nunca poderei ser um detetive realmente primoroso. Apesar de controlá-la o quanto posso, para que não interfira demasiado no meu trabalho, sempre tenho uma inclinação, num caso de assassinato, para postar-me diante de todos os possíveis suspeitos, um após o outro, olhá-los nos olhos e perguntar-lhes: "Foi você que pôs aquele veneno no vidro de aspirinas?" — e continuar com isso até que um deles diga "Sim". Como disse, controlo tal tendência, mas tenho de me esforçar.

O apartamento dos Frost, na rua 65, não era tão ostentoso quanto eu esperara em função do meu conhecimento íntimo das finanças da família. Era um tanto reluzente, com um lado do *hall* de entrada inteiramente revestido de espelhos, inclusive a porta do armário em que guardei meu chapéu. Na sala de estar, cadeiras e pequenas mesas com armações cromadas, uma porção de coisas vermelhas à volta, sob a forma de estofamentos e de cortinas; uma grade metálica diante da lareira, que aparentemente não era utilizada, e pinturas a óleo em modernas molduras prateadas.

De todo modo, o apartamento era, certamente, mais alegre do que as pessoas que nele se encontravam. De um lado estava Dudley Frost, numa cadeira grande, um cotovelo apoiado sobre uma mesinha com uma garrafa de uísque, outra de água e dois copos. Perren Gebert achava-se de pé junto à janela, na outra extremidade, de costas para sala e com as mãos nos bolsos. Quando entramos, ele se voltou e a mãe de Helen caminhou em nossa direção, erguendo ligeiramente uma sobrancelha quando me viu:

"Oh", disse ela. E para a filha: "Você trouxe...".

Helen balançou a cabeça com firmeza. "Sim, mãe." Ela conservava o queixo um pouco mais empinado do que o natural, para manter a coragem. "Vocês, todos vocês já conhecem o senhor Goodwin. Ontem de manhã em... naquele assunto dos doces com a polícia. Contratei o senhor Nero Wolfe para investigar a morte de tio Boyd, e o senhor Goodwin trabalha para ele..."

Dudley Frost berrou da sua cadeira: "Lew! Vem aqui! Maldição, que tipo de asneira...".

Llewellyn correu até ele para contê-lo. Perren Gebert se aproximara de nós e sorria para mim:

"Ah! O sujeito que não gosta de cenas. Lembra-se de

que lhe contei a respeito, Calida?" Transferiu o sorriso para a senhorita Frost: "Minha querida Helen. Você contratou o senhor Wolfe? Será você uma das Fúrias? Alecto? Megera? Tisífone? Onde está a sua cabeleira de serpentes? Então é realmente possível comprar qualquer coisa com dinheiro, mesmo vingança?".

A sra. Frost murmurou-lhe: "Pára com isso, Perren".

"Não estou comprando vingança." Helen corou um pouco. "Eu lhe disse esta manhã, Perren, que você está sendo especialmente odioso. É melhor não me fazer chorar de novo ou eu vou... bem, não o faça. Sim, contratei o senhor Wolfe, e o senhor Goodwin veio para cá, pois quer falar com você."

"Comigo?" Perren deu de ombros. "Sobre Boyd? Se você mo pedir, ele poderá fazê-lo, mas advirto-o para não esperar muita coisa. Os policiais estiveram aqui a maior parte do dia e eu compreendi como eu realmente sabia tão pouco sobre Boyd, apesar de tê-lo conhecido por mais de vinte anos."

"Deixei de ter expectativas há muito tempo", disse eu. "Qualquer coisa que me conte será lucro. Senhora Frost, devo também falar com a senhora. E com o seu cunhado. Devo tomar notas, e escrever em pé me dá cãibra..."

Ela fez um movimento com a cabeça para mim e se virou: "Por aqui, acho". Começou a encaminhar-se para o lado da sala em que estava Dudley Frost e eu me juntei a ela. Suas costas eretas eram graciosas e ela, inquestionavelmente aerodinâmica para a idade. Llewellyn começou a carregar cadeiras e Gebert veio trazendo uma. Quando nos sentamos e eu saquei meu caderno de notas e o lápis, notei que Helen ainda tinha de manter o queixo empinado, mas a sua mãe não. A sra. Frost dizia:

"Espero que entenda o seguinte, senhor Goodwin. Esta é uma coisa terrível, uma coisa medonha; todos nós éramos amigos muito antigos do senhor McNair e não apreciamos falar a respeito. Conheci-o a vida toda, desde a infância."

"Sei. A senhora é escocesa?", disse eu.

Ela anuiu com a cabeça: "Meu nome era Buchan".

"Foi o que McNair nos contou." Ergui rapidamente os olhos do meu bloco de notas, um hábito meu de compensar a limitação de não poder fixar um olhar duro sobre a vítima. Só que ela não recuou assustada, apenas balançou novamente a cabeça.

"Sim. Do que os policiais disseram, deduzi que Boyden contara ao senhor Wolfe boa parte de sua vida pregressa. Claro, o senhor tem a vantagem de saber o que foi que ele tinha para dizer ao senhor Wolfe. Eu sabia, naturalmente, que Boyden não estava bem... seus nervos..."

Gebert acrescentou: "Ele estava um caco, como se costuma dizer. Estava em péssima condição. Foi por isso que eu disse aos policiais que eles irão constatar que foi suicídio".

"O homem estava louco!", grasnou Dudley Frost. "Eu lhes contei o que ele fez ontem! Ele deu instruções ao seu advogado para exigir uma prestação de contas do patrimônio de Edward! Por que motivo? Por ele ser padrinho de Helen? Totalmente fantasioso e ilegal. Sempre achei que ele era maluco..."

Aquilo deflagrou uma baderna generalizada. A

sra. Frost protestou com certo ardor; Llewellyn, com respeitosa irritação; e Helen, com uma explosão nervosa. Perren Gebert olhou em torno, para eles, acenou com a cabeça para mim, como se compartilhássemos algum segredo interessante, e puxou um cigarro. Não tentei anotar tudo o que estava sendo dito, apenas estudei a cena e escutei. Dudley Frost não cedia um milímetro:

"... louco como um idiota. Por que não deveria ele cometer suicídio? Helen, minha querida, eu a adoro e você sabe muito bem disso, mas me recuso a fingir respeito por seu apreço por aquele paspalhão só porque ele já não está vivo! Ele não me servia para nada, nem eu para ele! Assim, fingir pra quê? E, no que diz respeito a você arrastar este homem aqui para dentro..."

"Papai! Vamos, papai! Deixa disso..."

Perren Gebert disse para ninguém em particular: "E meia garrafa se foi". Sentada pacientemente, com os lábios apertados, a sra. Frost lançou-lhe um olhar rápido. Inclinei-me à frente para chegar mais perto de Dudley Frost e praticamente berrei para ele:

"O que há? Onde está doendo?".

Ele se voltou com um movimento súbito e me olhou com ferocidade: "Onde está doendo o quê?".

Sorri. "Nada. Eu só queria verificar se o senhor consegue ouvir. Concluo que escutará assim que eu for embora. E a melhor maneira, para todos vocês, de conseguir que eu me vá, é me deixando fazer algumas perguntas tolas, respondendo a elas com brevidade e, talvez, honestamente."

"Já respondemos a todas as perguntas tolas que existem. Fizemos isso o dia inteiro. Tudo porque aquele paspalhão do McNair..."

"Está bem. Já anotei que ele era um paspalhão. O senhor fez comentários sobre suicídio. Que motivo tinha McNair para se matar?"

"Como, diabos, eu vou saber?"

"Então o senhor não consegue imaginar um motivo de imediato."

"Eu não tenho de imaginar um. O homem era doido. Eu sempre afirmei isso. Disse-o há mais de vinte anos, em Paris, quando ele pintava carreiras de ovos enfiados em arames e chamava aquilo de 'O Cosmo'."

Helen começou a estourar: "O tio Boyd nunca foi...". Ela estava sentada à minha direita. Estendi o braço, com a ponta dos meus dedos toquei levemente a sua manga e lhe disse: "Contenha-se. Não conseguirá convencer a todos". Voltei-me para Perren Gebert:

"O senhor foi o primeiro a falar em suicídio. Que razão tinha McNair para matar-se?".

Gebert deu de ombros. "Uma razão específica? Não sei. Ele estava muito mal dos nervos."

"É. Ele estava com dor de cabeça. E quanto à senhora, senhora Frost, tem algum motivo?"

Ela olhou para mim. Não era fácil sustentar o olhar daquela mulher; exigia esforço. Disse-me: "O senhor faz a sua pergunta de modo um pouco provocador, não é? Se está querendo saber se sei de algum motivo concreto para Boyden cometer suicídio, eu não sei".

"A senhora acha que ele o fez?"

Ela fechou a cara: "Não sei o que achar. Se penso em suicídio é apenas porque o conheci muito intimamente, e é ainda mais difícil acreditar que houvesse alguém que... que alguém o tenha matado".

Iniciei um suspiro, mas percebi que estava imitando Nero Wolfe e o asfixiei numa pigarreada. Olhei em torno, para eles. "Claro, todos sabem que McNair morreu no escritório de Nero Wolfe. Sabem que Wolfe e eu estávamos lá; nós, naturalmente, sabemos do que ele estava nos falando e de como se sentia. Não sei quanto os policiais são cuidadosos com as conclusões que tiram, mas o senhor Wolfe é muito reservado com as dele. Ele já chegou a uma ou duas com relação a este caso e a primeira é a de que McNair não se matou. Suicídio está descartado. Portanto, se pensam que essa teoria será considerada aceitável agora ou por fim, esqueçam. Tentem outra."

Perren Gebert estendeu seu braço longo para apagar o cigarro no cinzeiro. "De minha parte, não me sinto compelido a adivinhações", comentou. "Fiz uma por caridade. Que tal o senhor nos dizer por que não foi suicídio?"

Calmamente, a sra. Frost disse: "Convidei-o a sentar-se em minha casa, senhor Goodwin, porque minha filha o trouxe. Mas me pergunto se sabe quando está sendo ofensivo. Nós... Eu não tenho nenhuma teoria a oferecer..."

Dudley Frost começou a grasnar: "Não tome conhecimento dele, Calida. Ignore-o. Recuso-me a falar com ele". Esticou o braço para pegar a garrafa de uísque.

"Se quer saber, eu poderia ser ainda mais ofensivo e, mesmo assim, ter esperanças de ir para o céu", disse eu, sustentando novamente o olhar da sra. Frost. "Por exemplo, eu poderia manifestar-me sobre a sua afetação hipócrita quanto a convidar-me a sentar em sua casa. A casa não é sua, é de sua filha, a menos que ela a tenha dado..." À minha direita, nossa cliente arquejou e a boca da sra. Frost se abriu, mas prossegui à frente do tropel:

"Só para lhe mostrar o quanto posso ser ofensivo quando me empenho nisso. Que tipo de simplórios acha que somos? Mesmo os policiais não são tão estúpidos quanto a senhora parece acreditar. Gente, está na hora de vocês se beliscarem e acordarem. Boyden McNair foi assassinado; acontece que Helen Frost, aqui, tem suficiente consideração por ele para querer saber quem o matou, além de iniciativa para contratar o homem certo para descobri-lo e suficiente dinheiro para pagar-lhe por isso. Ela é filha, sobrinha, prima e quase noiva de vocês. Ela me traz aqui. Já sei o bastante para estar consciente de que dispõem de informações vitais que não pretendem entregar, e vocês sabem que eu sei disso. E olhem para esse material de jardim-de-infância que me passam! McNair tinha dor de cabeça e por isso foi ao escritório de Nero Wolfe para envenenar-se! Poderiam ao menos ter a gentileza de me dizer claramente que se recusam a discutir o assunto porque não pretendem se envolver, se o conseguirem, e então poderemos prosseguir." Apontei meu lápis para o longo e fino nariz de Perren Gebert: "Por exemplo, o senhor! Sabia que Dudley Frost poderia nos dizer onde está a caixa vermelha?".

Eu estava concentrado em Gebert, mas a sra. Frost se encontrava ligeiramente à esquerda da minha linha de visão, de modo que eu também podia observá-la. Gebert acreditou completamente no que eu disse. Voltou de súbito a cabeça para olhar para Dudley Frost e, em seguida, de volta para mim. A sra. Frost também se voltou de chofre, para Gebert, e retomou sua postura inicial. Dudley Frost vociferava para mim:

"O que é isso? Que caixa vermelha? Aquela coisa idiota no testamento de McNair? Maldito seja você, está doido também? Atreve-se a..."

Forcei um sorriso para ele: "Pode parar. Eu disse apenas que o senhor poderia. É, a coisa que McNair deixou para Wolfe em seu testamento. O senhor está com ela?".

Ele se voltou para o filho e rosnou: "Recuso-me a falar com ele".

"Está bem. Mas a verdade é que sou seu amigo e vou lhe dar uma dica. Sabia que há um modo de o promotor distrital extrair do senhor uma prestação de contas sobre o patrimônio de seu irmão? Já ouviu falar de mandado de busca? Imagino que, quando os policiais foram com um destes ao seu apartamento, esta tarde, para procurar pela caixa vermelha, havia lá uma criada para deixá-los entrar. Ela não lhe telefonou? E, claro, ao procurarem pela caixa, eles tiveram a oportunidade de dar uma espiada em qualquer coisa que pudesse estar à mão. Ou talvez eles não tenham chegado lá ainda; podem estar a caminho agora mesmo. E não bote a culpa na sua criada, ela não pode evitar..."

Dudley Frost pusera-se de pé. "Eles não iriam... isso seria um ultraje..."

"Certamente. Não estou dizendo que eles fizeram

isso, estou só lhe dizendo que, num caso de assassinato, eles farão qualquer coisa..."

Dudley Frost começara a atravessar a sala. "Vem, Lew. Por Deus, veremos se..."

"Mas, papai, eu não..."

"Vem, estou lhe dizendo! Você é meu filho?" Ele se voltara, já à saída da sala. "Muito obrigado pela bebida, Calida, me informe se houver algo que eu possa fazer. Maldição, Lew, vem logo! Helen, minha querida, você é uma boba, eu sempre o disse. Lew!"

Llewellyn parou para murmurar algo a Helen, acenou com a cabeça para a tia, ignorou Gebert e correu atrás do pai para assisti-lo na defesa de seu castelo. Ouviu-se vozear no *hall* de entrada e, então, o som da porta se abrindo e fechando.

A sra. Frost levantou-se e baixou o olhar para a filha. Falou-lhe calmamente: "Isto é assustador, Helen. Que isso viesse a acontecer... e justo agora, exatamente quando você logo será uma mulher adulta e em condições de levar sua vida como quiser. Sei o que Boyd significava para você e ele era muito importante para mim também. Neste momento você está me fazendo acusações que o tempo a fará esquecer... está se lembrando de que eu considerei sábio moderar a afeição que você tinha por ele. Achei que era o melhor; você era uma menina e meninas deveriam voltar-se para os jovens. Helen, minha querida criança...".

Ela se curvou, tocou o ombro da filha, os seus cabelos, e empertigou-se novamente. "Você tem impulsos fortes, como o seu pai tinha, e às vezes não consegue administrá-los. Não concordo com Perren quando zomba

202

de você por tentar comprar vingança. Perren gosta de zombar; é sua afetação favorita; ele chamaria isso de ser sardônico... mas você sabe como ele é. Acho que foi um impulso de generosidade que a levou a contratar esse detetive. Eu, com certeza, tenho todos os motivos para saber que você é generosa." A voz dela permanecia baixa, mas adquiria um certo tinido, um som metálico. "Sou sua mãe e não acredito que você realmente queira trazer aqui pessoas que me dizem que me recuso a discutir... este assunto... porque não pretendo me ver envolvida. Lamento ter sido brusca com você hoje ao telefone, mas os meus nervos estavam à flor da pele. Policiais estiveram aqui, e você estava fora, apenas criando mais confusão para nós com nenhum bom propósito. Realmente... realmente, você não vê isso? Insultos baratos e intimidação para a sua própria família não ajudarão em nada. Acho que você aprendeu, em vinte e um anos, que pode confiar em mim e eu gostaria de sentir que também posso confiar em você..."

Helen Frost se levantou. Ao ver o seu rosto, descorado e com a boca torcida, ela me pareceu vacilante e pensei em intrometer-me, mas resolvi manter a boca fechada. Ela permanecia ereta, com as mãos — punhos fechados — pendendo dos lados; seus olhos estavam sombrios de preocupação, mas enfrentavam os da sra. Frost, motivo por que me mantive calado. Gebert deu dois passos em direção a ela e parou.

"Pode confiar em mim, mãe", disse ela. "Mas o tio Boyd também pode. Isso está certo, não está? Oh, não está?" Olhou para mim e, num tom engraçado, como de uma criança, me disse: "Não insulte a minha mãe, senhor Goodwin". Então se virou abruptamente e nos deixou sozinhos, abandonando rapidamente o aposento. Saiu por uma porta à direita, não em direção ao corredor, e a fechou atrás de si.

Perren Gebert deu de ombros e enfiou as mãos nos bolsos; depois retirou uma para esfregar a lateral do seu nariz afilado com o dedo indicador. A sra. Frost, com dois dentes prendendo o lábio inferior, olhou para ele e de volta para a porta por onde sua filha saíra.

"Acho que ela não me demitiu", disse eu alegremente. "Não foi isso que eu entendi. O que acham?"

Gebert exibiu-me um sorriso tênue: "O senhor vai embora agora. Não?".

"Talvez." Eu ainda estava com o meu caderno de anotações aberto na mão. "Mas vocês bem que poderiam entender que falamos a sério. Não estamos brincando, fazemos isso como profissão. Não acredito que consigam dissuadi-la. Este lugar pertence a ela. Estou disposto para um confronto agora mesmo; que tal irmos ao seu quarto ou aonde quer que ela tenha ido perguntar-lhe se estou demitido?" Dirigi meu olhar para a sra. Frost. "Ou, então, podemos ter uma conversinha aqui mesmo. Sabem, os policiais poderiam, num estalar de dedos, encontrar a caixa vermelha na casa de Dudley Frost. Como isso deixaria vocês?"

"Truques estúpidos e sem sentido", disse ela.

Anuí com a cabeça. "É, acho que sim. Estamos empatados. Se me demitissem, o inspetor Cramer me mandaria de volta para cá acompanhado de um agente, se Wolfe lho pedisse; e vocês não estão em posição de esnobar os policiais, pois eles são sensíveis e só ficariam desconfiados. No momento, eles ainda não estão realmente desconfiados, só acham que os Frost ocultam algo porque gente como vocês não gosta de qualquer publicidade, senão a das colunas sociais e dos anúncios de cigarros. Por exemplo, eles acreditam que vocês sabem onde está a caixa vermelha. Vocês sabem, é claro, que ela é propriedade de Nero Wolfe; McNair deixou-a para ele. Realmente gostaríamos de tê-la, só por curiosidade."

Gebert, depois de me ouvir educadamente, inclinou a cabeça em direção à sra. Frost. Sorriu para ela: "Você vê, Calida, este sujeito acredita mesmo que poderíamos lhe contar algo. Ele é totalmente sincero quanto a isso. A polícia também. A única maneira de a gente se livrar deles é fazendo-lhes a vontade. Por que não lhes contar alguma coisa?". Com a mão fez um gesto abrangente: "Todo tipo de coisas".

Ela o olhou com um ar de reprovação: "Isto não é assunto para brincadeiras. Com certeza não para o *seu* tipo de brincadeiras".

Ele ergueu as sobrancelhas: "Não estou brincando. Eles querem informações sobre Boyd, e é inquestionável que nós as temos e em grande quantidade". Olhou para mim: "Usa estenografia nesse caderno? Ótimo. Anote o seguinte: McNair era um inveterado comedor de escargôs e preferia calvados a conhaque. Sua mulher morreu ao dar à luz porque ele insistia em ser um artista e era pobre e incompetente demais para prover cuidados adequados para ela. — O quê, Calida? Mas o sujeito quer fatos! — Certa vez, Edwin Frost pagou a McNair dois mil francos, na época eram quatrocentos dólares, por um de seus quadros e, no dia seguinte, trocou-o por uma violeta com uma florista, não por um ramalhete, mas por *uma* violeta. McNair deu o nome de Glenna à sua filha porque significa vale, e ela saiu do vale da morte, já que a sua mãe morreu quando ela nasceu — apenas um naco de diversão calvinista. Que homem alegre foi Boyd! A senhora Frost, aqui, era a sua amiga mais antiga e numa ocasião o resgatou do desespero e da penúria; no entanto, quando se tornou o maior desenhista e fabricante de trajes de lã para mulheres, ele invariavelmente lhe cobrava os preços mais altos por tudo o que ela comprava. E ele nunca..."

"Perren! Pára!"

"Minha cara Calida. Parar quando mal comecei? O negócio é dar ao sujeito o que ele quer e então nos deixará em paz. É uma pena não podermos lhe dar a sua caixa vermelha; Boyd realmente deveria nos ter contado sobre ela. Mas, entendo que o seu principal interesse é sobre a morte de Boyd, não sobre a vida dele. Posso ser de alguma ajuda quanto a isso também. Sabendo tão bem como Boyd vivia, com certeza eu deveria saber como ele morreu. De fato, quando soube da sua morte, ontem à noite, lembrei-me de uma citação de Norboisin — a garota Denise diz, arfando, ao expirar: *'Au moins, je meurs ardemment!'*. Boyd não poderia ter usado essas mesmas palavras, Calida? Claro, com Denise o advérbio se aplica a ela própria, ao passo que com Boyd teria se referido ao agente..."

"Perren!" Desta vez não foi um protesto, mas um comando. Combinados, o tom e o olhar da sra. Frost congelaram-no. Ela o olhou demoradamente: "Você é um imbecil tagarela. Você faria uma piada com isso? Ninguém, senão um imbecil, faz piadas com a morte".

Gebert fez-lhe uma pequena mesura: "Com exceção da sua própria, talvez, Calida. Para manter as aparências".

"Você, talvez. Eu também sou escocesa, como Boyd. Não é piada para mim." Voltou a cabeça e me fez suportar o seu olhar novamente: "O senhor também pode ir. Como diz, esta é a casa de minha filha; não expulsamos o senhor. Mas minha filha ainda é menor de idade... e, de todo modo, não podemos ajudá-lo. Não tenho nada a dizer, além do que já disse à polícia. Se o senhor aprecia o *vaudeville* do senhor Gebert, posso deixá-lo com ele".

Abanei a cabeça: "Não, não gosto muito disso". Enfiei meu caderno de notas no bolso. "De qualquer maneira, tenho um compromisso no centro da cidade, para tirar sangue de uma pedra, o que será café pequeno. É possível que o senhor Wolfe lhe telefone convidando-a para ir ao seu escritório para uma conversa. A senhora tem alguma coisa planejada para esta noite?"

Ela me gelou com os olhos: "Considero abominável o senhor Wolfe tirar vantagem do impulso emocional de minha filha. Não desejo vê-lo. Se ele vier aqui...".

"Não se preocupe com isso." Sorri-lhe. "Ele já viajou tudo o que tinha de viajar nesta estação. Mas espero vê-la novamente." Comecei a sair e, após alguns passos, me voltei: "A propósito, se eu fosse a senhora, não insistiria em convencer a sua filha a nos despedir. Isso só deixaria o senhor Wolfe desconfiado, o que o transforma num demônio. Não consigo controlá-lo quando fica assim".

Como nem isso pareceu levá-la a irromper em soluços, fui embora. No *hall* de entrada tentei abrir o espelho errado, depois encontrei o certo e peguei meu chapéu. Como as formalidades pareciam ter sido suspensas, saí sozinho e fui para o elevador.

Tive de parar um táxi para levar-me até em casa, porque viera de carona com nossa cliente e seu primo, e não me importava de deixá-los em paz àquela altura.

Já havia passado das seis horas quando cheguei. Primeiro fui até a cozinha, pegar um copo de leite, dar umas fungadas no *goulash* que cozinhava vagarosamente em fogo brando e dizer a Fritz que o cheiro não me parecia ser de cabrito recém-abatido. Escapuli quando ele brandiu uma escumadeira.

Wolfe estava à sua escrivaninha com um livro, *Os sete pilares da sabedoria*, de Lawrence, que ele já tinha lido duas vezes e eu soube em que estado de espírito se encontrava quando vi que a bandeja e o copo estavam sobre o móvel, mas não havia nenhuma garrafa vazia. Era um de seus truques mais infantis, que fazia de vez em quando, especialmente se estava adiantado em sua quota mais do que o habitual: jogar a garrafa, assim que a esvaziava, na cesta de papéis; e se eu me encontrava no escritório, ele o fazia quando eu não estava olhando. Era o tipo de coisa que me mantinha cético com relação às condições básicas do seu cérebro e esse truque em particular era ainda mais tolo porque ele era indubitavelmente honesto na contagem das tampinhas; com absoluta fidelidade, ele colocava cada uma delas na gaveta; sei disso, porque as conferia de tempos em tempos. Quando estava adiantado na quota, ele fazia alguma observação depreciativa sobre estatísticas a cada tampinha que jogava na gaveta, mas nunca tentou sumir com nenhuma delas.

Atirei o caderno de anotações sobre a minha escrivaninha, sentei-me e bebi alguns goles do leite. Era inútil tentar forçá-lo a largar aquele livro. Mas, após algum tempo, ele pegou a fina tira de ébano que usava como marcador de páginas, inseriu-a, fechou o livro, colocou-o de lado, estendeu o braço e tocou a campainha pedindo cerveja. Então recostou-se e admitiu que eu estava vivo.

"Tarde agradável, Archie?"

Grunhi: "Foi um chá infernal. Dudley Frost foi o único que tomou algum; e ele não estava inclinado a dividir, de modo que o mandei para casa. Consegui apenas uma notícia realmente quente, a de que só um imbecil faz piadas com a morte. O que lhe parece?".

Wolfe fez uma careta. "Conte o que se passou."

Li para ele o que tinha anotado, preenchendo de memória as lacunas, se bem que não precisei usá-la muito pois condensei os meus símbolos a tal ponto que posso anotar a Constituição dos Estados Unidos no verso de um envelope velho, que talvez seja um bom lugar para ela. A cerveja de Wolfe chegou e encontrou o seu destino. A não ser por uma pausa para engolir, ele ouviu, como de hábito, confortavelmente recostado e com os olhos fechados.

Atirei o caderno de anotações para o fundo da minha escrivaninha, girei com a cadeira, abri a gaveta inferior e depositei meus pés sobre ela. "Essa é a colheita. Está feita. O que devo começar agora?"

Wolfe abriu os olhos: "O seu francês não é sequer ridículo. Voltaremos a isso. Por que espantou o senhor Frost com a conversa sobre mandado de busca? Há nisso alguma sutileza demasiado profunda para mim?".

"Não, foi só um ímpeto. Fiz-lhe aquela pergunta sobre a caixa vermelha para poder observar os outros dois; enquanto prosseguia, ocorreu-me que poderia ser divertido descobrir se ele tinha em casa alguma coisa que não queria que ninguém visse; e, de qualquer maneira, que utilidade ele tinha? Livrei-me dele."

"Oh. Eu já estava na iminência de lhe dar crédito por um requinte superior. Então foi isso, fazê-lo ir embora, contando com a chance de surgir um comentário, um olhar, um gesto, que não seria provável com ele presente. De fato, foi exatamente isso que aconteceu. Cumprimento-o de todo modo. Quanto ao senhor Frost — todo mundo tem em casa algo que não quer que ninguém veja; essa é a função de um lar: prover um lugar para guardar tais coisas. E você diz que eles não estão com a caixa vermelha nem sabem onde ela está."

"Essa é a minha opinião. Pelo olhar que Gebert lançou para Frost quando sugeri que ele a tinha, e o modo como a senhora Frost olhou para Gebert, conforme contei ao senhor. É certo que aquilo que pensam que está na caixa é algo importante para eles. Um bom palpite é que eles não conseguiram a caixa e não sabem onde está, ou não teriam reagido com tamanha rapidez quando sugeri aquilo. Quanto ao Frost, Deus é que sabe. Essa é a vantagem de um sujeito que sempre explode, não importa o que se lhe diga: não existem nuances sintomáticas para um observador como eu."

210

"Você? Ah, estou impressionado! Confesso que estou surpreso com o fato de a senhora Frost, assim que você entrou, não ter achado um pretexto para levar a filha para outro cômodo. A mulher é imune à apreensão? Mesmo curiosidade comum..."

Abanei a cabeça: "Se é algo comum, ela não o tem. Aquela senhora possui uma espinha de aço, um regulador em sua artéria principal que evita aceleração cardíaca e um sistema patenteado de refrigeração a ar para o seu cérebro. Para provar que ela matou alguém, o senhor teria de vê-la cometendo o crime e assegurar-se de ter uma máquina fotográfica junto".

"Pobre de mim." Wolfe inclinou-se à frente na cadeira, para encher o copo. "Então precisamos encontrar um outro culpado, o que pode ser uma amolação." Ele olhou a espuma baixar. "Pegue o seu caderno e veja suas anotações sobre o *vaudeville* do senhor Gebert. Onde ele cita Norboisin; leia aquela frase."

"Quer divertir-se mais um pouco com o meu francês?"

"Não, realmente; não é engraçado. Como a sua estenografia é fonética, faça o melhor que puder com os seus símbolos. Acho que conheço a citação, mas quero ter certeza. Faz anos que li Norboisin, e não tenho os seus livros."

Li todo o parágrafo, começando por "Minha cara Calida". Enfrentei corajosamente o francês e naveguei por ele, ridículo ou não, tendo eu tido, ao todo, três lições do idioma: uma de Fritz, em 1930, e duas de uma garota que conheci certa vez quando estávamos trabalhando num caso de falsificação.

211

"Quer ouvir de novo?"

"Não, obrigado." Wolfe movia os lábios para fora e para dentro. "E a senhora Frost chama isso de tagarelice. Teria sido proveitoso estar lá, para observar seu tom e a expressão dos olhos. O senhor Gebert de fato foi sardônico, contando para você, com tantas palavras, quem matou o senhor McNair. Terá sido uma mentira, para provocar? Ou a verdade, para exibir a sua própria vivacidade? Ou uma conjetura, para uma pequena sutileza própria? Acho que foi a segunda. Acho, realmente. Isso confere com as minhas suposições, mas ele não tinha como saber disso. E, admitindo que conhecemos o assassino, que diabos devemos fazer? Provavelmente não haveria paciência que chegasse. Se o senhor Cramer botar suas mãos na caixa vermelha e decidir agir sem mim, é capaz de perder completamente a centelha e deixar-nos, a ambos, com combustível que não irá se inflamar." Ele bebeu sua cerveja, depôs o copo e enxugou os lábios. "Archie, precisamos daquela maldita caixa."

"É. Vou buscá-la num minuto. Mas, antes, só para me agradar, exatamente quando foi que Gebert nos contou quem matou McNair? O senhor não estava por acaso falando apenas para ouvir a sua própria voz?"

"Claro que não. Não é óbvio? Mas eu esqueço... você não sabe francês. *Ardemment* significa ardentemente. A tradução da citação é: 'Ao menos, morro ardentemente'."

"Mesmo?" Ergui as sobrancelhas. "Não diga."

"Sim. E por isso — mas esqueço de novo. Você não sabe latim, sabe?"

"Não com intimidade. Também sou tímido no chinês. Talvez devêssemos entregar o caso à Escola Heinemann de Idiomas. A citação de Gebert também nos forneceu as provas, ou estas teremos de procurar nós mesmos?"

Eu tinha exagerado. Wolfe comprimiu os lábios e me olhou sem simpatia. Recostou-se. "Algum dia, Archie, serei forçado... mas não. Não posso refazer o universo e, por isso, tenho de me virar com esse que está aí. O que existe, existe, inclusive você." Suspirou. "Deixa o latim pra lá. Informações para os seus registros: esta tarde telefonei para o senhor Hitchcock em Londres; deverá vir na conta. Pedi-lhe que enviasse um homem para a Escócia, para falar com a irmã do senhor McNair, e que instruísse o seu agente em Barcelona ou em Madri para examinar certos registros na cidade de Cartagena. Isso representa um gasto de várias centenas de dólares. Não houve novos relatórios de Saul Panzer. Precisamos daquela caixa vermelha. Já estava claro para mim quem matou o senhor McNair, e por quê, antes de o senhor Gebert se permitir a diversão de informar você; ele de fato não nos ajudou em nada e é claro que não pretendia fazê-lo. Mas o que é conhecido não é necessariamente demonstrável. Pfff! Ficar sentado aqui e aguardar o resultado de um jogo de esconde-esconde, quando todas as dificuldades de fato foram superadas! Por favor, datilografe uma nota com a declaração do senhor Gebert enquanto ainda está fresca na memória; é possível que venha a ser necessária."

Ele agarrou novamente o seu livro, apoiou os cotovelos nos braços da cadeira, abriu na página marcada e "embarcou".

Leu até a hora do jantar, mas nem *Os sete pilares da sabedoria* limitaram a sua rapidez em atender à convocação de Fritz para a mesa. Durante a refeição ele gentilmente me explicou a principal razão do espantoso sucesso de Lawrence em manter unidas as tribos árabes para a grande revolta. Foi porque a atitude pessoal de Lawrence para com as mulheres era a mesma que a atitude clássica e tradicional árabe. O fato central sobre qualquer homem, no tocante às suas atividades como animal social, é sua atitude em relação às mulheres; por isso os árabes sentiram que Lawrence era essencialmente um deles e, assim, o aceitaram. Sua habilidade inata para a liderança e o refinamento fizeram o resto. Um romântico, eles não teriam compreendido; um puritano, teriam rudemente ignorado; de um sentimentalista, teriam rido — mas ao realista insolente Lawrence, com sua falsa humildade e seu feroz orgulho secreto, eles acolheram em seus corações. O *goulash* estava tão bom quanto qualquer outro que Fritz já fizera.

Eram mais de nove horas quando terminamos o café e retornamos para o escritório. Wolfe retomou o seu livro. Eu fui para a minha escrivaninha com os registros das plantas. Imaginei que depois de uma hora, ou pouco mais, de digestão e esta pacífica cena familiar, eu poderia fazer um esforço para arrancar de Wolfe uma pequena lição de latim e descobrir se Gebert realmente dissera alguma coisa, ou se por acaso Wolfe estava apenas empenhado em alguma mistificação. Mas houve uma interrupção antes mesmo de eu ter decidido um método de ataque: às nove e meia, o telefone tocou.

Peguei o aparelho. "Alô, aqui é do escritório de Nero Wolfe."

"Archie? É o Fred. Estou ligando de Brewster. É melhor você passar para o senhor Wolfe."

Disse-lhe para aguardar e me voltei para Wolfe: "É Fred ligando de Brewster. Quinze centavos por minuto".

Diante disso, ele parou para colocar o seu marcador de páginas. Então apanhou seu fone; eu disse a Fred que podia falar e peguei meu caderno de anotações.

"Senhor Wolfe? É Fred Durkin. Saul me enviou ao vilarejo para telefonar. Não encontramos nenhuma caixa vermelha, mas houve uma pequena surpresa no local. Terminamos de revistar a casa, cada centímetro dela, e começamos do lado de fora. É a pior época para isso, porque, com o degelo da primavera, é a época mais lamacenta do ano. Depois que escureceu continuamos trabalhando com lanternas; vimos as luzes de um carro se aproximando pela estrada e Saul nos mandou apagar as luzes. É uma estrada estreita, de terra, e não dá para andar depressa. O carro entrou pelo portão e parou no acesso. Tínhamos guardado o sedã na garagem. As luzes se apagaram, o motor parou e um homem saiu. Só havia um, de modo que ficamos quietos, atrás de algumas moitas. Ele foi até uma janela, apontou-lhe a luz de uma lanterna e começou a tentar abri-la; Orrie e eu nos colocamos entre ele e o carro, enquanto Saul foi até lá e lhe perguntou por que não entrava pela porta. O homem manteve a calma, contou que esquecera a sua chave; depois disse que não sabia que estava interrompendo alguém e tentou ir embora. Saul

215

o parou e disse que era melhor que entrasse, para beber alguma coisa e conversar um pouco. O sujeito riu, disse que tudo bem, eles entraram, Orrie e eu entramos atrás deles, acendemos as luzes e nos sentamos. O nome do cara é Gebert, G-E-B-E-R-T, um sujeito alto, magro, de cabelo escuro e nariz fino..."

"Sim, eu sei quem é. O que ele disse?"

"Nada. Ele fala muito mas não diz nada. Diz que McNair era amigo dele e que tem umas coisas que lhe pertencem no local e que pensou em ir até lá para pegá-las. Não está assustado nem contrariado. Ele sorri muito."

"Sim, eu sei. Onde ele está agora?"

"Bom, ele continua lá. Saul e Orrie ficaram com ele. Saul me mandou perguntar o que o senhor quer que façamos com ele..."

"Soltem-no. Que outra coisa podem fazer? A menos que estejam famintos e queiram fazer uma sopa com ele. Saul não vai conseguir nada desse sujeito. Não podem detê-lo..."

"Pro inferno, que não podemos detê-lo! Eu não terminei, espere até eu lhe contar. Estávamos lá dentro com esse Gebert havia uns dez ou quinze minutos, quando houve um barulho do lado de fora, lá na frente, e eu corri para ver do que se tratava. Eram dois carros e eles pararam junto ao portão. Os caras desceram e entraram no jardim, atrás de mim, e Deus sabe que puxaram armas. Parecia que eu era Dillinger. Vi uniformes da polícia estadual. Dei um berro de alerta para Saul fechar a porta e então enfrentei o ataque. Por quem o senhor imagina que eu fui cercado? Por Rowcliff, aquele tenente imbecil do Esquadrão de Homicídios, três outros agentes, dois policiais estaduais e um nanico de óculos que me disse ser promotor distrital assistente do Condado de Putnam. Hein? Eu não estava cercado?"

"Sim. Afinal, eles atiraram em você?"

"Claro, mas eu peguei as balas e as atirei de volta. Bem, parece que eles tinham vindo procurar a caixa vermelha. Foram até a porta e queriam entrar. Saul deixou Orrie do lado de dentro da porta, foi até uma janela e falou com eles através do vidro. É óbvio que ele pediu para ver um mandado de busca e eles não tinham nenhum. Houve um pouco de bate-boca pra cá e pra lá; daí os policiais estaduais anunciaram que iam entrar para pegar Saul, porque ele estava invadindo; então ele segurou contra o vidro o papel que o senhor Wolfe tinha assinado e eles o viram com as lanternas. Houve mais alguma conversa e o Saul me disse para vir até o povoado e telefonar para o senhor; Rowcliff disse que nada feito enquanto não me revistasse à procura da caixa vermelha; respondi que, se ele me tocasse, eu o esfolaria e o penduraria para secar. Mas eu não podia tirar o sedã porque o carro de Gebert estava no acesso e os outros bloqueavam a estrada no portão; assim, declaramos uma trégua, Rowcliff pegou o carro dele e viemos juntos para Brewster. São só uns cinco quilômetros. Deixamos o resto do bando sentado lá na varanda. Estou numa cabine, num restaurante, e Rowcliff está mais adiante, numa farmácia, telefonando para o quartel-general. Pensei em pegar o carro dele e voltar sozinho."

"Está bem. Idéia muito boa. Ele sabe que Gebert está lá?"

"Não. Se Gebert é tímido em relação a policiais, é claro que não quer partir. O que fazemos? Botamos ele pra fora? Deixamos os policiais entrarem? Não podemos sair e cavar; tudo o que podemos fazer é ficar sentados e ver Gebert sorrir; está frio feito coração de inglês e não temos um fogo. Santo Deus, o senhor deveria ouvir aqueles policiais estaduais conversando; acho que, lá fora, na selva, eles capturam ursos e leões com as mãos nuas e os comem crus."

"Um momento." Voltei-me para Wolfe: "Imagino que vou dar um passeio?".

Ele estremeceu. Acho que ele calculou haver pelo menos mil solavancos entre a rua 35 e Brewster e dez mil carros para alcançar e ultrapassar. Os perigos à espreita na noite. Wolfe confirmou com um movimento da cabeça.

Eu disse a Fred: "Volte para lá. Segurem Gebert e não os deixem entrar. Estarei aí assim que puder".

13

Faltavam quinze minutos para as dez quando fui até a garagem, pouco além da esquina da Décima Avenida, e desci a rampa na baratinha. Eram onze e treze quando cheguei ao vilarejo de Brewster e virei à esquerda — seguindo as instruções que ouvira Helen Frost dar a Saul Panzer. Uma hora e vinte e oito minutos não era um mau tempo, levando-se em conta as curvas na estrada de Pines Bridge e o trecho esburacado entre Muscoot e Croton Falls.

Segui pelo asfalto por quase dois quilômetros e, então, entrei novamente à esquerda, numa estrada de terra. Ela era estreita como a mente de um fanático; caí nas relheiras e nelas prossegui. Os faróis do carro não me deixavam ver nada senão os galhos das árvores, ainda sem folhas, e o matagal cerrado de ambos os lados da estrada. Comecei a achar que a baboseira de Fred sobre selva afinal não fora tão estúpida. Ocasionalmente surgia uma ou outra casa, mas sempre às escuras e silenciosa. Segui aos solavancos, uma curva fechada à esquerda, outra à direita, depois novamente à esquerda — e fiquei me perguntando se não me achava na estrada errada. Por fim, vi uma luz à frente; continuei nas relheiras por mais uma curva e então cheguei ao meu destino.

Além de uns poucos e breves comentários feitos por Wolfe antes de eu partir, durante a viagem eu dera tratos à bola analisando a situação, e não parecia haver nela nada de especialmente crítico, a não ser que seria bom guardarmos para nós a notícia sobre a expedição de Gebert. Os policiais seriam bem-vindos para entrar e procurar a caixa vermelha o quanto quisessem, já que Saul, tendo trabalhado a tarde inteira sem interferências, não a encontrara. Mas Gebert valia um pequeno esforço, para não mencionar que tínhamos nossa reputação a zelar. Assim, parei a baratinha ao lado de dois carros estacionados na beira da estrada, inclinei-me para fora e gritei:

"Venham tirar este ônibus daqui! Ele está bloqueando o portão e eu quero entrar com o carro!"

Da varanda veio um berro mal-humorado: "Quem, diabos, é você?". Berrei de volta:

"Hailé Selassié. Tudo bem, vou tirá-lo eu mesmo. Se ficar amassado, não me culpem."

Saí da baratinha e entrei no outro carro, um veículo da polícia estadual que estava com a capota arriada. Ouvi e vislumbrei na escuridão dois sujeitos deixando a varanda e se aproximando pela curta trilha. Saltaram a cerca baixa. O da frente estava de uniforme e no outro reconheci o meu velho amigo tenente Rowcliff. O policial estadual fazia uma carranca de dar medo:

"Saia daí, companheiro. Se mover esse carro..."

"Escute aqui, meu nome é Archie Goodwin e represento o senhor Nero Wolfe. Eu tenho direito a estar aqui; você não. Se um homem dá de cara com um carro bloqueando o seu próprio portão tem todo o direito de removê-lo, e é isso exatamente o que vou fazer. Se tentar me impedir, pior para você, pois estou furioso feito o diabo e falo sério."

Rowcliff rosnou: "Tudo bem, saia daí, nós vamos tirar essa maldita coisa". Ele vociferou para o cossaco: "Você também poderia. Esse cara não foi domesticado até hoje".

O policial abriu a porta: "Saia daí".

"Vai tirá-lo?"

"Por que, diabos, eu não o tiraria? Saia."

Desci e voltei para a baratinha. O policial deu a partida no seu carro, avançou lentamente para a estrada, desceu e veio para perto do portão. Os meus faróis o iluminavam. Engatei a marcha, cruzei o portão para o acesso e parei atrás de um carro que reconheci como o conversível que, no dia anterior, Gebert estacionara diante da casa de Wolfe. Desci e me encaminhei para a varanda. Havia um bando de sujeitos sentados ao longo da beirada. Um deles resolveu bancar o engraçado: ligou um farolete e focalizou a luz na minha cara enquanto eu me aproximava. Rowcliff e o policial estadual chegaram e se postaram junto aos degraus.

"Quem está no comando deste bando?", perguntei. "Sei que não é você, Rowcliff, pois estamos fora dos limites da cidade. Quem tem algum direito de estar aqui numa propriedade privada?"

Eles olharam uns para os outros. O policial apontou o queixo para mim e perguntou: "Você tem?".

"Pode estar certo disso. Vocês viram um documento assinado pelo executor do inventário; isto aqui está incluído. Tenho mais um no meu bolso. Bem, vamos lá,

221

quem está no comando? Quem é o responsável por esta afronta?"

Ouviu-se um riso agudo na varanda, proveniente de uma sombra no canto. "Eu tenho o direito de estar aqui, não tenho, Archie?"

Forcei a vista na sua direção. "Oh, olá, Fred. O que está fazendo aqui fora, no frio?"

Ele veio lentamente na minha direção. "Não queríamos abrir a porta, porque este bando de arruaceiros poderia começar a ter idéias..."

Bufei. "De onde as tirariam? Muito bem, ninguém está no comando, é isso? Fred, chame o Saul..."

"Eu assumo a responsabilidade!" Um sujeito baixinho havia emergido e pude ver os seus óculos. Ele guinchou: "Sou o promotor distrital assistente deste condado! Nós temos o direito legal...".

Estiquei-me ao máximo acima dele: "O senhor tem o direito legal de ir para casa e para a cama. Tem aí um mandado, uma intimação ou mesmo um papel de cigarro?".

"Não, não houve tempo..."

"Então, cale-se." Dirigi-me a Rowcliff e ao policial estadual: "Acham que estou sendo rude? Nem um pouco. Só estou indignado e tenho o direito de o fazer. É muita ousadia vocês virem no meio da noite a uma casa particular e acharem que podem revistá-la, sem nenhuma prova de que ali tenha havido alguma coisa ou tenha estado alguém criminoso. O que querem, a caixa vermelha? Ela é propriedade de Nero Wolfe e, se estiver lá dentro, vou pegá-la, enfiá-la no bolso e sair com ela. E não tentem me pegar, porque sou muito sensível quanto a entrar em contato físico com os outros". Passei rapidamente por eles, subi à varanda, fui até a porta e bati:

"Vem cá, Fred... Saul!"

Ouvi a voz dele vindo lá de dentro: "Olá, Archie! Tudo bem?".

"Claro, tudo bem. Abra a porta! Fica de prontidão, Fred."

O bando, que se erguera, avançou um pouco em nossa direção. Escutei a fechadura sendo acionada; a porta se abriu e um retângulo de luz se projetou sobre o chão da varanda; Saul postou-se na soleira, tendo Orrie atrás de si. Fred e eu estávamos ali também. Virei-me para a malta:

"Ordeno que saiam destas instalações. Todos vocês. Em outras palavras, sumam. Agora façam o que quiserem, mas que fique registrado, para referência futura, que vocês estão aqui ilegalmente. Nós nos ofendemos por riscarem o assoalho da varanda com os pés, mas vamos ficar muito mais ofendidos se tentarem entrar na casa. Recua, Saul. Vem, Fred."

Entramos. Saul fechou a porta e trancou-a. Olhei em torno. Sabendo que a espelunca pertencera a McNair, eu contava ver ali mais algumas "delícias dos decoradores", mas o ambiente era rústico. Belas poltronas, assentos com almofadas, uma grande e pesada mesa de madeira e, numa das extremidades, fogo crepitando em ampla lareira. Voltei-me para Fred Durkin:

"Seu maldito mentiroso. Você disse que não havia fogo."

Ele riu, esfregando as mãos diante da lareira. "Achei

que o senhor Wolfe não deveria ter a impressão de que estávamos demasiado confortáveis aqui."

"Ele não teria se importado. Ele não aprecia privações, nem mesmo para vocês." Olhei em torno novamente e, baixando a voz, falei a Saul: "Onde está aquilo que você tem?".

Com a cabeça indicou uma porta: "No outro quarto. Lá não há luz".

"Vocês não encontraram a caixa?"

"Nem sinal dela. Revistamos cada centímetro cúbico."

Como era Saul que o estava dizendo, aquilo encerrava o assunto. Perguntei-lhe: "Há alguma outra porta?".

"Uma, nos fundos. Nós a bloqueamos."

"Certo. Você e Fred fiquem aqui. Orrie, vem comigo."

Ele caminhou pesadamente e eu fui na frente para o outro cômodo. Depois que fechei a porta atrás de nós, a escuridão tornou-se total, só dava para vislumbrar os difusos retângulos de duas janelas. Depois de alguns segundos, consegui detectar uma silhueta numa cadeira. Eu disse para Orrie: "Cante".

Ele murmurou: "Que inferno, estou faminto demais para cantar".

"Cante assim mesmo. Se acontecer de algum deles colar a orelha numa das janelas, quero que ele ouça algo. Cante *Vá em frente, bezerrinho sem mãe*'."

"Não posso cantar no escuro..."

"Droga, vai cantar ou não vai?"

Ele pigarreou e começou a cantar. Orrie tinha uma bela voz. Aproximei-me da silhueta na cadeira e disse:

"Sou Archie Goodwin. Você me conhece."

"Decerto." O tom de voz de Gebert era perfeitamente coloquial. "Você é o sujeito que não gosta de cenas."

"Isso mesmo. É por isso que estou aqui, neste fim de mundo, quando deveria estar na minha cama. Por que é que você está aqui?"

"Vim para buscar o meu guarda-chuva, que deixei aqui no outono passado."

"Oh, deixou-o aqui, não é? E o encontrou?"

"Não. Alguém deve tê-lo levado."

"Que pena. Escute aqui. Lá fora na varanda há um exército de policiais estaduais e detetives de Nova York, além de um promotor do Condado de Putnam. O que acharia de ter de lhes contar sobre o seu guarda-chuva?"

Vi o contorno mover-se quando deu de ombros. "Se isso os divertisse. Acho difícil que saibam onde ele está."

"Sei. Você está totalmente despreocupado, hein? Não se preocupa com nada no mundo. Nesse caso, o que faz sentado aqui, sozinho, no escuro? — Cante um pouco mais alto, Orrie."

Gebert deu de ombros novamente. "Seu colega, o baixinho de nariz grande, convidou-me para entrar aqui. Ele foi muito gentil comigo quando eu tentava abrir uma janela porque estava sem a chave."

"Portanto você quis retribuir a gentileza. Isso foi muito elegante da sua parte. Então tudo bem se eu deixar os policiais entrarem e lhes contar que você estava tentando arrombar?"

"Não me importa em absoluto." Eu não podia vê-lo, mas sabia que sorria. "De verdade. Eu não estava arrombando, apenas testando uma janela."

Empertiguei-me, enfastiado. Ele não me oferecia nada para negociar e, mesmo que estivesse blefando, achei que era gozador o bastante para ir até o fim com aquilo. Orrie parou de cantar e eu grunhi para que continuasse. As condições eram ruins para uma negociação. Debrucei-me novamente sobre ele;

"Olhe aqui, Gebert. Sabemos qual é a sua — Nero Wolfe sabe —, mas estamos dispostos a lhe dar uma chance. É meia-noite. Diga se vê algo de errado no seguinte: eu deixo os policiais entrarem e lhes digo que podem procurar pela caixa vermelha o quanto quiserem. Acontece que sei que não vão encontrá-la. Você é um de meus colegas. Seu nome é Jerry. Deixamos meus outros colegas aqui e você e eu entramos no meu carro, voltamos para Nova York e você pode dormir na casa de Wolfe — há uma boa cama lá, no quarto acima do meu. A vantagem disso é que você estará lá de manhã para ter uma conversa com Wolfe. Parece um bom programa."

Pude vê-lo abanar a cabeça. "Eu moro no Chesebrough. Agradeço o seu convite, mas prefiro dormir na minha própria cama."

"Estou lhe pedindo, você vem?"

"À casa do senhor Wolfe para dormir? Não."

"Tudo bem. Você é maluco. Claro, é inteligente o bastante para compreender que terá de falar com alguém sobre o fato de dirigir por quase cem quilômetros para entrar por uma janela em busca de um guarda-chuva. Conhecendo Wolfe, e conhecendo a polícia, só o aconselho a falar com ele em vez de falar com os policiais. Não estou tentando quebrar o seu *aplomb*, que aprecio, considero atraente, mas quero ser amaldiçoado se vou ficar aqui implorando a noite toda. Dentro de dois minutos começarei a ficar impaciente."

Gebert deu de ombros mais uma vez. "Confesso que não aprecio a polícia. Saio daqui com você, incógnito. É isso?"

"É isso."

"Muito bem. Eu vou."

"À casa de Wolfe, para passar a noite?"

"Estou lhe dizendo."

"É bom mesmo. Não se preocupe com o seu carro; Saul cuidará dele. Você se chama Jerry. Aja feito um valentão ignorante, como eu ou qualquer outro detetive. — OK, Orrie, pode parar. Vem. Vem, Jerry."

Abri a porta para a sala iluminada e eles me seguiram. Juntei Saul e Fred, expliquei-lhes rapidamente a estratégia e, quando Saul objetou a deixar os policiais entrarem, concordei com ele sem discutir. Nosso trio deveria retomar as operações pela manhã e eles precisavam dormir um pouco até lá. Ficou decidido que ninguém teria permissão para entrar e que estava proibido a estranhos escavar nos jardins da casa. De manhã, enviariam Fred à aldeia para comprar alguma comida e telefonar para o escritório.

Fui até uma janela, espremi o nariz contra o vidro e vi que o grupo continuava reunido perto dos degraus. A um sinal meu com a cabeça, Saul destrancou a porta, abriu-a e Gebert e eu saímos para a varanda. À nossa retaguarda, Saul, Fred e Orrie ocuparam a soleira da porta. Fomos ruidosamente até a beirada:

"Tenente Rowcliff? Ah, aí está o senhor. Jerry Martin e eu vamos voltar para a cidade. Estou deixando três homens aqui e eles ainda preferem a privacidade. Precisam dormir um pouco e vocês também. Apenas como um favor, digo-lhe claramente que Jerry e eu não estamos com a caixa vermelha, de modo que não há motivo para o senhor ranger os dentes. — Pode trancar, Saul, e um de vocês fica de guarda." A porta foi fechada, deixando a varanda novamente no escuro. Eu me voltei: "Vem, Jerry. Se alguém encostar em você, crave-lhe um alfinete de chapéu".

Mas, no instante em que a porta se fechou, algum ladino ligou uma lanterna e iluminou a cara de Gebert. Eu segurava o seu cotovelo para fazê-lo avançar, mas houve um alvoroço à nossa frente e um rosnado: "Não precisam correr". Um sujeito enorme postou-se diante de Gebert, apontando-lhe o facho de luz. Rosnou de novo: "Veja aqui, tenente, dê uma olhada neste Jerry. Jerry uma ova. É aquele sujeito que estava no apartamento dos Frost quando estive lá, esta manhã, com o inspetor. O nome dele é Gebert, um amigo da senhora Frost".

Dei uma risadinha sem jeito. "Não o conheço, cavalheiro, mas o senhor deve ser vesgo. Talvez por causa do ar do campo. Vem, Jerry."

Não funcionou. Rowcliff, dois outros agentes e a dupla de guardas estaduais barraram o caminho, e o tenente cantarolou para mim: "Volte pra trás, Goodwin. Você já ouviu falar de Bill Northrup e sabe o quanto ele é vesgo. Não há engano, Bill?".

"Nenhum mesmo. É Gebert."

"Não diga. Mantenha a luz nele. E então, senhor Gebert. O que significa isso de tentar enganar o senhor

Goodwin, dizendo-lhe que seu nome é Jerry Martin? Hein?"

Fiquei de boca fechada. Por causa de um pouco de má sorte eu estava levando um chute na canela e não havia nada a fazer senão agüentá-lo. Tive de dar crédito a Gebert: com a luz direto na cara e aquele bando de gorilas inquisidores em cima dele, sorria como se estivessem lhe perguntando se preferia leite ou limão no seu chá.

"Eu não tentava enganar o senhor Goodwin. Realmente não", disse Gebert. "De qualquer forma, como poderia? Ele me conhece."

"Ah, ele o conhece, é? Então posso discutir com ele essa idéia de Jerry Martin. Mas o senhor poderia me contar o que está fazendo aqui na casa de McNair. Eles o encontraram aqui, não foi?"

"Me encontraram?" Gebert pareceu um pouco aborrecido, mas continuou polido: "É claro que não. Eles me trouxeram. A pedido deles vim mostrar-lhes onde eu pensava que McNair poderia ter escondido a caixa vermelha que procuravam. Mas não; ela não estava lá. Daí os senhores chegaram. Depois veio o senhor Goodwin. Ele achou que seria mais agradável se os senhores não soubessem que eu viera ajudá-los e sugeriu que eu fosse o senhor Jerry Martin. Não vi motivo para não lhe fazer a vontade".

Rowcliff grunhiu. "Mas o senhor não achou adequado mencionar a existência deste lugar ao inspetor Cramer esta manhã, quando ele lhe perguntou se o senhor fazia alguma idéia de onde a caixa vermelha pudesse estar. Achou?"

Gebert teve uma resposta engenhosa também para esta e para várias outras perguntas, mas não as ouvi com muito interesse. Mentalmente, estava empenhado em fazer um balanço provisório da situação. Eu recuara porque Gebert se mostrava um pouco insincero demais. É claro que ele imaginou que eu deixaria a história dele continuar porque queria poupá-lo para Nero Wolfe, mas comecei a achar que ele não valia o preço. Não foi um acesso de escrúpulos; eu jogaria areia nos olhos de todo o Departamento de Polícia, do comissário Hombert para cima, por qualquer coisa que se assemelhasse a uma causa válida; de qualquer forma, parecia mais do que duvidoso que Wolfe conseguiria lucrar alguma coisa interrogando Gebert e, se ele não pudesse fazê-lo, só estaríamos dando a Cramer outro motivo para ficar furioso, sem nada para nos consolar por isso. Eu sabia que estava assumindo um grande risco, pois, se Gebert tivesse assassinado McNair, havia uma boa possibilidade de arrancarem isso dele no quartel-general e o nosso caso se tornaria fumaça saindo pela chaminé; mas eu não era como Wolfe, me sentia tolhido pelo fato de não saber se Gebert era culpado. Enquanto fazia essas avaliações, com um ouvido escutava Gebert enrolando Rowcliff, o que fazia muito bem; conseguira amansá-lo até um ponto em que ele e eu podíamos ter entrado no carro e ido embora sem sequer nos tirarem as impressões digitais.

"Trate de estar em casa de manhã", rosnava Rowcliff para ele. "O inspetor poderá querer encontrá-lo. Se for sair, informe onde vai estar." Voltou-se para mim e teria sido possível destilar vinagre de seu hálito: "Você é tão cheio de truques desprezíveis, que aposto que os aplica em si próprio quando está sozinho. O inspetor o informará sobre o que achou deste. Detestaria dizer o que eu penso".

Sorri para o rosto que estava no escuro. "E já estou com outro pronto. Estava em pé aqui, escutando a enrolação de Gebert, só para ver quanto ele é manhoso. Ele conseguiria deslizar sobre um ralador de queijo. É melhor levá-lo para o quartel-general e oferecer-lhe uma cama."

"É? Para quê? Você terminou com ele?"

"Não, nem sequer comecei. Esta noite, um pouco antes das nove, ele chegou aqui no seu carro. Não sabendo que havia alguém aqui, pois as luzes estavam apagadas, ele tentou forçar uma janela para entrar. Quando Saul Panzer lhe perguntou o que queria, ele disse que havia deixado o seu guarda-chuva aqui, no outono passado, e que viera pegá-lo. Talvez ele se encontre na sala de perdidos e achados do seu quartel-general; o melhor seria levá-lo até lá para procurar. Considerá-lo testemunha material seria razão suficiente para isso."

Rowcliff grunhiu. "Você realmente já estava com outro pronto. Quando foi que inventou esse?"

"Não precisei inventar. O fato é mais estranho que a ficção. O senhor não devia desconfiar o tempo todo de todo mundo: Se quiser, eu os chamo aqui para fora e pode perguntar a eles; os três estavam aqui. Eu diria que um guarda-chuva que merece que se entre por uma janela para recuperá-lo também vale que se façam algumas perguntas a respeito."

"Ã-hã. E você estava chamando esse sujeito de Jerry e tentando contrabandeá-lo para fora. Para onde? O que acharia de vir conosco e examinar alguns guarda-chuvas você mesmo?"

Aquilo me deixou nauseado. De todo modo, eu já não estava excessivamente feliz abrindo mão de Gebert. "Vá se danar! Parece um guarda de rua pegando crianças que jogam bola contra a parede. Talvez eu quisesse a glória de levá-lo eu mesmo para o quartel-general. Ou talvez eu quisesse ajudá-lo a fugir do país colocando-o no metrô para o Brooklyn, onde — acredito — o senhor mora. O senhor o pegou, não foi? Com uma alça que eu lhe dei para segurá-lo. Danem-se todos! Passou da minha hora de dormir."

Atravessei o cordão de policiais, espantando-os para os lados feito moscas, fui até a baratinha, entrei nela, segui em marcha à ré até o portão, peguei a estrada — por um triz não amassando o pára-lama do veículo dos policiais estaduais — e fui embora seguindo pelas relheiras e aos solavancos. Estava tão descontente com o aspecto geral das coisas que bati, por dois minutos, o meu tempo anterior entre Brewster e a rua 35.

É claro que encontrei a casa às escuras e silenciosa. Não havia nenhum bilhete de Wolfe sobre a minha escrivaninha. No primeiro andar, em meu quarto, para onde levei um copo de leite que peguei na cozinha, a lâmpada-piloto era um ponto vermelho na parede, indicando que Wolfe ligara o interruptor para, no caso de alguém tocar em uma de suas janelas ou se aproximar, pelo corredor, a menos de dois metros e meio de sua porta, uma poderosa campainha instalada sob a minha cama desatar um escarcéu infernal que acordaria até mesmo a mim.

Deitei-me às duas e dezenove.

14

Girei minha cadeira para ficar de frente para Wolfe. "Ah, sim, esqueci de lhe contar. Isso talvez o faça lembrar de algo. O advogado Collinger disse que os procedimentos com os restos mortais de McNair estão sendo feitos segundo as instruções contidas em seu testamento. A cerimônia religiosa será realizada esta noite, às nove horas, na capela do Memorial Belford, na rua 73, e amanhã o corpo será cremado, devendo as cinzas ser enviadas para a irmã dele na Escócia. Collinger acredita que o testamenteiro de McNair, naturalmente, estará presente à cerimônia. Iremos no sedã?"

"Pueril", murmurou Wolfe. "Você não é melhor do que uma mosca importuna. Pode me representar na capela do Memorial Belford." Ele estremeceu. "Branco e preto. Lúgubre e silenciosa mesura ao terror encanecido. O assassino dele estará lá. Maldição, não me aborreça." Retornou ao atlas, na página dupla desdobrável da Arábia.

Era meio-dia de sexta-feira. Eu dormira menos de seis horas e cumprira o meu ritual matinal às oito para, sem ter de engolir às pressas o meu desjejum, estar pronto para fazer o relatório a Wolfe às nove, nas estufas. A primeira coisa que ele me perguntou foi se eu encontrara a caixa vermelha e, depois disso, limitou-se a me ouvir, de costas para mim e debruçado sobre uma bancada de mudas novas de catléia. As notícias sobre Gebert pareciam entediá-lo, e ele sempre conseguia dar essa impressão sem que eu pudesse detectar se o tédio era forçado ou real. Quando o lembrei de que Collinger viria às dez para discutir o testamento e o patrimônio, e lhe perguntei se tinha alguma instrução especial para mim, ele apenas fez que não com a cabeça sem se dar o trabalho de voltar-se. Deixei-o sozinho, desci para a cozinha e comi mais duas panquecas, para não ir tirar um cochilo. Fritz estava novamente amigável, tendo perdoado e esquecido o fato de eu ter arrebatado Wolfe do limiar da recaída, na quarta-feira. Não demonstrou nenhum ressentimento.

Por volta das nove e meia, Fred Durkin telefonou de Brewster. Os invasores haviam ido embora pouco depois da minha partida de Glennanne, na noite anterior, e o nosso trio tivera uma noite de descanso. Mas, mal tinham eles terminado o café-da-manhã, os detetives e os policiais estaduais retornaram, munidos de documentos. Instruí Fred para dizer a Saul que ficasse de olho na mobília e em outros objetos portáteis.

Às dez horas chegou o nosso advogado, Henry H. Barber, e, um pouco depois, Collinger. Sentei-me e ouvi uma porção de conversa fiada sobre legitimação, juiz homologador de testamentos e assim por diante; subi à cobertura para obter a assinatura de Wolfe em alguns documentos e datilografei algumas coisas para os advogados, que partiram antes de Wolfe descer, às onze horas. Ele arranjara as orquídeas no vaso, tocara

235

pedindo cerveja, testara a sua caneta, dera uma espiada na correspondência matinal, fizera um telefonema para Raymond Plehn e ditara uma carta. Então fora até as estantes de livros, retornara com o atlas e se aquietara com ele. Eu nunca conseguia pensar em mais de uma possível vantagem a se esperar do trabalho de Wolfe com o atlas: se algum dia tivéssemos um caso internacional, certamente estaríamos em território conhecido, não importa para onde a investigação nos levasse.

Continuei fazendo entradas nos registros de plantas a partir das papeletas de Theodore Horstmann.

Por volta de quinze para a uma, Fritz bateu à porta e entrou portando um cabograma. Abri-o e li:

ESCÓCIA NEGATIVO NUGANT GAMUT CARTAGENA
NEGATIVO DESTRUIÇÃO TUMULTOS DANNUM GAMUT
HITCHCOCK

Peguei o livro de código, fiz algumas consultas e rabisquei no meu caderno de anotações. Wolfe continuava na Arábia. Pigarreei feito um leão e ele pestanejou para mim.

"Se a ausência de notícias é uma boa notícia, então aqui está um presente de Hitchcock. Ele diz que ainda não obteve resultados na Escócia porque o objeto da investigação se recusa a prestar ajuda ou dar informações, mas que os esforços prossequem. O mesmo em Cartagena: sem resultados por causa da destruição provocada por distúrbios, há dois anos; mas, também lá, os esforços continuam. Eu poderia acrescentar por minha conta que Escócia e Cartagena de todo modo

236

levam vantagem sobre a rua 35 em um aspecto. Gamut. Os esforços prosseguem."

Wolfe grunhiu.

Dez minutos depois ele fechou o atlas: "Archie, precisamos daquela caixa vermelha".

"Sim, senhor."

"Sim, precisamos dela. Depois que você saiu ontem à noite, telefonei novamente para o senhor Hitchcock em Londres, com tarifa noturna reduzida, e receio que o tirei da cama. Soube que a irmã do senhor McNair vive numa antiga propriedade da família, um lugarejo perto de Camfirth, e que ela acha possível que ele tenha escondido lá a caixa vermelha durante uma de suas viagens para a Europa. Solicitei ao senhor Hitchcock que mandasse realizar uma busca para encontrá-la, mas, a julgar por este cabograma, a irmã não o permitirá."

Suspirou: "Nunca estive num caso mais aborrecido. Dispomos de todo o conhecimento de que precisamos e de nenhum fragmento de prova apresentável. A menos que a caixa vermelha seja encontrada — seremos realmente forçados a enviar Saul para a Escócia ou para a Espanha, ou para ambos os países? Santo Deus! Será que somos tão ineptos a ponto de termos de dar volta a metade do mundo para demonstrar o motivo e a técnica de um assassinato que ocorreu em nosso próprio escritório, diante dos nossos olhos? Pfff! Ontem à noite fiquei sentado por duas horas avaliando a posição e confesso que temos uma combinação excepcional de sorte e de astúcia agindo contra nós; mas mesmo assim, se formos levados ao extremo de comprarmos passagens de navio para cruzar o Atlântico, então não somos dignos nem de desprezo".

"É." Sorri-lhe; se ele estava ficando irritado, então havia esperança. "Eu não sou digno do seu e o senhor, do meu. Assim, este pode ser um daqueles casos em que nada, senão a rotina, resolve. Por exemplo, um dos mercenários de Cramer pode virar o jogo conseguindo rastrear uma venda de cianeto de potássio."

"Bah!" Wolfe remexeu-se; ele estava na iminência de um frenesi. "O senhor Cramer nem sequer sabe quem é o assassino. Quanto ao veneno, é provável que tenha sido comprado anos atrás, possivelmente em outro país. Estamos lidando com alguém não apenas astuto, mas que também age com premeditação."

"Foi o que suspeitei. O senhor está me dizendo que sabe quem é o assassino. Hein?"

"Archie." Ele sacudiu o dedo indicador para mim. "Detesto mistificação e nunca a pratico por diversão. Mas não vou carregar você com fardos que irão exaurir os seus poderes. Você não tem talento para a perfídia. Certamente que sei quem é o assassino, mas que bem isto me traz? Não estou num barco melhor do que o do senhor Cramer. A propósito, ele ligou ontem à noite, alguns minutos depois de você sair. Estava de péssimo humor. Pareceu achar que deveríamos ter lhe contado sobre a existência de Glennanne, em vez de deixá-lo descobrir isso a partir de uma coisa que encontrou entre os documentos do senhor McNair; e estava extremamente ofendido por Saul defender o local contra o assédio policial. Presumo que ele se acalmará, agora que você lhe deu o senhor Gebert de presente."

Assenti com a cabeça. "E eu presumo que parecerei ridículo se ele conseguir extrair de Gebert seiva suficiente para consolidar o caso."

"Jamais. Não tema, Archie. Não parece verossímil que o senhor Gebert, sob qualquer pressão provável, vá largar o único ponto do rochedo da existência ao qual conseguiu se agarrar. Teria sido inútil trazê-lo aqui; ele já calculou seus ganhos e suas perdas. — Sim, Fritz? Ah, o suflê ficou atento ao relógio? Imediatamente, com certeza."

Wolfe agarrou a beirada da escrivaninha para empurrar sua cadeira para trás.

Demos a nossa mais completa atenção ao suflê.

Meu almoço foi interrompido uma vez, pelo telefonema de Helen Frost. Como norma, Wolfe me proibia terminantemente de perturbar uma refeição para atender o telefone, tarefa que deixava por conta de Fritz na extensão da cozinha. Mas havia exceções. Uma delas era quando se tratava de cliente feminino. Assim, fui até o escritório e a atendi, não exatamente transbordante de alegria, pois durante toda a manhã eu estivera pensando que, a qualquer momento, ouviríamos dela que o contrato estava cancelado. Isolada no apartamento com a mãe, era impossível prever de que tipo de coisas ela poderia ser persuadida. Mas tudo o que ela queria era saber de Perren Gebert. Contou que sua mãe ligara para o Chesebrough no horário do café-da-manhã e ficara sabendo que Gebert não passara a noite lá. Depois de telefonar e agitar-se a manhã toda, ela finalmente foi informada pela polícia de que Gebert estava detido no quartel-general, mas não a deixaram falar

239

com ele. O inspetor Cramer dissera à sra. Frost algo sobre Gebert estar sendo retido com base em informações fornecidas pelo senhor Goodwin, do escritório de Nero Wolfe, e Helen queria saber do que se tratava.

"Está tudo bem", assegurei-lhe. "Nós o pegamos tentando entrar por uma janela em Glennanne e os policiais o estão interrogando sobre o que ele pretendia lá. É só uma pergunta sensata natural. Depois de um tempo, ele a responderá ou não, e eles o liberarão ou não. Está tudo bem."

"Mas eles não vão..." Ela soava como se estivesse sendo assediada. "Veja, eu contei aos senhores que há coisas sobre ele de que não gosto, mas ele é um velho amigo de minha mãe e meu também. Os policiais não farão nada a ele, farão? Não posso entender o que fazia em Glennanne, tentando entrar lá. Ele não esteve lá... acho que ele nunca foi lá... O senhor sabe, ele e tio Boyd não gostavam um do outro. Não entendo. Mas não podem fazer-lhe nada só por tentar abrir uma janela. Podem?"

"Podem e não podem. Podem como que molestá-lo. Isso não o machucará muito."

"Isso é terrível." O estremecimento transparecia em sua voz. "Isso é terrível! E eu me julgava durona. Acho que sou, mas... de qualquer forma, quero que o senhor Wolfe e o senhor sigam adiante. Vão em frente. Só achei que poderia pedir ao senhor — Perren é realmente o amigo mais antigo de minha mãe — para dar uma passada por lá, ver onde ele está e o que estão fazendo... Sei que os policiais são muito seus amigos..."

"Certamente." Fiz uma careta ao telefone. "Ir ao quartel-general? Com toda certeza. Agradeço-lhe de coração, ficarei feliz em ir até lá. Não vou demorar para terminar meu almoço e sairei em seguida. Depois lhe telefono para informá-la."

"Oh, que bom. Muitíssimo obrigada. Se eu não estiver em casa, minha mãe estará. Vou... vou sair para comprar algumas flores..."

"Tá. Ligo depois."

Voltei para a sala de jantar, retomei meus talheres e contei a Wolfe sobre a conversa. Ele estava irritado, como acontecia sempre que assuntos de negócios se intrometiam numa refeição. Com vagar, terminei de comer, tomei café e aguardei mais um pouco, pois sabia que, se eu demonstrasse pressa e não mastigasse adequadamente, isto transtornaria a digestão de Wolfe. Ele não ficava de coração partido se eu, na hora de comer, estivesse fora, a campo, e tivesse de me virar com o que pudesse. Mas, uma vez que tivesse iniciado uma refeição à mesa, eu tinha de concluí-la como um cavalheiro. Além do quê, eu não estava impaciente para cumprir uma pequena missão que não me agradava.

Havia passado das duas horas quando fui pegar a baratinha na garagem e ali tive outra irritação ao descobrir que o trabalho de lavagem e polimento fora feito mal e porcamente.

Depois, na rua do Centro, estacionei no triângulo, entrei e tomei o elevador. Caminhei pelo corredor do primeiro andar como se fosse dono dele, entrei pretensiosamente na ante-sala do escritório de Cramer e disse ao brutamontes que estava à escrivaninha:

"Diga ao inspetor que Goodwin, do escritório de Nero Wolfe, está aqui."

Esperei em pé durante dez minutos e então, com um aceno de cabeça, fui instado a entrar. Minha esperança era de que Cramer estivesse fora e eu tivesse de tratar com Burke — não por causa da minha timidez natural, mas porque sabia que seria melhor para todos os envolvidos se o inspetor tivesse um pouco mais de tempo para esfriar a cabeça antes de retomar o relacionamento social conosco. Contudo, ele estava lá, à escrivaninha, quando entrei e, para minha surpresa, não levantou para vir morder a minha orelha. Só foi um tanto ríspido:

"Então é você. Vai simplesmente entrando aqui. Burke fez um comentário a seu respeito esta manhã: disse que se você, um dia, quiser uma massagem, deve pedir ao Smoky que a faça. Smoky é o sujeito baixote, manco de uma perna, que mantém brilhantes os balaústres de madeira lá embaixo, na entrada."

"Acho que vou me sentar", retruquei.

"Acho que vai. Vá em frente. Quer a minha cadeira?"

"Não, obrigado."

"O que você *quer*?"

Balancei a cabeça de um lado para o outro, pensativamente: "Quero ser mico de circo, inspetor, se o senhor não é um homem difícil de ser agradado. Fazemos o melhor que podemos para ajudá-lo a encontrar a tal caixa vermelha, e o senhor fica ofendido. Pegamos um sujeito perigoso tentando uma entrada ilegal, entregamo-lo ao senhor, e também isso o deixa ofendido. Se resolvêssemos este caso e lho déssemos de presente, imagino que o senhor nos acusaria de sermos acessórios

242

no cometimento de um crime. Talvez se lembre de que naquele caso da quadrilha de Rubber..."

"É, eu sei. Favores passados foram devidamente agradecidos. Estou ocupado. O que quer?"

"Bem..." Inclinei a cabeça um pouco para trás, de modo a ficar olhando de cima para ele. "Represento o executor do testamento do senhor McNair. Vim convidar o senhor Perren Gebert para comparecer ao serviço fúnebre na capela do Memorial Belford às nove horas, esta noite. Se o senhor, gentilmente, pudesse orientar-me sobre como posso chegar aos aposentos dele..."

Cramer lançou-me um olhar malvado. Então suspirou profundamente, pegou do bolso um charuto, mordeu-lhe a ponta e o acendeu. Deu algumas baforadas e o prendeu num dos cantos da boca. De repente, perguntou:

"O que você conseguiu levantar sobre Gebert?"

"Nada. Nem mesmo que tenha passado um semáforo fechado. Nada mesmo."

"Você veio aqui para vê-lo? O que Wolfe quer que você pergunte a ele?"

"Nada. Pela luz que me ilumina. Wolfe diz que Gebert está apenas se agarrando ao rochedo da existência, ou algo do gênero, e que não o deixaria entrar na casa dele."

"Então, que diabos você quer com ele?"

"Nada. Estou apenas cumprindo a minha palavra. Prometi a alguém que viria aqui perguntar ao senhor como ele está e quais são as perspectivas dele para o futuro. Não tem trapaça. Portanto, ajude-me."

"Talvez eu acredite em você. Quer dar uma olhada nele?"

"Não especialmente. Mas o faria."

"Pode ir." De uma carreira de botões, Cramer apertou um. "De fato, gostaria de contar com você. Este caso está aberto e fechado: aberto para os jornais e fechado para mim. Se você tiver curiosidade sobre qualquer coisa, e achar que Gebert pode satisfazê-la, vá em frente. Estão trabalhando nele desde as sete horas desta manhã. Há oito horas. E não conseguem nem mesmo enfurecê-lo."

Um sargento, de ombros hiperdimensionados, entrara na sala e aguardava. Cramer lhe disse: "Este homem se chama Goodwin. Leve-o lá embaixo para o quarto número 5 e diga a Sturgis para deixá-lo ajudar, se ele quiser". Voltou-se para mim: "Passe de novo por aqui antes de ir embora. Posso querer perguntar-lhe alguma coisa".

"OK. Terei pensado em alguma coisa para lhe contar."

Segui o sargento para o corredor e até o elevador. Fomos para o subsolo, onde ele me conduziu por um corredor mal-iluminado, virando uma esquina, até que finalmente paramos diante de uma porta que talvez tivesse um número 5 escrito nela, mas, se era este o caso, eu não podia vê-lo. Ele abriu a porta e a fechou assim que entramos. O sargento caminhou até um sujeito que estava sentado numa cadeira, enxugando o pescoço com um lenço; disse-lhe algo, virou-se e foi embora.

Era um aposento de tamanho médio, quase sem móveis. Havia algumas cadeiras simples, de madeira, ao longo de uma das paredes. Uma, de tamanho maior e com braços, fora colocada perto do centro da sala e nela estava sentado Perren Gebert, com um forte refletor à sua frente projetando-lhe luz em cheio no rosto. Junto dele, em pé à sua frente, estava um homem magricela, com pequenas orelhas vulpinas e um corte de cabelos à Yonkers, em mangas de camisa. O sujeito na cadeira, com o qual o sargento falara, também estava sem paletó, assim como Gebert. Este, quando me aproximei da luz o bastante para que pudesse me ver e reconhecer, ergueu-se um pouco e, num tom estranhamente rouco, disse:

"Goodwin! Ah, Goodwin..."

O policial magricela esticou o braço e deu-lhe um bofetão no lado esquerdo do seu pescoço e, então, com a outra mão, mais um na orelha direita. Gebert estremeceu e tornou a afundar na cadeira. "Fica sentado aí, está bem?", disse o policial em tom de queixume. Ainda com o lenço na mão, o outro policial se levantou e veio na minha direção:

"Goodwin? Meu nome é Sturgis. De onde você é? Do esquadrão de Buzzy?"

"Não. Agência privada", respondi. "Estamos no caso e somos considerados bons".

"Ah. Agente privado, hein? Bem... o inspetor o mandou aqui pra baixo. Quer trabalho?"

"Não neste exato minuto. Vocês, cavalheiros, prossigam. Vou ficar ouvindo e ver se consigo pensar em alguma coisa."

Avancei mais um passo em direção a Gebert e dei uma olhada geral nele. Estava um bocado vermelho e

245

com manchas, mas não pude ver nenhuma marca real. Tinham lhe tirado a gravata, sua camisa estava rasgada num dos ombros e havia suor seco sobre a sua pele. Seus olhos estavam injetados de tanto piscar para a luz do refletor e, provavelmente, de tanto ter sido esbofeteado a cada vez que tentara fechá-los. Perguntei-lhe:

"Quando disse o meu nome, agora mesmo, queria contar-me alguma coisa?"

Ele sacudiu a cabeça e emitiu um grunhido rouco. Voltei-me e disse a Sturgis: "Ele não pode contar-lhes nada se não conseguir falar. Talvez devessem dar-lhe um pouco de água".

Sturgis riu com desdém: "Ele poderia falar se quisesse. Nós lhe demos água quando desmaiou, duas horas atrás. Só há uma coisa errada com ele nesse mundo de Deus: ele é do contra. Quer fazer uma tentativa?".

"Mais tarde, talvez." Fui até a fila de cadeiras dispostas ao longo da parede e me sentei. Sturgis estava em pé e enxugava o pescoço, pensativo. O policial magrelo inclinou-se para perto do rosto de Gebert e lhe perguntou num tom magoado:

"Para o que ela lhe pagou aquele dinheiro?"

Nenhuma resposta, nenhum movimento.

"Para o que ela lhe pagou aquele dinheiro?"

Nada, outra vez.

"Para o que ela lhe pagou aquele dinheiro?"

Gebert meneou fracamente a cabeça. O policial rugiu indignado: "Não abana a cabeça pra mim! Entendeu? Para o que ela lhe pagou aquele dinheiro?".

Gebert permaneceu imóvel. O policial ergueu os

braços para tomar impulso e lhe deu outro par de tabefes, que sacudiram a sua cabeça, e mais dois em seguida.

"Para o que ela lhe pagou aquele dinheiro?"

Isso continuou assim por algum tempo. Pareceu-me duvidoso de que seria feito algum progresso. Senti pena dos policiais, pobres idiotas, vendo que não tinham inteligência suficiente para compreender que só o estavam botando gradualmente para dormir e que dentro de mais três ou quatro horas não valeria mais a pena brincar com ele. Claro, Gebert estaria praticamente novo pela manhã, mas eles não podiam prosseguir com aquilo por semanas, mesmo sendo ele um estrangeiro e sem poder votar. Esse era o ponto de vista prático e, apesar de a ética do procedimento não ser assunto meu, admito que tinha lá os meus preconceitos. Eu mesmo posso dobrar um sujeito, se for preciso, mas prefiro fazê-lo no território dele e, com certeza, não quero ajuda nenhuma para isso.

Aparentemente, eles tinham abandonado todas as questões colaterais feitas ao prisioneiro antes, naquele dia, e se concentravam em alguns poucos pontos principais. Após vinte minutos ou mais consumidos com "para o que ela lhe pagou aquele dinheiro", o policial magricela subitamente mudou a pergunta: atrás do que Gebert estivera em Glennanne na noite anterior. O interrogado balbuciou algo em resposta e foi esbofeteado por isso. Depois, não respondeu à pergunta, repetida, e foi estapeado de novo. O policial tinha aproximadamente o nível mental de uma marmota; ele não variava, não mudava o ritmo, não dispunha de nada senão de um par de mãos espalmadas que, àquela altura, já deviam estar ficando bem tenras. Ele continuou insistindo no assunto Glennanne por mais de meia hora, enquanto eu permaneci sentado, fumando cigarros, ficando mais e mais enfastiado; então ele se afastou, passou pelo seu colega e lhe murmurou, exausto:

"Se ocupa dele por algum tempo. Vou ao banheiro."

Sturgis perguntou-me se eu queria tentar, mas declinei novamente, agradecendo. Na verdade, eu estava pronto para ir embora, mas achei que podia dar uma rápida olhada na técnica de interrogatório de Sturgis. Ele enfiou seu lenço no bolso da calça, foi até Gebert e explodiu sobre ele:

"Para o que ela lhe pagou aquele dinheiro?"

Cerrei os dentes para não atirar uma cadeira no imbecil. Mas ele mostrou alguma variação; era mais de pressionar do que de esbofetear. O gesto que mais empregava era o de botar uma de suas manzorras sobre a orelha de Gebert, aplicando-lhe uma série de golpes curtos e fortes; depois fazia o mesmo na outra orelha, para igualar. Às vezes colocava a mão aberta sobre o rosto de Gebert, empurrava-lhe a cabeça violentamente para trás e, então, concluía com um tapinha.

O policial magricela retornara, sentara-se ao meu lado e me contava quanto farelo comia. Decidi que tinha visto mais do que o suficiente e estava dando uma última tragada no cigarro, quando a porta se abriu e entrou o sargento — aquele que me trouxera até ali. Avançou, olhou para Gebert do modo como um cozinheiro olha para uma chaleira para ver se a água já está fervendo. Sturgis recuou, tirou o lenço úmido do bolso e começou a se enxugar. O sargento dirigiu-se a ele:

"Ordens do inspetor: ajeitem-no, dispensem-no, levem-no até a porta norte e esperem ali por mim. O inspetor o quer fora daqui dentro de cinco minutos. Você tem uma caneca?"

Sturgis foi até um armário e voltou com uma caneca esmaltada. O sargento despejou nela algo de uma garrafa, que, em seguida, recolocou no próprio bolso. "Faça-o beber isso. Ele consegue caminhar direito?"

Sturgis disse que sim. O sargento voltou-se para mim: "Quer subir até o escritório do inspetor, Goodwin? Tenho algo a fazer no andar térreo".

Ele saiu e eu o segui, sem dizer nada. Não havia ali ninguém com quem eu quisesse trocar números de telefone.

Tomei o elevador para o primeiro andar. Tive de esperar um bocado na ante-sala de Cramer. Parecia que ele estava dando uma festa lá dentro, pois do escritório saíram três agentes; logo depois, um capitão uniformizado e, mais tarde um pouco, um sujeito magrinho e grisalho no qual reconheci o vice-comissário Alloway. Então tive permissão para entrar. Cramer estava lá sentado, de cara azeda e mastigando um charuto que se apagara.

"Sente-se, filho. Você não teve chance, lá embaixo, de nos mostrar como se faz, hein? E nós também não lhe mostramos muita coisa. Esta manhã, tivemos um homem eficiente trabalhando em Gebert durante quatro horas, um homem capaz e habilidoso. Ele não conseguiu nada. De modo que desistimos da habilidade e passamos a tentar outra coisa."

"Ah, então é isso." Sorri para ele. "É isso que aqueles caras são, outra coisa. Isso os descreve muito bem. E agora, o estão soltando?"

"Estamos." Cramer franziu o cenho. "Um advogado estava começando a criar dificuldades, suponho que contratado pela senhora Frost. Há pouco, ele obteve um *habeas corpus* e achei que não valeria a pena brigar por Gebert. De qualquer modo, duvido que pudéssemos continuar segurando o sujeito aqui. Também o cônsul da França começou a se mexer. Gebert é cidadão francês. Naturalmente, estamos destacando um agente para vigiá-lo, mas de que vai adiantar? Quando um homem como esse possui informações sobre um crime, deveria haver uma maneira de drená-lo do mesmo jeito como se faz para extrair o xarope do bordo. O que acha?"

Balancei a cabeça, concordando. "Claro, isso seria bom. Melhor do que..." Dei de ombros. "Não se preocupe. Alguma notícia dos rapazes em Glennanne?"

"Não." Cramer juntou as mãos em concha por trás da cabeça e a reclinou nela; mascou o charuto e me olhou mal-humorado. "Sabe, filho, odeio dizer-lhe isto. Mas é o que penso. Não gostaria de vê-lo machucado, mas talvez fosse mais sensato se nós tivéssemos mantido você o dia todo lá embaixo, no quarto 5, em vez do Gebert."

"A mim?" Sacudi a cabeça. "Não posso acreditar. Depois de tudo o que que fiz pelo senhor."

"Ora, não zombe de mim. Estou cansado, sem espírito para isso. Estive pensando. Sei como Wolfe opera. Não faço de conta que eu poderia fazê-lo, mas sei como ele faz. Admito que, até agora, ele nunca terminou do lado errado, mas um ovo só precisa ser quebrado uma vez. É possível que neste caso tenha se complicado. Ele está trabalhando para os Frost."

"Está trabalhando para *um* Frost."

"Claro, e isso também é curioso. Primeiro ele disse que Lew o contratara; depois, a filha. Nunca o vi trocar de clientes assim antes. Teve algo a ver com o fato de a fortuna pertencer à filha, mas ter sido controlada pelo pai de Lew durante vinte anos? E o pai de Lew, Dudley Frost, também é bom em manter as coisas para si próprio. Nós lhe explicamos que se trata da investigação de um caso de assassinato e lhe pedimos que nos deixasse verificar os ativos do patrimônio, porque poderia haver uma conexão que nos ajudasse. Pedimos-lhe para cooperar. Mandou-nos embora. Frisbie, do escritório do promotor distrital, tentou conseguir pela via judicial, mas, aparentemente, não existe uma brecha. Então, por que Wolfe, de repente, larga Lew e transfere sua afeição para o outro ramo da família?"

"Ele não o fez. O que houve foi o que se pode chamar de venda forçada."

"Ah, é? Pode ser. Gostaria de ver Nero Wolfe ser forçado a fazer qualquer coisa. Observei que aconteceu exatamente depois de McNair ter sido morto. Tudo bem; Wolfe ficou de posse de algum tipo de informação positiva. De onde a obteve? Da caixa vermelha. Veja, não estou tentando bancar o esperto, estou apenas contando a você. Sua proeza em Glennanne foi só um despiste. Seu jogo com Gebert também fez parte disso. Não tenho a menor prova de nada, mas estou lhe dizendo. E advirto você e Wolfe: não pensem que sou demasiado

251

burro para não descobrir finalmente o que havia naquela caixa vermelha, pois não sou."

Suspirei, com ar triste. "O senhor está totalmente errado, inspetor. Por Deus, não poderia estar mais. Se o senhor parou de procurar pela caixa vermelha, avise-nos e a gente pode fazer uma tentativa."

"Não desisti. Estou fazendo tudo o que posso. Não digo que Wolfe esteja deliberadamente acobertando um assassino — ele precisaria estar realmente enrolado para fazê-lo; mas afirmo que ele está retendo provas valiosas que eu quero. Não finjo que sei o porquê; não finjo saber uma única maldita coisa sobre este caso nojento. Mas acho que a solução está na família Frost, pois não conseguimos descobrir nenhuma outra conexão de McNair que ofereça uma pista. Não conseguimos nada da irmã na Escócia. Nada nos documentos de McNair. Nada de Paris. Nenhum rastro sobre o veneno. Minha única teoria definida sobre os Frost é algo que desencavei junto a um antigo inimigo da família, um velho escândalo sobre Edwin Frost deserdar sua esposa por não gostar das idéias dela sobre a amizade com um francês, e — com a ameaça de divorciar-se dela — forçá-la a abrir mão do seu direito a um terço do patrimônio dele no caso de ficar viúva. Bem, Gebert é francês, mas McNair não era, e então o quê? Parece que estamos numa sinuca, hein? Lembra-se do que eu disse, na terça-feira, no escritório de Wolfe? Mas ele não é nenhum maldito idiota e não costumava tentar esconder uma coisa que, mais cedo ou mais tarde, pode ser descoberta. Você pode levar-lhe uma mensagem minha?"

"Claro. Devo anotá-la?"

"Não será necessário. Diga-lhe que, daqui em diante, este Gebert estará sob vigilância, até que o caso esteja solucionado. Diga-lhe que se a caixa vermelha não for encontrada, ou algo tão bom quanto isso, um de meus melhores agentes viajará para a França na próxima quarta-feira, a bordo do *Normandie*. E diga-lhe ainda que eu já sei de algumas coisas; por exemplo, que, nos últimos cinco anos, sessenta mil dólares do dinheiro da sua cliente foram pagos a este Gebert, e Deus sabe quanto terá sido antes disso."

"Sessenta mil?" Ergui as sobrancelhas. "Do dinheiro de Helen Frost?"

"Sim. Suponho que isso seja novidade para você."

"Certamente que é. Ora bolas, tudo isso foi para onde jamais o veremos. Como foi que ela o deu para ele, aos pouquinhos?"

"Não tente ser engraçadinho. Estou lhe dizendo isto para que conte a Wolfe. Gebert abriu uma conta bancária em Nova York há cinco anos e, desde então, depositou mensalmente um cheque, assinado por Calida Frost, no valor de mil dólares. Você conhece suficientemente os bancos para adivinhar como foi fácil descobrir isso."

"Sim. É claro, o senhor tem influência junto à polícia. Posso chamar a sua atenção para o fato de Calida Frost não ser nossa cliente?"

"Mãe e filha, que diferença faz? A renda é da filha, mas imagino que a mãe fica com metade. Qual é a diferença?

"Pode haver. Por exemplo, aquela jovem senhora

que matou a mãe lá em Rhode Island, no ano passado. Uma estava morta e a outra, viva. Essa era uma ligeira diferença. Para o que a mãe estava pagando esse dinheiro a Gebert?"

Os olhos de Cramer se estreitaram: "Quando você chegar em casa, pergunte a Wolfe".

Ri. "Ora, vamos, inspetor. Vamos, vamos. O seu problema é que não vê Wolfe com muita freqüência, a não ser quando ele já espalhou a serragem no picadeiro e está pronto para estalar o chicote. O senhor deveria vê-lo como eu faço às vezes. O senhor acha que ele sabe de tudo. Eu poderia lhe contar pelo menos três coisas que ele jamais saberá."

Cramer cravou os dentes no seu charuto. "Acho que ele sabe onde se encontra aquela caixa vermelha e que, provavelmente, está com ela. Penso que, no interesse de um cliente, para não mencionar o interesse dele próprio, ele está retendo provas num caso de assassinato. E você sabe o que ele espera fazer? Pretende segurá-las até 7 de maio, o dia em que Helen Frost completará vinte e um anos. O que acha que eu penso disso? E o que pensam lá no escritório do promotor distrital?"

Com a mão ocultei um bocejo. "Perdoe-me, eu só tive seis horas de sono. Juro que não sei o que eu posso dizer para convencê-lo. Por que não vai até lá e tem uma conversa com Wolfe?"

"Pra quê? Posso ver como seria. Eu me sento e explico a ele por que o considero um mentiroso. Ele diz 'de fato', fecha os olhos e os abre novamente quando se apronta para pedir cerveja. Ele deveria abrir uma cervejaria. Alguns grandes homens, quando morrem, doam o cérebro para laboratórios científicos. Wolfe deveria doar o estômago."

"Está bem." Levantei-me. "Se o senhor está tão furioso com ele a ponto de se ofender até com o fato de ele ocasionalmente saciar a sede a cada poucos minutos, não posso esperar que dê ouvidos à razão. Só posso repetir: o senhor está inteiramente enganado. O próprio Wolfe diz que, se tivesse a caixa vermelha, poderia concluir o caso num estalar de dedos."

"Não acredito nisso. Dê-lhe os meus recados, está bem?"

"Certo. Com suas melhores recomendações?"

"Vá para o inferno."

Não deixei o elevador me levar tão longe e desembarquei no andar térreo. No triângulo encontrei a baratinha e a conduzi pela rua do Centro.

Sem dúvida, Cramer era engraçado. Mas eu não ficara particularmente divertido. Não havia vantagem em tê-lo tão absurdamente desconfiado a ponto de ele não acreditar sequer no simples relato de um fato. O problema era que ele não tinha a mente aberta o bastante para compreender que Wolfe e eu éramos intrinsecamente tão honestos quanto todo homem deveria ser, a menos que seja um eremita, e que, se McNair de fato nos tivesse dado a caixa vermelha ou nos contado onde ela estava, nossa melhor linha de ação teria sido a de dizê-lo e declarar que seu conteúdo eram assuntos confidenciais que nada tinham a ver com nenhum assassinato, recusando-nos a entregá-lo. Até eu conseguia ver isso, e eu não era um inspetor de polícia, nem jamais esperara sê-lo.

Havia passado das seis horas quando cheguei em casa. Uma surpresa me aguardava. Wolfe estava no escritório, recostado na cadeira, com os dedos entrelaçados sobre o ápice de sua curvatura frontal; e, sentado na cadeira dos imbecis, agarrado a um copo com os restos de um uísque com soda, encontrava-se Saul Panzer. Os dois me saudaram com acenos de cabeça e Saul continuou falando:

"... o primeiro sorteio é realizado na terça-feira, três dias antes da corrida, e esse elimina todos aqueles cujo número não foi sorteado para uma ou outra das listas de competidores. Os cavalos. Mas há um outro sorteio no dia seguinte, quarta-feira..."

Saul prosseguiu com a aula sobre apostas em cavalos. Sentei-me à minha escrivaninha, procurei o número do telefone do apartamento dos Frost e disquei. Helen estava em casa. Contei-lhe que vira Gebert e que ele ficara bastante exausto com todas as perguntas que lhe haviam feito, mas que o tinham soltado. Ela disse que já sabia disso; ele telefonara um pouco antes e a mãe dela fora ao Chesebrough para vê-lo. Então começou a agradecer-me e eu lhe disse que seria melhor guardar os agradecimentos para uma emergência. Com aquela pequena tarefa concluída, girei com a cadeira e fiquei ouvindo Saul. Ele soava como se tivesse mais do que um conhecimento apenas teórico sobre apostas. Quando Wolfe ficou satisfeito com o que ouvira sobre o assunto, interrompeu Saul com um sinal de cabeça e dirigiu-se a mim:

"Saul precisa de vinte dólares. Há apenas dez na gaveta."

"Vou descontar um cheque pela manhã", respondi, sacando a minha carteira. Wolfe jamais levava dinheiro consigo. Entreguei quatro notas de cinco dólares a Saul, que cuidadosamente as dobrou e guardou.

Wolfe ergueu um indicador para ele: "Você compreende, é claro, que não deve deixar que o vejam".

"Sim, senhor." Saul voltou-se e foi embora.

Sentei-me e fiz o registro no livro de despesas. Então girei minha cadeira novamente:

"Saul está voltando para Glennanne?"

"Não." Wolfe suspirou. "Esteve me explicando o mecanismo das apostas em cavalos na Irlanda. Se as abelhas cuidassem de seus assuntos dessa maneira, nenhum favo jamais teria mel suficiente para durar todo o inverno."

"Mas algumas poucas abelhas estariam nadando em mel."

"Imagino que sim. Em Glennanne, eles olharam debaixo de cada pedra do pavimento nas trilhas do jardim e reviraram tudo, sem resultado. O senhor Cramer encontrou a caixa vermelha?"

"Não. Ele diz que o senhor está com ela."

"Diz, é? Ele está fechando o caso com base nessa teoria?"

"Não. Está pensando em enviar um homem para a Europa. Talvez ele e Saul pudessem ir juntos."

"Saul não irá — pelo menos não de imediato. Confiei-lhe uma outra missão. Pouco depois de você sair, Fred telefonou e eu mandei que voltassem para cá. A polícia estadual assumiu Glennanne. Dispensei Fred e Orrie quando chegaram. Quanto a Saul... aceitei uma dica sua. Aquilo que você sugeriu com sarcasmo, eu adotei como bom procedimento. Considere: em vez de revirar o globo atrás da caixa vermelha, primeiro decida onde ela está e então mande buscá-la. Mandei Saul."

Olhei para ele e disse com severidade: "O senhor não está zombando de mim. Quem veio e lhe contou?".

"Ninguém esteve aqui."

"Quem telefonou?"

"Ninguém."

"Entendo. É só papo-furado. Por um minuto pensei que o senhor realmente soubesse — espere, de quem o senhor recebeu uma carta, ou um telegrama, ou um cabograma ou, enfim, uma comunicação?"

"De ninguém."

"E mandou Saul buscar a caixa vermelha?"

"Mandei."

"Quando ele estará de volta?"

"Eu não saberia dizer. Imagino que amanhã... possivelmente depois de amanhã..."

"Ã-hã. OK, se é só papo-furado. Eu já devia saber. O senhor me pega toda vez. De qualquer forma, não nos atrevemos a encontrar a caixa vermelha agora; se o fizéssemos, Cramer teria certeza de que ela estava em nosso poder o tempo todo e jamais falaria conosco novamente. Ele está irritado e desconfiado. Eles estavam com o Gebert lá, esbofeteando-o e guinchando e berrando com ele. Se o senhor está tão certo de que a violência é uma técnica inferior, deveria ter visto aquela exibição; foi maravilhosa. Eles dizem que às vezes funciona, mas, mesmo quando isso acontece, como se pode depender de qualquer coisa que se obteve desse modo? Sem falar que, depois que alguém fez aquilo algumas vezes, qualquer lata de lixo decente sentiria vergonha se essa pessoa fosse encontrada dentro dela. Mas Cramer me deu uma pequena fatia de toucinho, Deus sabe por quê: nos últimos cinco anos, a senhora Edwin Frost pagou a Perren Gebert sessenta mil dólares. Mil pratas por mês. Ele se recusou a contar-lhes para quê. Não sei se perguntaram a ela ou não. Isso se encaixa nos fenômenos que o senhor andou pressentindo?"

Wolfe balançou a cabeça. "Satisfatoriamente. É claro que eu não sabia qual era o montante."

"Oh. Não sabia. Está me dizendo que sabia que ela estava dando dinheiro a ele?"

"De modo algum. Apenas inferi. Naturalmente ela está lhe pagando; o homem precisa viver — ou, pelo menos, ele acha que precisa. Ele foi espancado para confessar isso?"

"Não. Extraíram essa informação do banco dele."

"Entendo. Trabalho de detetive. O senhor Cramer precisa de um espelho para certificar-se de que tem um nariz no meio da cara."

"Desisto." Comprimi os lábios e sacudi a cabeça. "O senhor é o melhor dos melhores. O senhor é aquele sem o qual nada se resolve." Levantei-me e sacudi as minhas calças. "Só me ocorre uma melhora que poderia ser feita neste lugar; poderíamos instalar uma cadeira elétrica no quarto da frente e realizar as nossas próprias execuções. Vou dizer ao Fritz que jantarei na cozinha, porque tenho de sair por volta das oito e meia para representar o senhor no serviço fúnebre."

"É uma pena." Ele falava sério. "Você realmente *precisa* ir?"

"Eu vou. Dará melhor impressão. Alguém, aqui, tem de fazer alguma coisa."

15

Àquela hora, oito e cinqüenta da noite, as vagas para estacionar na rua 73 eram poucas e muito espaçadas. Por fim encontrei uma, distante cerca de meio quarteirão a leste do endereço da capela do Memorial Belford, e entrei nela de ré. Achei que havia algo de familiar no número da placa do carro à frente do meu e, ao descer, vi que era o conversível de Perren Gebert. Estava imaculado, tendo passado por uma limpeza depois de sua aventura nos sertões do Condado de Putnam. Creditei o fato a uma vigorosa reação de Gebert, já que, em três horas, ele evidentemente se recuperara o bastante para cumprir uma obrigação social.

Caminhei até o portal da capela, entrei e me vi numa ante-sala quadrada revestida de mármore. Um homem de meia-idade, vestido de preto, aproximou-se e me fez uma mesura. Ele parecia estar sob influência de uma crônica mas aristocrática melancolia. Apontou para a porta à sua direita estendendo apenas o seu antebraço naquela direção, sem afastar o cotovelo do quadril, e murmurou:

"Boa noite, senhor. A capela é naquela direção. Ou..."

"Ou o quê?"

Ele tossiu delicadamente. "Já que o falecido não possuía família, alguns de seus amigos íntimos estão reunidos no salão privativo..."

"Oh. Eu represento o executor do testamento. Não sei. O que o senhor acha?"

"Parece-me que, neste caso, senhor, talvez o salão..."

"Está bem. Onde?"

"Por aqui." Ele se virou para a esquerda, abriu uma porta e, com outra mesura, me fez entrar.

Pisei num tapete espesso e macio. O salão era elegante, com iluminação suave, divãs e poltronas estofados e cheirava como uma barbearia de alta classe. A um canto, numa poltrona, estava Helen Frost, pálida, concentrada, linda num vestido cinza-escuro e com um pequeno chapéu preto. Protetoramente em pé na frente dela, Llewellyn. Perren Gebert estava sentado num divã, à direita. Sentadas em cadeiras, do outro lado do salão, havia duas mulheres, uma das quais reconheci como participante da sessão de escolha de doces. Com uma inclinação da cabeça saudei os ortoprimos e eles responderam da mesma forma; o cumprimento se repetiu com Gebert e então peguei uma cadeira à esquerda. Um murmúrio procedia de onde Llewellyn se debruçara sobre Helen. As roupas de Gebert estavam em melhores condições do que o seu rosto, com olhos inchados e o aspecto geral de pesada ressaca.

Sentei-me e fiquei pensando na frase de Wolfe: lúgubre e silenciosa mesura ao terror encanecido. Dudley Frost entrou pela porta, que se abrira. Eu era quem estava mais próximo dela. Ele olhou em torno, passou por mim sem dar nenhum sinal de me reconhecer, viu as duas mulheres e gritou-lhes: "Como estão?" — tão alto que elas pularam de susto; acenou ligeiramente com a cabeça na direção de Gebert e atravessou o salão para o canto onde se encontravam os primos:

"Meu Deus, cheguei adiantado! Isto quase nunca me acontece. Helen, minha cara, onde, diabos, está a sua mãe? Telefonei três vezes para ela — santo Deus, acabei esquecendo das flores! Quando pensei nelas, já era tarde demais para enviá-las, de modo que decidi trazê-las comigo..."

"Está bem, papai. Está tudo bem. Já há muitas flores..."

Talvez ainda lúgubre, mas não mais silenciosa. Fiquei imaginando como haviam conseguido calá-lo durante o minuto de silêncio memorial no Dia do Armistício. Eu tinha pensado em três métodos possíveis, quando a porta se abriu novamente e a sra. Frost entrou. Aos brados, o cunhado foi ao seu encontro. Ela também estava pálida, mas certamente não tanto quanto Helen; parecia estar usando um vestido de noite preto sob uma capa preta, e um chapéu que parecia uma fôrma para torta de cetim preto. Não demonstrou nenhuma hesitação enquanto mais ou menos ignorava Dudley, acenava com a cabeça para Gebert, cumprimentava as duas mulheres e seguia até onde estavam sua filha e seu sobrinho.

Permaneci sentado e absorvi a cena.

De repente, um recém-chegado surgiu por alguma outra porta, tão silenciosamente que não o ouvi chegar. Era outro aristocrata, mais gordo do que aquele da ante-sala, mas igualmente melancólico. Avançou alguns passos e fez uma reverência:

"Queiram entrar agora, por favor."

Todos nos pusemos em movimento. Fiquei para trás e deixei os demais seguirem à frente. Lew parecia pensar que Helen devia segurar o seu braço, e ela parecia achar que não. Segui atrás, muito preocupado com o decoro.

A iluminação da capela também era suave. Nosso guia cochichou algo para a sra. Frost, ela sacudiu a cabeça e liderou o caminho até os assentos. Havia umas quarenta ou cinqüenta pessoas nas cadeiras ali. Uma olhada rápida me revelou vários rostos que eu já tinha visto antes; entre outros, o de Collinger, o advogado, e os de dois policiais na fileira de trás. Dei a volta e fui para os fundos, porque vi que a porta para a ante-sala ficava lá. O caixão, negro com alças cromadas, com flores em toda a volta e em cima, estava sobre um catafalco, na frente. Dois minutos depois, na extremidade mais afastada da capela, abriu-se uma porta pela qual entrou um sujeito que se postou ao lado do ataúde e olhou em torno, para nós. Ele trajava a indumentária característica da sua profissão, tinha uma boca larga e um olhar de confortável autoconfiança, mas de modo algum petulante. Após examinar-nos por um período decente, começou a falar.

Acho que, para um profissional, ele estava bem. Mas eu já estava saturado daquilo muito antes de ele terminar, pois, para mim, um pouquinho de bajulação dá para uma quilometragem considerável. Se for preciso adulação para enviar-me para os céus, prefiro que a esqueçam e que me deixem encontrar o meu nível natural. Mas estou falando só por mim; para os que gostam de louvação, faço votos para que a recebam.

O meu lugar, nos fundos da capela, permitiu-me escapar assim que ouvi o amém. Fui o primeiro a sair. Por ter me admitido no salão privativo, ofereci ao aristocrata da ante-sala vinte e cinco centavos, que, acho, ele aceitou por *noblesse oblige*, e busquei a calçada. Algum patife havia estacionado o seu carro praticamente colado ao pára-choque traseiro da baratinha e eu tive de rebolar um bocado para conseguir sair sem reduzir a sucata os pára-lamas do conversível de Gebert. Então, parti zunindo para o Central Park Oeste e em direção ao centro da cidade.

Eram quase dez e meia quando cheguei em casa. Uma espiada pela porta do escritório me permitiu ver que Wolfe se encontrava em sua cadeira, de olhos fechados e com um esgar horrível no rosto, enquanto ouvia a *Hora de pérolas de sabedoria* no rádio. Na cozinha, sentado à mesinha em que eu tomava o meu desjejum, Fritz jogava paciência; descalçara os chinelos e estava com os dedos dos pés enganchados nas travessas de outra cadeira. Enquanto eu enchia um copo com leite gelado, ele me perguntou:

"Como foi? Belo funeral?"

Eu o repreendi: "Você devia envergonhar-se. Imagino que todos os franceses sejam sarcásticos".

"Não sou francês! Sou suíço."

"Isso é o que diz. Você lê um jornal francês."

Tomei um primeiro gole do copo, que levei comigo para o escritório, sentei em minha cadeira e fiquei olhando para Wolfe. A careta que fazia parecia agora ainda mais retorcida do que quando eu a vira antes, de passagem. Deixei que continuasse sofrendo por algum tempo. Então me apiedei dele: fui até o rádio, desliguei-o e voltei para a minha cadeira. Beberiquei do meu leite e o observei. O seu rosto relaxou por etapas; por fim, vi suas pálpebras tremularem e, então, se abrirem um pouquinho. Ele suspirou profundamente.

"Está bem, o senhor bem que o mereceu", disse eu. "O que lhe teria custado? Não mais do que doze passos, no total. Assim que aquela asneira começou, podia ter saído da sua cadeira, caminhado quatro metros e meio até o rádio — com a volta, seriam nove — e estaria livre do sofrimento. Ou então, se honestamente acredita que isso seria esforço excessivo, poderia arranjar um desses troços de controle remoto..."

"Eu não o faria, Archie." Ele estava paciente. "Eu realmente não o faria. Você sabe muito bem que tenho iniciativa suficiente para desligar o rádio; já me viu fazê-lo; o exercício me faz bem. Eu sintonizo de propósito a estação que, mais tarde, apresentará *Pérolas de sabedoria* e, intencionalmente, as suporto. É disciplina. Me fortalece para suportar, por vários dias, as futilidades comuns. Com alegria confesso que, depois de ouvir *Pérolas de sabedoria*, a sua conversação me parece um prazer intelectual e estético. É o máximo." Fez uma careta. "Foi isso que uma Pérola de Sabedoria acabou de afirmar que os interesses culturais são. Disse que eles são o máximo." Fez outra careta. "Caramba, estou com sede." Empertigou-se e se inclinou para pressionar o botão pedindo cerveja.

Mas demorou um pouco até que pudesse bebê-la. Um instante após ele ter pressionado o botão, a campainha da porta da rua soou, o que significava que Fritz teria de cumprir primeiro aquela pequena tarefa. Co-

mo já eram quase onze horas da noite e não aguardá-
vamos ninguém, meu coração começou a bater forte,
como sempre faz ao menor estímulo e ao surgir qualquer pequena surpresa quando estamos trabalhando
num caso. De fato, tive a prova de que mais uma vez eu
me deixara enganar pelo senso teatral de Wolfe, pois
tive a súbita convicção de que Saul Panzer iria entrar
com a caixa vermelha debaixo do braço.

Então ouvi no corredor uma voz que não era a de
Saul. A porta abriu, escancarando-se, e Fritz deu passagem a Helen Frost. Ao ver a expressão em seu rosto,
levantei-me de um salto, fui até ela e coloquei a mão em
seu braço, pois me pareceu que ela estava na iminência
de desabar.

Ela fez um aceno negativo e se desvencilhou da minha
mão. Andou até a escrivaninha de Wolfe e ali parou. Ele
disse:

"Como está, senhorita Frost? Sente-se." E, com rispidez: "Archie, coloque-a numa cadeira".

Peguei novamente o braço dela, amparei-a, dispus
uma cadeira em posição e Helen Frost afundou nela.
Olhou-me e disse: "Obrigada". Voltou-se para Wolfe:
"Aconteceu uma coisa horrível. Eu não queria ir para
casa e... e vim para cá. Estou assustada. Atemorizada
estou desde o início, realmente, mas... agora estou
assustada. Perren está morto. Aconteceu ainda agora,
lá na rua 73. Ele morreu na calçada".

"Realmente. O senhor Gebert." Wolfe agitou um
dedo indicador para ela. "Respire, senhorita Frost. De
qualquer modo, precisa respirar. — Archie, vá pegar
um pouquinho de conhaque."

267

16

Nossa cliente sacudiu a cabeça. "Não quero conhaque. Acho que não conseguiria engolir." Ela estava lamuriosa e trêmula. "Podem crer... estou com medo!"

"Sim." Wolfe se empertigara na cadeira e mantinha os olhos abertos. "Eu a ouvi. Se a senhorita não conseguir se controlar, com conhaque ou sem, terá um ataque histérico e isso não será de nenhuma ajuda. Quer um pouco de amoníaco? Quer se deitar? Quer conversar? Consegue falar?"

"Sim." Ela colocou as pontas dos dedos de ambas as mãos em suas têmporas e as acariciou delicadamente; passou para a testa, depois de novo para as têmporas. "Consigo falar. Não vou ter um ataque histérico."

"Ótimo. A senhorita disse que o senhor Gebert morreu na calçada na rua 73. O que o matou?"

"Não sei." Ela estava sentada ereta e apertava as mãos no colo. "Ele ia entrando em seu carro, então saltou para trás, veio correndo pela calçada em nossa direção... caiu, e então Lew me disse que ele estava morto..."

"Espere um momento. Por favor. Será melhor fazermos isso direito. Presumo que o fato ocorreu depois que saíram da capela onde foi realizado o serviço fúnebre. Saíram todos juntos? Sua mãe, seu tio, seu primo e o senhor Gebert?"

Ela assentiu com a cabeça. "Sim. Perren se ofereceu para levar minha mãe e a mim para casa, mas eu respondi que preferia caminhar e meu tio disse que queria ter uma conversa com minha mãe, de modo que iam tomar um táxi. Estávamos todos andando devagar pela calçada, decidindo isso..."

Eu intervim: "Para leste? Na direção do carro de Gebert?".

"Sim. Eu não sabia então... Eu não sabia onde o carro dele estava, mas ele se afastara e meu tio, minha mãe e eu estávamos de pé ali, enquanto Lew foi para a rua para parar um táxi; aconteceu de eu estar olhando — meu tio, também — na direção em que Perren tinha ido, e vimos quando parou e abriu a porta do seu carro... daí ele pulou para trás, ficou parado em pé por um segundo, então berrou e começou a correr em nossa direção... mas chegou só até aproximadamente metade do caminho, caiu e tentou rolar... tentou..."

Wolfe agitou um dedo indicador na direção dela: "Com menos vivacidade, senhorita Frost. A senhorita já passou pela experiência uma vez, não tente revivê-la. Apenas nos conte a respeito; é uma história. Ele caiu, tentou rolar, parou. Pessoas correram para socorrê-lo. A senhorita correu? Ou a sua mãe?".

"Não. Minha mãe segurou meu braço. Meu tio correu até ele, assim como um homem que estava lá; eu chamei Lew, que veio e correu para lá também. Então minha mãe me disse para ficar onde estava e ela foi até onde estavam os outros. Mais pessoas começaram a chegar. Fiquei ali e, após cerca de um minuto, Lew veio até mim, dizendo que achavam que Perren estava morto, que eu devia entrar no táxi e ir para casa, e que eles ficariam lá. O táxi que ele parara estava aguardando e ele me pôs dentro, mas, depois que o carro começou a rodar, eu não quis ir para casa e disse ao motorista para vir para cá. Pensei... pensei que talvez..."

"Ninguém poderia exigir-lhe que pensasse. A senhorita não estava em condições de fazê-lo." Wolfe recostou-se. "Então, a senhorita não sabe do que o senhor Gebert morreu."

"Não. Não houve nenhum som... nada..."

"A senhorita sabe se ele comeu ou bebeu alguma coisa na capela?"

Ela ergueu a cabeça bruscamente. Engoliu em seco. "Não, tenho certeza de que não o fez."

"Não importa." Wolfe suspirou. "Isso será constatado. A senhorita diz que, depois de o senhor Gebert ter pulado para trás, ele gritou. Gritou alguma coisa em particular?"

"Sim... O nome de minha mãe. Como se pedisse socorro."

Uma das sobrancelhas de Wolfe se ergueu. "Acredito que ele o gritou ardentemente. Perdoe-me por eu me permitir uma observação espirituosa; se estivesse aqui, o senhor Gebert a entenderia. Então ele gritou 'Calida'. Mais de uma vez?"

"Sim, várias vezes. Se o senhor está querendo dizer... o nome de minha mãe..."

"Eu não queria dizer nada, realmente. Estava dizendo tolices. Parece que, até onde a senhorita sabe, o senhor Gebert pode ter morrido de um ataque cardíaco, de um coágulo no cérebro ou de misantropia aguda. Mas creio que a senhorita disse que o fato a deixou com medo. Do quê?"

Ela o olhou, abriu a boca e a fechou novamente. E balbuciou: "É por isso que... é isso que..." e parou. Suas mãos se soltaram, ergueram-se e tornaram a baixar. Ela fez nova tentativa: "Eu lhe disse... tenho estado com medo...".

"Muito bem." Estendendo a mão espalmada, Wolfe fê-la parar. "Não precisa fazer isso. Eu compreendo. A senhorita está querendo dizer que há algum tempo estava apreensiva por causa de algo maligno nas relações das pessoas que lhe são mais próximas e mais queridas. A morte do senhor McNair agravou isso, naturalmente. Foi porque — mas, perdoe-me. Estou me entregando a um de meus vícios num momento ruim... ruim para a senhorita. Eu não hesitaria em torturá-la se isso servisse ao nosso objetivo, mas é inútil agora. Nada mais é necessário. A senhorita tinha a intenção de se casar com o senhor Gebert?"

"Não. Nunca pretendi isso."

"Tinha afeto por ele?"

"Não. Já lhe contei... eu não gostava realmente dele."

"Ótimo. Então, uma vez passado o choque temporário, a senhorita consegue ser objetiva sobre o assunto. O senhor Gebert tinha muito pouco que o recomendasse, como ser sapiente e como espécime biológico. A verdade é que a morte dele simplifica um pouco a nossa missão; não sinto nenhum pesar e não vou fingi-lo.

Todavia, o seu assassinato será vingado, porque não podemos evitá-lo. Garanto-lhe, senhorita Frost, que não procuro confundi-la. Mas, como ainda não estou pronto para contar-lhe tudo, acho que é melhor não lhe contar nada, motivo pelo qual me limitarei, esta noite, a dar-lhe um conselho. Naturalmente, a senhorita tem amigos — por exemplo, aquela senhorita Mitchell, que quis demonstrar-lhe lealdade na manhã de terça-feira. Vá para casa dela, agora, sem informar ninguém disso, e passe a noite lá. O senhor Goodwin pode levá-la de carro. Amanhã..."

"Não." Ela balançou a cabeça. "Não vou fazer isso. O que o senhor disse... sobre o assassinato de Perren. Ele foi assassinado. Não foi?"

"Com certeza. Ele morreu ardentemente. Repito isso porque gostei da expressão. Se a senhorita fizer uma conjetura a partir daí, melhor, pois lhe servirá de preparação. Não lhe aconselho passar a noite com uma amiga por causa de algum perigo para si própria, pois não corre nenhum. De fato, não há mais perigo para ninguém, a não ser aquele que eu personifico. Mas precisa saber que, se for para casa, não conseguirá dormir muito. Os policiais vão querer detalhes; provavelmente estão, agora mesmo, intimidando a sua família e deveria, apenas por bom senso, poupar-se de tal interrogatório. Amanhã de manhã, eu poderia informá-la sobre novos fatos."

Ela recusou com a cabeça, outra vez. "Não." Soou decidida. "Vou para casa. Não quero fugir... só vim aqui... e, de todo modo, minha mãe, Lew e meu tio... não. Vou para casa. Mas se o senhor ao menos pudesse me dizer... por favor, senhor Wolfe, por favor... se pudesse me dizer algo para que eu soubesse..."

"Não posso. Não agora. Prometo-lhe que o farei em breve. Enquanto isso..."

O telefone tocou. Girei a cadeira e atendi. Logo estava envolvido numa briga. Algum paspalhão, com uma voz de buzina de nevoeiro, queria que eu pusesse Wolfe imediatamente na linha e, não estou brincando, nem sequer se preocupou em me dizer quem o queria. Fiquei zombando dele até que berrou para eu aguardar. Depois de esperar por um minuto, ouvi outra voz, uma que reconheci de imediato:

"Goodwin? Aqui é o inspetor Cramer. Talvez eu não precise falar com Wolfe. Odeio incomodá-lo. Helen Frost está aí?"

"Quem? Helen Frost?"

"Foi o que eu disse."

"Por que ela estaria? O senhor pensa que temos plantão noturno? Espere um minuto, eu não sabia que era o senhor. Acho que o senhor Wolfe quer lhe perguntar algo." Cobri o bocal e me voltei: "O inspetor Cramer quer saber se a senhorita Frost está aqui".

Wolfe ergueu os ombros uns poucos centímetros e os baixou novamente. Nossa cliente retrucou: "Claro, diga-lhe que sim".

Eu disse ao telefone: "Não, Wolfe não consegue pensar em nada que o senhor possivelmente pudesse saber. Mas se o senhor se referia à *senhorita* Helen Frost, acabo de vê-la aqui numa cadeira".

"Oh. Ela está aí. Um dia ainda vou quebrar o seu pescoço, Goodwin. Quero-a aqui, na casa dela, imediatamente — não, espere. Mantenha-a aí. Enviarei um dos meus homens..."

"Não se incomode. Eu a levarei."

"Quando?"

"Agora mesmo. Imediatamente. Sem demora."

Desliguei e girei a cadeira para ficar de frente para a nossa cliente. "Ele está no apartamento da senhorita. Suponho que todos estejam. Vamos para lá? Ainda posso dizer ao inspetor que sou míope e que não era a senhorita que estava na cadeira."

Ela se levantou. Encarou Wolfe e estava um pouco encurvada, mas então endireitou a coluna. "Muito obrigada", disse. "Se realmente não há nada..."

"Sinto muito, senhorita Frost. Nada agora. Talvez amanhã. Farei contato. Não se ofenda mais do que o necessário com o senhor Cramer. Sem dúvida, as intenções dele são as melhores. Boa noite."

Ergui-me e, com mesuras, fiz com que ela me precedesse até a porta do escritório e através dela. De passagem, apanhei meu chapéu no *hall* de entrada.

Eu tinha guardado a baratinha na garagem, de modo que tivemos de caminhar até lá para pegá-la. Ela esperou por mim na entrada e, depois que ela subiu no carro, entrei na Décima Avenida e lhe disse:

"A senhorita recebeu golpes de todos os lados, está tonta. Recoste-se, feche os olhos e respire profundamente."

Ela agradeceu, mas se manteve aprumada no assento, os olhos abertos, e não disse nada durante todo o trajeto até a rua 65. Achei que, presumivelmente, eu ia resgatar a minha noite. Desde o instante em que ela irrompera no escritório com as notícias, eu vinha me recriminando por ter estado com aquela maldita pressa para ir embora da rua 72; tudo havia acontecido bem ali, no carro de Gebert, estacionado na frente do meu, menos de cinco minutos depois de eu partir. Fora muito azar. Eu podia ter estado exatamente ali, mais perto do que qualquer outra pessoa...

Nem resgatar a noite eu consegui. Minha estada no apartamento dos Frost, como escolta de Helen, foi breve e desagradável. Ela me deu sua chave da porta do *hall* de entrada e, assim que a abri, havia ali um policial plantado. Um outro estava numa cadeira perto dos espelhos. Helen e eu começamos a andar, mas fomos bloqueados. O policial nos disse:

"Por favor, esperem aqui por um instante. Ambos."

Ele desapareceu para dentro da sala de estar e, pouco depois, a porta se abriu novamente e Cramer surgiu. Parecia absorto e inamistoso.

"Boa noite, senhorita Frost. Venha comigo, por favor."

"Minha mãe está aqui? Meu primo..."

"Estão todos aqui. — Muito bem, Goodwin, sou-lhe muito grato. Tenha bons sonhos."

Sorri para ele. "Não estou com sono. Posso ficar por aqui sem interferir..."

"Você também pode ir embora sem interferir. Vou ficar olhando você fazer isso."

Pelo seu tom de voz, eu sabia que nada o demoveria; ele só continuaria se mostrando irredutível. Ignorei-o. Fiz uma mesura para a nossa cliente:

"Boa noite, senhorita Frost."

Dirigi-me ao policial: "Fique atento, homem, abra a porta".

Ele não se moveu. Agarrei a maçaneta, abri completamente a porta e saí, deixando-a escancarada. Aposto como ele a fechou.

17

Na manhã seguinte, sábado, nada indicava que a empresa de investigações de Nero Wolfe carregasse um fardo mais pesado do que uma pluma. Eu me lavara e me vestira bem antes das oito horas, já contando com uma convocação pré-desjejum, por parte do chefe da firma, para executar algum tipo de ação. Mas eu podia perfeitamente ter dormido os meus quinhentos e dez minutos completos. O telefone da casa ficou em silêncio. Como de hábito, no momento estabelecido, Fritz levou uma bandeja com suco de laranja, bolachas e chocolate para o quarto de Wolfe e não houve sinal de que a minha programação incluiria algo mais empreendedor do que abrir os envelopes da correspondência matinal e ajudar Fritz a esvaziar a cesta de papéis.

Às nove horas, quando o zumbido do elevador me fez saber que Wolfe subia para as suas duas horas com Horstmann nas estufas, eu estava sentado à pequena mesa da cozinha, fazendo o apropriado com uma pilha de torradas e quatro ovos cozidos em manteiga negra com um pouco de xerez, na frigideira tampada e em fogo baixo, enquanto absorvia os relatos nos jornais matutinos sobre a sensacional morte de Perren Gebert. Aquela era nova para mim. Diziam que, quando começou a entrar no seu carro, ele esbarrou com a cabeça em uma minúscula tigela equilibrada sobre um pedaço de fita adesiva colado ao forro do teto por sobre o assento do motorista, e o veneno se derramou sobre ele, tendo a maior parte lhe escorrido pela nuca. O veneno não era identificado no noticiário. Decidi terminar de tomar a minha segunda xícara de café antes de ir às estantes no escritório em busca de um livro sobre toxicologia, para dar uma olhada e verificar as possibilidades. Não podia haver mais de dois ou três venenos que, aplicados externamente, oferecessem resultados tão instantâneos e completos.

Pouco depois das nove horas, um telefonema de Saul Panzer. Pediu para falar com Wolfe e eu transferi a ligação para as estufas; então, para meu desagrado, mas não para minha surpresa, Wolfe me mandou sair da linha. Estiquei as pernas, olhei para as pontas dos meus sapatos, dizendo a mim mesmo que ainda haveria de vir o dia em que eu entraria naquele escritório trazendo um assassino dentro de uma mala e Nero Wolfe pagaria caro para dar uma espiada. Pouco depois, Cramer ligou. Também essa ligação foi transferida para Wolfe e, dessa vez, eu permaneci na extensão, escrevendo em meu caderno de anotações. Mas foi um desperdício de papel e de talento. Cramer soava cansado e amargurado, como se estivesse precisando de três drinques e de uma boa e longa soneca. O ponto central dos seus rosnados foi que, no escritório do promotor distrital, estavam na iminência de um tumulto e quase a ponto de partir para ações drásticas. Por simpatia, Wolfe murmurou esperar que não fizessem nada que interferisse no progresso de Cramer no caso e o inspetor lhe disse para onde podia ir. Coisa de crianças.

Peguei um livro sobre toxicologia e suponho que, para um observador ignorante, eu poderia parecer um sujeito estudioso mergulhado em pesquisa, quando, de fato, eu era um tigre enjaulado. Eu queria tanto encontrar alguma coisa que o meu estômago doía. Queria principalmente porque já falhara duas vezes no caso: uma, quando não consegui tirar Gebert da gangue de gorilas lá em Glennanne; e a outra, quando me escafedi da rua 73 três minutos antes de Perren Gebert levar o dele exatamente naquele local.

Foi esse estado de ânimo que me deixou pouco hospitaleiro quando, por volta das dez horas, Fritz me trouxe o cartão de um visitante e vi que se tratava de Mathias R. Frisbie. Disse a Fritz que o fizesse entrar. Eu ouvira falar desse Frisbie, um promotor distrital assistente, mas nunca o tinha visto. Quando entrou, percebi que eu não perdera muita coisa. Era do tipo "idiota de vitrine": colarinho alto, roupas muito bem passadas, rígido e frio como se estivesse embalsamado. A única coisa que dava para ver em seus olhos era que a sua autoestima quase lhe doía.

Disse-me que queria ver Nero Wolfe. Respondi-lhe que o senhor Wolfe, como sempre acontecia pela manhã, estaria ocupado até as onze horas. Retrucou que o assunto era urgente e importante e exigiu vê-lo de imediato. Sorri para ele:

"Espere aqui um momento."

Subi vagarosamente três lances de escadas até as estufas e encontrei Wolfe com Theodore, experimentando um novo método de polinização para obter sementes híbridas. Acenou com a cabeça, indicando saber que eu estava lá.

Disse-lhe: "A ação drástica está lá embaixo. O nome é Frisbie. O sujeito que cuidou do caso de furto de Clara Fox para Muir, lembra-se? Ele deseja que o senhor largue tudo imediatamente e corra lá para baixo".

Wolfe não abriu a boca. Aguardei meio minuto e então lhe perguntei agradavelmente: "Devo dizer a ele que o senhor ficou mudo?".

Wolfe grunhiu. Sem se voltar, disse: "E você ficou feliz de vê-lo. Mesmo em se tratando de um promotor distrital assistente, até mesmo sendo aquele. Não negue. Deu a você uma desculpa para me amolar. Muito bem, me amolou. Vá embora".

"Nenhuma mensagem?"

"Nenhuma. Vá."

Retornei escadas abaixo. Achei que Frisbie podia querer alguns momentos a sós, de modo que parei na cozinha para uma conversinha rápida com Fritz sobre as perspectivas para o almoço e outros tópicos interessantes. Quando entrei no escritório, Frisbie estava sentado, de cara fechada, com os cotovelos sobre os braços da cadeira, as pontas dos dedos de uma mão encostadas nas de seus pares da outra, perfeitamente combinados.

"Ah, sim. Senhor Frisbie", eu disse. "Já que diz que tem de falar com o próprio senhor Wolfe, posso oferecer-lhe um livro ou outra coisa? O jornal da manhã? Ele estará aqui embaixo às onze."

As pontas dos dedos de Frisbie se separaram. Quis saber: "Ele está aqui, não está?".

"Certamente. Ele jamais está em qualquer outro lugar."

"Então... Eu não vou esperar durante uma hora. Fui alertado para contar com isso. Não vou tolerar essa demora."

Dei de ombros: "Tudo bem Vou facilitar o quanto puder para o senhor. Enquanto estiver não-tolerando essa demora, quer dar uma olhada no jornal da manhã?".

Ele se ergueu. "Olhe aqui. Isto é inaceitável. Por repetidas vezes esse tal de Wolfe teve a desfaçatez de obstruir as operações do nosso escritório. O senhor Skinner me enviou aqui..."

"Aposto que sim. Ele não viria de novo pessoalmente, depois da sua última experiência..."

"Ele me enviou e eu, com certeza, não pretendo ficar sentado aqui até as onze horas. Devido ao excesso de indulgência com que freqüentemente certos funcionários trataram Wolfe, ele acredita, ao que parece, estar acima da lei. Ninguém pode escarnecer dos procedimentos da justiça — ninguém!" O seu rubor ficara ainda mais intenso. "Boyden McNair foi assassinado há três dias, exatamente neste escritório, e há todos os motivos para se acreditar que Wolfe sabe mais sobre o assunto do que contou. Ele deveria ter sido levado de imediato para ver o promotor distrital — mas, não, ele nem sequer foi adequadamente interrogado! Agora outro homem foi morto e, de novo, há bom motivo para se acreditar que Wolfe reteve informações que poderiam ter evitado essa morte. Fiz-lhe imensa concessão vindo até aqui e quero vê-lo imediatamente. Imediatamente!"

Balancei a cabeça: "Claro, sei que o senhor quer vê-lo, mas sossegue o facho. Façamos uma pergunta hipotética. Se eu digo que o senhor terá de esperar até as onze horas, então o quê?".

Ele olhou ferozmente: "Não vou esperar. Irei para o meu escritório e farei com que o intimem! E farei com que a sua licença seja revogada. Ele pensa que seu amigo Morley pode salvá-lo, mas não conseguirá se safar com esse jeito desonesto, trapaceiro..."

Sentei-lhe um tabefe. Provavelmente não o teria feito, não fosse o mau humor em que me encontrava. Não foi, de modo algum, um bofetão, só um tapinha com a palma da mão no lado do seu rosto, mas que o entortou um pouquinho. Ele recuou um passo e começou a tremer, ficando ali com os braços pendentes e os punhos fechados.

"Pendurados junto aos seus joelhos, eles não servem para nada", observei. "Erga-os e eu o esbofetearei de novo."

Ele estava furioso demais para articular corretamente. Gaguejou: "Vai ar... arrepender-se por isto. Vai...".

"Cale a boca e saia daqui antes que me deixe louco", disse eu. "Fala em revogar licenças. Eu sei o que o está roendo; tem ilusões de grandeza e vem tentando dar uma de bom desde que lá lhe deram uma escrivaninha e uma cadeira. Sei tudo a seu respeito. Sei por que Skinner o mandou: quis dar-lhe uma oportunidade de cair no ridículo e você nem teve cérebro suficiente para perceber isso. Da próxima vez que escancarar a boca para dizer que Nero Wolfe é desonesto e trapaceiro não vou estapeá-lo num local privado, vou fazê-lo em público. Suma!"

Sob certo aspecto, acho que eu estava com a razão e, claro, aquilo era a única coisa a fazer naquelas circunstâncias, mas não obtive satisfação profunda disso. Ele se virou e saiu. Depois que ouvi a porta da rua se fechar atrás dele, sentei-me à minha escrivaninha, bocejei, cocei a cabeça e chutei a cesta de papéis. Fora um prazer fugaz esbofeteá-lo e mandá-lo embora, mas, agora que tudo terminara, havia dentro de mim uma inclinação para sentir-me moralmente superior, o que me deixava taciturno e num mau humor pior do que antes. Odeio sentir-me moralmente superior, porque isso me deixa desconfortável e fico querendo chutar alguma coisa.

Levantei a cesta de papéis e recolhi o seu conteúdo, peça por peça. Peguei os registros de plantas, abri-os e os guardei novamente. Fui à sala da frente, olhei para fora da janela, para a rua 35. Voltei ao escritório, atendi um telefonema do Ferguson's Market — que transferi para o Fritz — e, por fim, pus-me de novo apoiado sobre o meu cóccix e com o livro de toxicologia. Ainda estava engalfinhado com este, quando Wolfe desceu das estufas às onze horas.

Ele avançou para a sua escrivaninha, sentou-se, fez seus movimentos habituais com a caneta, a correspondência, o vaso de orquídeas, o botão para pedir cerveja a Fritz. Ele veio com a bandeja, Wolfe abriu a garrafa, encheu o copo, bebeu e enxugou os lábios. Então se recostou na cadeira e suspirou. Estava relaxando depois da extenuante atividade entre os vasos de plantas.

Disse-lhe: "Frisbie ficou irritante e eu o toquei no rosto com a minha mão. Ele vai revogar a sua licença, intimá-lo com diferentes tipos de papel e, talvez, jogá-lo num tonel com soda cáustica".

"É mesmo?" Wolfe abriu os olhos e me olhou. "Ele ia revogar minha licença antes de você acertá-lo ou depois?"

"Antes. Depois ele não falou muito."

Wolfe estremeceu. "Confio no seu discernimento, Archie, mas às vezes sinto estar confiando no discernimento de uma avalanche. Não havia outra solução senão a de espancá-lo?"

"Eu não o espanquei. Nem mesmo lhe dei uma pancadinha. Foi só um gesto de irritação. Estou num péssimo humor."

"Sei que está. Não o culpo. Este caso tem sido tedioso e desagradável desde o início. Parece ter acontecido algo ao Saul. Temos um trabalho pela frente. Acho que se encerrará tão desagradavelmente como começou, mas devemos fazê-lo com classe, se pudermos, e de maneira conclusiva... Ah! Espero que agora seja o Saul."

A campainha da porta soara. Mas, de novo, como na noite anterior, não era Saul. Desta vez era o inspetor Cramer.

Fritz conduziu-o para dentro e ele atravessou o escritório arrastando os pés. Parecia que estava indo para o estaleiro, com bolsas sob os olhos, os cabelos grisalhos desgrenhados e seus ombros não tão eretos e marciais como deveriam estar os de um inspetor. Wolfe cumprimentou-o:

"Bom dia, senhor. Sente-se. Quer tomar uma cerveja?"

Cramer sentou-se na cadeira dos imbecis, concedeu-se uma respirada profunda, tirou um charuto do bolso, olhou-o com desaprovação e o guardou novamente. Respirou fundo mais uma vez e nos disse:

"Quando fico no estado de não querer um charuto, é porque estou num dilema infernal." Olhou para mim: "O que foi que você fez ao Frisbie, afinal?".

"Coisa alguma. Nada que eu lembre."

"Bem, ele lembra. Acho que você está liquidado. Acho que ele vai encaminhar uma acusação de traição contra você."

Sorri. "Isso não me ocorreu. Acho que foi disso que se tratou, de traição. O que farão comigo? Vão me enforcar?"

Cramer deu de ombros. "Não sei e não me importo. O que acontece a você é a última coisa que me preocupa. Meu Deus, eu gostaria de ter vontade de acender um charuto." Pegou novamente um do bolso, examinou-o e, desta vez, ficou com ele na mão. Deixou-me de lado. "Desculpe-me, Wolfe, acho que esqueci de falar que não quero cerveja. Imagino que acha que vim aqui iniciar um bate-boca."

"Bem, e não veio?", murmurou Wolfe.

"Não. Vim para ter uma conversa sensata. Posso lhe fazer algumas perguntas diretas e receber algumas respostas diretas?"

"O senhor pode tentar. Me dê uma amostra."

"OK. Se nós revistássemos este lugar, encontraríamos a caixa vermelha de McNair?"

"Não."

"O senhor jamais a viu ou sabe onde ela está?"

"Não. Para ambas as perguntas."

"Na quarta-feira, antes de morrer, McNair contou-lhe qualquer coisa que lhe tenha dado uma indicação sobre um motivo para estes assassinatos?"

"O senhor ouviu cada palavra que o senhor McNair disse neste escritório; Archie leu as anotações para o senhor."

"É. Eu sei. O senhor recebeu informação de qualquer outra fonte com relação a um motivo?"

"Ora, francamente." Wolfe sacudiu um dedo indicador. "Essa pergunta é ridícula. Claro que recebi. Não estou no caso há quatro dias?"

"De quem?"

"Bem, de um lado, do senhor."

Cramer arregalou os olhos. Enfiou o charuto na boca e lhe cravou os dentes sem se dar conta disso. Ergueu as mãos e deixou-as cair.

"O problema com o senhor", ele declarou, "é que não consegue esquecer por um pequeno instante como é tão sabido. Caramba, eu sei disso. Acha que alguma vez perco o meu tempo fazendo visitas como esta a Del Pritchard ou a Sandy Mollew? Quando foi que eu lhe contei o quê?"

Wolfe sacudiu a cabeça: "Não, senhor Cramer. Agora, como dizem as crianças, o senhor está esquentando. E eu ainda não estou pronto. Que tal se nos revezarmos? Também tenho minhas curiosidades. A história que saiu nos jornais matutinos estava incompleta. Que tipo de engenhoca foi aquela que despejou o veneno no senhor Gebert?".

Cramer grunhiu. "O senhor quer saber?"

"Estou curioso e isso também poderia nos ajudar a passar o tempo."

"Ah, poderia, é?" O inspetor retirou o charuto, olhou com surpresa ao vê-lo apagado, acendeu-o com um fósforo e deu algumas baforadas. "Era o seguinte. Pegue um pedaço de fita adesiva comum, de dois centímetros e meio de largura e vinte e cinco de comprimento. Cole as extremidades da fita no tecido do forro do carro de Gebert, acima do assento do motorista, deixando uns doze centímetros entre elas, de modo que a fita fique balançando solta como uma rede de dormir. Pegue uma molheira, dessas que são vendidas em lojas de miudezas, coloque-a naquela pequena rede; terá de equilibrá-la com muito cuidado, pois um leve esbarrão poderá emborcá-la. Antes de posicionar a molheira na rede, despeje em seu interior uns sessenta gramas de nitrobenzeno — ou, se preferir, pode chamá-lo de essência de mirbane, ou de óleo de imitação de amêndoas amargas, pois é tudo a mesma coisa. Acrescente também uns gramas de água, para que o nitrobenzeno fique no fundo e a água, por cima; isso impedirá o óleo de evaporar e liberar odor. Se o senhor tentar entrar num carro da maneira como um homem habitualmente faz, constatará que os seus olhos se dirigem naturalmente para o assento e para o piso, e não há uma chance em mil de enxergar qualquer coisa que esteja colada no forro, sobretudo à noite; além disso, notará que a sua cabeça entra no carro a menos de três centímetros do teto e que com certeza baterá na tigelinha. E mesmo que não esbarre nela, ela cairá e derramará o líquido no senhor no primeiro buraco por que passar ou na primeira esquina que virar. O que acha disso para fazer uma brincadeira com alguém?"

Wolfe balançou a cabeça. "Do ponto de vista prático, próximo à perfeição. Simples, eficaz e barato. Se a pessoa já estivesse de posse do veneno há algum tempo, como preparação para uma emergência, todo o seu dispositivo não custaria mais do que quinze centavos — fita adesiva, um pouco de água e a tigelinha. Ao ler o relato do jornal, suspeitei que fosse nitrobenzeno. Ele faria aquilo."

Com movimentos enfáticos da cabeça, Cramer manifestou sua concordância: "Eu diria que sim. No ano passado, numa fábrica de corantes, um operário derramou alguns gramas em suas calças, não diretamente sobre a pele, e em uma hora estava morto. O homem que eu deixara seguindo Gebert tocou-o quando correu até ele, depois que caiu; um pouco do veneno respingou-lhe nas mãos, ele inalou alguns vapores fortes; agora está num hospital, com o rosto azulado, os lábios e as unhas roxos. O médico diz que vai escapar. Um pouco também pegou em Lew Frost, mas nada grave. Gebert deve ter virado a cabeça quando sentiu o líquido se derramar e o seu cheiro, pois um pouco lhe caiu no rosto, e talvez até tenham entrado algumas gotas nos seus olhos. O senhor deveria tê-lo visto uma hora depois que tudo aconteceu".

"Acho que não." Wolfe estava enchendo o copo. "Não teria feito nenhum bem a ele nem, certamente, a mim." Bebeu, apalpou o bolso atrás de um lenço, não encontrou nenhum e eu peguei um da gaveta para ele. Recostou-se e olhou o inspetor com simpatia. "Acredito, senhor Cramer, que o trabalho de rotina progride satisfatoriamente."

"De novo esperto, hein?" Cramer deu algumas baforadas. "Dentro de um minuto será de novo a minha vez de fazer perguntas. Mas vou tentar satisfazê-lo. O trabalho de rotina avança exatamente como deveria, mas não chega a lugar algum. Isso deve fazê-lo estalar os lábios. O senhor me deu a dica, na quarta-feira, para ficar colado à família Frost — está bem, qualquer um deles poderia ser o assassino. Se foi um dos jovens, eles agiram de comum acordo, pois foram juntos para a capela. Seria apertado, mas tiveram tempo suficiente para colar a fita e verter o veneno, pois chegaram lá apenas um minuto ou dois depois de Gebert. A coisa podia ser armada em dois minutos; eu mesmo testei. O tio e a mãe foram separadamente e qualquer um deles teria tido muito tempo. Eles deram explicações sobre o que fizeram no período, é claro, mas não de uma maneira que se possa verificar minuto a minuto. Em termos de oportunidade, nenhum deles está absolutamente excluído."

O inspetor deu mais algumas baforadas. "Outra coisa: o senhor poderia pensar que encontraríamos algum transeunte que tivesse visto alguém mexendo no teto daquele carro, mas a coisa podia ter sido armada por alguém sentado dentro dele, com a porta fechada, e não teria atraído maior atenção; além do mais, era noite. Por enquanto, não tivemos nenhuma sorte nesse sentido. Achamos os vidros vazios dentro do carro, no porta-luvas — vidros comuns de remédios, de sessenta gramas, que há em estoque em qualquer farmácia, sem rótulos. É claro que não havia impressões digitais neles, nem na tigelinha, e quanto a descobrir de onde vieram seria como tentar rastrear um fósforo de papelão com cabeça vermelha. Estamos levantando fontes de nitrobenzeno, mas concordo com o senhor que, seja quem for que estiver por trás disso, não deixaria um rastro como esse.

"Vou lhe contar." Cramer deu outra baforada. "Não creio que possamos esclarecer estes crimes. Podemos continuar tentando, mas não acredito que consigamos. Há sorte e inteligência sórdida em demasia atuando contra nós. Levará meses para eu entrar novamente em meu carro sem antes olhar para o forro. Teremos de chegar à solução por intermédio do motivo ou, então, juro que começo a achar que não a encontraremos em absoluto. Sei que é isso que o senhor também buscava, e por esse motivo disse que a caixa vermelha esclareceria tudo. Mas onde, que inferno, ela se encontra? Se não podemos achá-la, temos de chegar ao motivo sem ela. Até aqui, é um espaço em branco, não só com relação aos Frost, mas a todas as outras pessoas que investigamos. Admitindo-se que Dudley Frost esteja mal como curador do patrimônio, o que pode ser verdade ou não, que benefício lhe traria trucidar McNair e Gebert? Com relação a Lew e à moça, não temos um fio de motivo. Quanto à senhora Frost, sabemos que esteve pagando uma dinheirama a Gebert por um longo período. Ela diz que estava saldando uma dívida antiga; ele está morto e, de qualquer modo, não nos contaria. Provavelmente se tratava de chantagem por alguma coisa que ocorreu há muitos anos. Mas o que foi que aconteceu e por que tinha ela de matá-lo justo agora? E onde é que McNair se encaixa? Ele foi o primeiro a ser morto."

Cramer estendeu o braço para bater a cinza no cinzeiro, tornou a recostar-se na cadeira e grunhiu. "Há uma ou duas questões para o senhor", disse amargamente. "Estou de volta ao ponto em que me encontrava na terça-feira passada, quando vim aqui e lhe disse que estava desorientado, só que mais duas pessoas foram mortas. Eu não lhe disse que este caso era seu? Não é do meu tipo. Uma hora atrás, lá no escritório do promotor distrital, estavam querendo botar um anel no nariz do senhor e o que eu disse ao Frisbie teria fritado um ovo. O senhor é a pior pedra no sapato que eu conheço, mas também tem metade da inteligência que pensa ter, o que o coloca uma cabeça e dois ombros acima de todo mundo desde Júlio César. Sabe por que eu mudei de tom desde ontem? Porque Gebert foi morto e o senhor continua mantendo a sua cliente. Se o senhor tivesse saído do caso esta manhã, eu estaria pronto e ansioso para colocar três anéis em seu nariz. Mas agora acredito no senhor. Não acho que esteja com a caixa vermelha..."

A interrupção foi de Fritz — sua batida na porta do escritório, sua entrada, sua aproximação a até dois passos da escrivaninha de Wolfe, sua reverência cerimonial:

"Está aí o senhor Morgan para vê-lo, senhor."

Wolfe assentiu e as dobras em suas bochechas expandiram-se um pouco; eu não tinha visto aquilo acontecer desde quando o desviei de sua recaída. Murmurou: "Está bem, Fritz, não temos segredos para o senhor Cramer. Faça-o entrar".

"Sim, senhor."

Fritz se foi e Saul Panzer entrou. Olhei-o com atenção. Parecia estar um pouco de crista caída, mas não exatamente descorçoado; e sob o braço carregava um embrulho de papel marrom, do tamanho aproximado de uma caixa de charutos. Ele foi até a escrivaninha de Wolfe.

As sobrancelhas deste estavam erguidas: "E então?".

Saul balançou afirmativamente a cabeça: "Sim, senhor".

"O conteúdo está em ordem?"

"Sim, senhor. Conforme disse. O que me atrasou..."

"Não se preocupe. Você está aqui. É satisfatório. Archie, por favor, coloque aquele pacote no cofre. Isso é tudo para o momento, Saul. Volte às duas da tarde."

Peguei o embrulho, fui abrir o cofre e o joguei dentro. Parecia ser consistente, mas não pesava muito. Saul foi embora.

Wolfe tornou a reclinar em sua cadeira e entrefechou os olhos. "Bom", murmurou. Suspirou profundamente. "Senhor Cramer. Há pouco observei que também podíamos passar o tempo. Foi o que fizemos. Isso é sempre um triunfo para escapar ao tédio." Olhou de relance para o relógio. "Agora podemos falar de negócios. Já passou do meio-dia e aqui almoçamos à uma hora. Será que o senhor poderia reunir a família Frost aqui, todos eles, às duas? Se o fizer, concluirei este caso para o senhor. Vai levar uma hora, talvez."

Cramer esfregou o queixo. Ele o fez com a mão que segurava o charuto e cinzas caíram em suas calças, mas ele não percebeu. Olhava pasmado para Wolfe. Por fim, disse: "Uma hora, é?".

Wolfe assentiu com a cabeça. "Possivelmente mais. Mas acho que não."

Cramer continuava espantado: "Oh. O senhor acha que não". De súbito, moveu-se para a frente na cadeira: "O que havia naquele embrulho que Goodwin acabou de colocar no cofre?"

"Algo que me pertence... Ei, agora vá com calma!" Wolfe agitava o indicador. "Maldição, por que o senhor deveria estourar? Eu o convido para vir aqui, observar a solução dos assassinatos de Molly Lauck, do senhor McNair e do senhor Gebert. Não vou discutir o assunto e não permitirei que grite comigo. Se eu tivesse outra intenção, poderia, em seu lugar, convidar representantes dos jornais ou o senhor Morley do escritório do promotor distrital. Qualquer um. O senhor é intratável. Discutiria com a boa sorte? Às duas horas, e todos os Frost precisam estar aqui. E então, senhor?"

Cramer se levantou. "Maldição." Olhou de relance para o cofre. "É a caixa vermelha, não é? Diga-me se é."

Wolfe fez que não com a cabeça: "Às duas horas".

"Está bem. Mas olhe aqui. Às vezes o senhor se torna um bocado fantasioso. Por Deus, é melhor que tenha a solução."

"Terei, às duas horas."

O inspetor olhou novamente para o cofre, sacudiu a cabeça, enfiou o charuto entre os dentes e deu o fora.

18

Por uma boa razão, a tribo dos Frost chegou toda ao mesmo tempo, um pouco depois das duas horas: seus integrantes foram escoltados pelo inspetor Cramer e por Purley Stebbins, do Esquadrão de Homicídios. Purley veio com Helen e a mãe dela num automóvel de passeio azul-escuro que, suponho, pertencia à primeira; Cramer trouxe os dois homens no seu próprio veículo. Tínhamos terminado de almoçar e eu olhava pela janela da frente, quando os carros chegaram; fiquei ali, observando enquanto as pessoas desciam deles e então fui até o vestíbulo para lhes abrir a porta. Minhas instruções eram para levá-los diretamente ao escritório.

Eu estava nervoso feito parlamentar em dia de eleição. Tinha sido inteirado dos pontos altos que haveria no programa de Wolfe. Ao armar essas charadas astuciosas, ele continuava na maior tranqüilidade, pois era desprovido de nervos e demasiado convencido para ser agoniado por algum doloroso receio de poder falhar. Mas eu era feito de matéria diferente e não gostava do sentimento que aquilo me causava. É verdade que, pouco antes de começarmos a almoçar, ele afirmara que tínhamos uma tarefa perigosa e desagradável pela frente, mas pareceu não falar realmente a sério; estava apenas chamando a minha atenção para o fato de estar se preparando para enganar um perito.

Fiz entrarem os visitantes, ajudei a guardar chapéus e casacos no *hall* de entrada e os conduzi ao escritório. Sentado à sua escrivaninha, Wolfe acenou com a cabeça para todos eles. Eu já tinha arrumado cadeiras e agora designava o lugar de cada um: Helen, a mais próxima de Wolfe, tinha Cramer à sua esquerda e Llewellyn logo depois do inspetor; tio Dudley ficou perto de mim, de modo que eu pudesse alcançá-lo e amordaçá-lo, se necessário; e a sra. Frost se acomodou do outro lado de Dudley, na grande poltrona de couro que habitualmente ficava ao lado do grande globo. Nenhum deles parecia muito festivo. Os olhos de Lew estavam esbugalhados e seu rosto tinha uma tonalidade cinza, suponho que por causa do nitrobenzeno do qual se aproximara demais. A sra. Frost não estava encurvada, mas parecia pálida nas roupas pretas. Helen, num costume marrom-escuro e chapéu combinando, entrelaçou os dedos logo que se sentou, fixou os olhos em Wolfe e assim permaneceu. Dudley olhou para todo mundo e demonstrava seu embaraço. Wolfe havia murmurado para o inspetor:

"O seu homem, senhor Cramer. Será que ele pode aguardar na cozinha?"

Cramer grunhiu: "Está tudo bem com ele. Não vai morder ninguém".

"Não vamos precisar dele", disse Wolfe. "A cozinha seria o melhor lugar para ele ficar".

Cramer olhou como se pretendesse discutir, mas,

com um dar de ombros, mudou de idéia. Voltou-se: "Vá para a cozinha, Stebbins. Gritarei se precisar de você".

Com uma olhada azeda em minha direção, Purley virou-se e foi embora. Wolfe aguardou até que a porta se fechasse atrás dele, antes de começar a falar olhando em torno, para eles:

"E aqui estamos. Apesar de eu estar ciente de que vieram a convite do senhor Cramer, mesmo assim lhes agradeço por terem vindo. Era desejável tê-los todos aqui, ainda que nada seja esperado dos senhores..."

Intempestivamente, Dudley Frost se manifestou: "Viemos porque fomos obrigados! O senhor sabe disso! Que outra coisa podíamos fazer, diante da atitude que a polícia está adotando?".

"Senhor Frost, por favor..."

"Que por favor o quê! Só quero dizer que é bom mesmo que não esperem nada de nós, pois nada terão! Em vista da atitude ridícula da polícia, recusamo-nos a nos submeter a qualquer novo interrogatório, a menos que contemos com a presença de um advogado! Eu disse isso ao inspetor Cramer. Pessoalmente, me recuso a dizer uma só palavra. Nem uma palavra!"

Wolfe sacudiu o indicador para ele: "Diante da possibilidade de o senhor estar falando sério, senhor Frost, prometo não pressioná-lo; e agora temos outro bom motivo para não permitirmos a presença de advogados. Eu dizia: nada será esperado dos senhores, senão que ouçam uma explanação. Não haverá interrogatório. Prefiro falar eu mesmo e tenho muita coisa a dizer.

— A propósito, Archie, também gostaria que aquela coisa ficasse à mão".

Essa era a deixa para o primeiro ponto alto. Eu não tinha de desempenhar um papel com falas, mas estava encarregado da ação. Levantei-me, fui até o cofre, tirei o pacote de Saul e o coloquei sobre a escrivaninha diante de Wolfe; mas o papel que o embrulhava fora removido antes do almoço. O que pus ali era uma velha caixa de couro vermelho, desbotada, arranhada e marcada, com uns vinte e cinco centímetros de comprimento, dez de largura e cinco de profundidade. De um dos lados estavam as juntas de duas dobradiças douradas da tampa e, do outro, um pequeno brasão dourado com uma fechadura. Wolfe mal a olhou de relance e a empurrou para um lado. Sentei-me de novo e peguei meu caderno de anotações.

Houve alguma agitação, mas nenhum comentário. Todos fitavam a caixa, menos Helen Frost; ela conservava os olhos em Wolfe. Cramer parecia atento e pensativo, com os olhos grudados na caixa.

Wolfe falou com súbita aspereza: "Archie. Podemos dispensar as anotações. A maioria das palavras será minha e eu não vou esquecê-las. Por favor, pegue a sua arma e fique com ela na mão. Se parecer necessário, use-a. Não queremos ninguém esguichando nitrobenzeno por aqui — chega, senhor Frost! Digo-lhe que pare com isso! Lembro-o de que uma mulher e dois homens foram assassinados. Permaneça na sua cadeira!".

Dudley Frost de fato se aquietou. Talvez, em parte, devido à minha pistola automática, que eu tirara da gaveta e agora segurava, com a mão pousada sobre o meu joelho. A visão de uma arma carregada, assim exposta, sempre faz efeito, não importa sobre quem seja. Observei que Cramer empurrara sua cadeira alguns centímetros para trás e parecia ainda mais cauteloso do que antes, com as sobrancelhas franzidas.

Wolfe disse: "Isto, claro, é melodrama. Todo assassinato é melodrama, porque a verdadeira tragédia não é a morte, mas a situação que a induz. Enfim...". Recostou-se novamente em sua cadeira e dirigiu os olhos semifechados para a nossa cliente. "Quero dirigir-me em primeiro lugar à senhorita, senhorita Frost. Em parte por vaidade profissional. Desejo demonstrar-lhe que contratar os serviços de um bom detetive significa muito mais do que alugar alguém para arrebentar assoalhos e escavar canteiros de flores na tentativa de encontrar uma caixa vermelha. Quero mostrar-lhe que, antes de jamais ter visto esta caixa ou o que ela contém, eu já conhecia os fatos centrais deste caso; sabia quem matou o senhor McNair e por quê. Vou chocá-la, mas não tenho como evitar."

Ele suspirou. "Serei breve. Em primeiro lugar, não devo mais chamá-la de senhorita Frost, mas de senhorita McNair. O seu nome é Glenna McNair e a senhorita nasceu em 2 de abril de 1915."

Pelo canto do meu olho vi os outros de relance: Helen sentada rígida, Lew começando a erguer-se da sua cadeira e Dudley com o olhar fixo e a boca aberta; mas o meu interesse principal era a sra. Frost. Ela parecia estar mais pálida do que quando entrara, porém não piscou um olho. Claro, a exposição da caixa vermelha a tinha preparado para o que viria. Interrompendo um par de exclamações masculinas, ela falou, fria e breve:

"Senhor Wolfe. Acho que meu cunhado está certo. Este tipo de tolice é um caso para advogados."

Wolfe respondeu-lhe no mesmo tom: "Acho que não, senhora Frost. Se for o caso, haverá muito tempo para eles. Para o momento, a senhora ficará nessa poltrona até que a tolice esteja terminada".

Num tom seco e equilibrado, Helen Frost disse: "Mas então o tio Boyd era meu pai. Ele era meu pai. Todo esse tempo. Como? Diga-me, como?". Lew estava fora da sua cadeira, com uma mão no ombro dela e de olhos arregalados para a sua tia Callie. Dudley fazia ruídos.

"Por favor, sente-se, senhor Frost", disse Wolfe. "Sim, senhorita McNair, ele foi o seu pai todo esse tempo. A senhora Frost pensa que eu não soube disso até esta caixa vermelha ter sido encontrada, mas está enganada. Eu fiquei definitivamente convencido do fato na manhã de quinta-feira, quando a senhorita me contou que, no caso de morrer antes de completar vinte e um anos de idade, toda a fortuna de Edwin Frost passaria para o irmão e o sobrinho dele. Quando pensei a respeito, em combinação com outros pontos que se apresentaram espontaneamente, o quadro ficou completo. Claro, a primeira coisa que trouxe esta possibilidade à minha mente foi o inexplicável desejo do senhor McNair de que a senhorita usasse diamantes. Que mérito especial um diamante podia ter se usado pela senhorita, já que, de resto, ele parecia não gostar deles? Poderia ser pelo fato de o diamante ser a pedra dos nascidos em abril? Percebi essa possibilidade."

Llewellyn resmungou: "Santo Deus. Eu falei... Eu disse a McNair uma vez...".

"Por favor, senhor Frost. Outro pequeno detalhe: na noite de quarta-feira, o senhor McNair me contou que sua mulher morrera, mas não que o mesmo acontecera à sua filha. Ele disse que 'perdera' a filha. Esse, obviamente, é um eufemismo comum para morte, mas por que foi que não o empregou também para a esposa? Um homem pode ser direto ou dado a eufemismos, mas raramente ambas as coisas na mesma frase. Ele disse que seus pais haviam morrido. Disse duas vezes que a esposa morrera. Mas não a sua filha; esta ele disse que perdera."

Os lábios de Glenna McNair moviam-se. Ela murmurou: "Mas como? Como? Como foi que ele me perdeu...".

"Sim, senhorita McNair. Paciência. Houve vários outros pequenos pontos, coisas que me contou sobre o seu pai e sobre si própria; não preciso repeti-las para a senhorita. Por exemplo, o seu sonho sobre a laranja. Um sonho de memória subconsciente? Deve ter sido. Contei-lhe o bastante, espero, para demonstrar que não precisei da caixa vermelha para dizer quem é a senhorita e quem matou os senhores McNair e Gebert, e por quê. De todo modo, não devo continuar afagando a minha vaidade à sua custa. A senhorita quer saber como. Isso é simples. Vou informá-la dos fatos principais. — Senhora Frost! Sente-se!"

Não sei se Wolfe considerava a minha automática principalmente como acessório teatral, mas decerto não era assim que eu a via. A sra. Edwin Frost se erguera e se agarrava a uma bolsa de couro preto, de tamanho considerável. Admito que era improvável que ela contrabandeasse um vaporizador cheio de nitrobenzeno para dentro do escritório de Wolfe, só para vê-lo ser descoberto se fosse revistada, mas essa era uma coisa com que não se podia correr riscos. Achei melhor eu me meter, para o bem de um entendimento. Foi o que fiz:

"Devo lhe dizer, senhora Frost, que, se não gostar desta arma apontada para a senhora, deve me dar essa bolsa ou colocá-la no chão."

Ela me ignorou, olhando para Wolfe. Com calma e indignação, disse: "Não posso ser coagida a escutar este lixo". Percebi em seus olhos um pequeno reflexo do fogo que queimava em seu interior. "Estou de saída. Helen! Venha."

Ela avançou em direção à porta. Fui atrás. Cramer estava de pé e se postou à frente dela antes que eu o fizesse. Bloqueou-lhe o caminho, mas não a tocou: "Espere, senhora Frost. Um minuto". Ele olhou para Wolfe: "O que é que o senhor conseguiu? Não vou participar disso às cegas".

"Consegui o suficiente, senhor Cramer." Wolfe foi firme. "Não sou idiota. Tire essa bolsa dela e faça-a ficar aqui dentro, ou o senhor irá lamentar eternamente não ter feito isso."

Cramer não hesitou mais do que meio segundo. Essa é uma coisa que sempre gostei nele: ele nunca perde muito tempo. Pôs uma mão sobre o ombro dela. Ela deu um passo para trás, afastando-se, e se firmou. Com aspereza, ele lhe disse: "Me dê a bolsa e sente-se. Isto não é nenhuma grande provação. A senhora terá todas as oportunidades que quiser para replicar".

Ele estendeu o braço e a tomou dela. Observei que, naquele momento crítico, ela não apelou para os seus parentes masculinos; imagino que não era muito boa em fazer apelos. Também não estava trêmula. Olhou Cramer duramente nos olhos:

"O senhor me mantém aqui à força, é?"

"Bem..." Cramer deu de ombros. "Achamos que a senhora ficará aqui por um tempo. Só até terminarmos."

Ela voltou para a poltrona e se sentou. Glenna McNair lançou-lhe um olhar rápido e então tornou a concentrar-se em Wolfe. Os homens não olhavam para ela.

"Estas interrupções não ajudarão ninguém. Certamente não a senhora, senhora Frost; nada pode ajudá-la agora", disse Wolfe, impaciente. Olhou para a nossa cliente: "A senhorita quer saber como. Em 1916, a senhora Frost foi com a filha Helen, então com apenas um ano de idade, para a costa oriental da Espanha. Ali, um ano depois, sua filhinha morreu. De acordo com os termos do testamento de seu falecido marido, a morte de Helen significava que toda a fortuna seria transferida para Dudley e Llewellyn Frost. A senhora Frost não gostou disso e fez um plano. Eram tempos de guerra e a confusão reinante em toda a Europa tornou possível concretizá-lo. Seu velho amigo Boyden McNair tinha uma filhinha com quase a mesma idade de Helen, com apenas um mês de diferença; a esposa dele morrera e ele estava sem um tostão, sem meios para ganhar a vida. A senhora Frost comprou a filha dele, explicando que, de todo modo, a criança estaria melhor assim. No momento estão sendo feitas investigações em Cartagena para verificar a ocorrência de manipulação do registro de falecimentos no ano de 1917. A idéia, claro, era difundir a informação de que Glenna McNair morrera e que Helen Frost estava viva".

"Imediatamente, a senhora Frost levou a senhorita, como Helen Frost, para o Egito, onde era reduzido o risco de ser vista por algum viajante que a tivesse conhecido bebê em Paris. Quando a guerra terminou, o Egito também se tornou demasiado arriscado e ela foi para o Extremo Oriente. Só depois de a senhorita completar nove anos foi que ela arriscou a sua apresentação nesta parte do mundo e mesmo então ela evitou a França. A senhorita chegou a este continente procedente do Oeste."

Wolfe se mexeu na cadeira e dirigiu o seu olhar para outro alvo. "Suponho que seria mais polido, senhora Frost, eu dirigir-me à senhora a partir deste ponto. Falarei sobre as duas inevitáveis dificuldades que o seu plano enfrentou — uma delas, desde o início. Esta era o seu jovem amigo Perren Gebert. Ele sabia de tudo porque estava lá e a senhora teve de pagar por seu silêncio. A senhora até o levou para o Egito, o que foi uma precaução sábia, mesmo não gostando de tê-lo por perto. Enquanto a senhora lhe pagou, ele não representou um perigo sério, pois era um homem que sabia segurar a língua. Foi então que uma nuvem surgiu no céu, cerca de dez anos atrás, quando Boyden McNair, que fizera sucesso em Londres e reconquistara seu auto-respeito, veio para Nova York. Ele queria ficar perto da filha que perdera e não tenho dúvida de que se tornou uma amolação para a senhora. Ele se ateve ao essencial do acordo que fizera em 1917, porque era um homem escrupuloso, mas começou a importuná-la com pequenas bicadas. Insistiu no direito de tornar-se um bom amigo da filha. Presumo que foi por essa época que a senhora adquiriu, provavelmente durante uma viagem para a Europa, determinados produtos químicos que, como começava a recear, poderiam ser necessários algum dia."

Wolfe sacudiu o dedo indicador para ela. A sra. Frost permanecia sentada empertigada e imóvel, seus olhos cravados nos dele, os lábios de sua boca orgulhosa talvez um pouco mais apertados do que de hábito. Ele prosseguiu: "É claro, a necessidade surgiu. Era uma emergência dupla. O senhor Gebert concebeu a idéia de desposar a herdeira antes que ela atingisse a maioridade e insistia em ter a ajuda da senhora, com sua influência e autoridade. O que era pior: o senhor McNair começou a confundir seus escrúpulos. Ele não me contou a natureza exata das exigências que fez, mas acho que consigo adivinhá-las. Ele quis recomprar sua filha, não quis? Em Nova York ele obtivera um sucesso ainda maior do que em Londres e, assim, tinha muito dinheiro. É verdade que ele continuava obrigado pelo acordo que fizera com a senhora em 1917, mas suspeito que conseguira convencer-se da existência de um dever maior, tanto para com suas emoções paternais como para com a própria Glenna. Não há dúvida de que se sentira ultrajado com a desavergonhada aspiração do senhor Gebert de desposar Glenna e com a aparente anuência da senhora".

"A senhora certamente se insurgiu contra isso, posso vê-lo. Depois de toda a sua engenhosidade, devoção e vigilância, e de vinte anos de controle sobre uma bela renda. Com o senhor Gebert insistindo em ter a moça como esposa, com o senhor McNair exigindo-a como filha e ambos ameaçando diariamente desmascará-la, o surpreendente é que a senhora tenha encontrado tempo para a deliberada astúcia que empregou. É fácil ver por que a senhora pegou primeiro o senhor McNair. Se matasse Gebert, McNair teria sabido da verdade, não importam as precauções adotadas pela senhora, e agido de imediato. Assim, seu primeiro esforço foram os doces envenenados para McNair, com o veneno nas amêndoas confeitadas, que a senhora sabia que ele apreciava muito. Ele escapou daquilo e, em vez dele, os doces mataram uma jovem inocente. É claro que ele soube o que aquilo significava. Aqui me permito fazer outra conjetura: meu palpite é que, sendo um homem sentimental, o senhor McNair decidiu reclamar a filha no vigésimo primeiro aniversário real dela, no dia 2 de abril. Mas, conhecedor da engenhosidade da senhora e receando que de alguma forma conseguisse pegá-lo antes daquela data, ele tomou determinadas providências em seu testamento e numa conversa comigo. Esta última, aliás, não foi completada; a segunda tentativa da senhora para matá-lo, com as imitações de comprimidos de aspirina, interveio. E no momento exato. Justamente quando ele estava na iminência de... senhorita McNair! Rogo-lhe..."

Glenna McNair não lhe deu atenção. Suponho que ela não o ouviu. Ela estava em pé, de costas para ele e encarando a mulher de coluna ereta e boca orgulhosa que, por tantos anos, chamara de mãe. Deu três passos na direção dela. Cramer também estava em pé e ao lado

305

dela; e Lew Frost estava lá com uma mão sobre o seu braço. Com um movimento convulsivo, livrou-se da mão dele sem olhá-lo; ela fixava a sra. Frost. Um pequeno tremor percorreu o seu corpo, depois ela parou imóvel e disse com voz meio estrangulada:

"Ele era o meu pai e você o matou. Você matou meu pai. Oh!" O tremor novamente, e ela se calou até passar. "Sua... sua *mulher*!"

Llewellyn explodiu com Wolfe: "Isto é o bastante para ela — santo Deus, o senhor não deveria tê-la deixado estar aqui... vou levá-la para casa...".

Wolfe observou rudemente: "Ela não tem casa. Não fora da Escócia. Senhorita McNair, lhe imploro. Sente-se. A senhorita e eu estamos fazendo um trabalho. Não estamos? Deixe-nos concluí-lo. Vamos fazê-lo direito, em nome do seu pai. Venha".

Ela estremeceu mais uma vez, livrou-se novamente da mão de Lew, voltou-se, foi para a sua cadeira e se sentou. Olhou para Wolfe: "Está bem. Não quero ninguém me tocando. Mas está tudo terminado, não está?".

Wolfe sacudiu a cabeça: "Ainda não. Vamos prosseguir até o fim". Ele esticou um dedo indicador e o apontou para a sra. Frost. "A senhora, madame, ainda tem mais um pouco a ouvir. Tendo se livrado do senhor McNair, talvez tivesse a idéia de que poderia parar por ali. Mas esse foi um erro de cálculo, indigno da senhora, pois naturalmente o senhor Gebert compreendeu o que ocorrera e de pronto começou a pressioná-la. Ele chegou mesmo a ser temerário a respeito, pois essa era a sua índole; ele contou ao senhor Goodwin que a senhora assassinara o senhor McNair. Suponho que ele presumiu que o senhor Goodwin não sabia francês, nem que *calida*, o nome da senhora, é uma palavra latina que significa 'ardentemente'. Não há dúvida de que ele pretendia apenas alarmá-la. Ele de fato conseguiu e com tamanho sucesso que a senhora o matou no dia seguinte. Eu ainda não a cumprimentei pela técnica que usou naquele trabalho, mas lhe garanto que..."

"Por favor!" Era a sra. Frost. Todos olhamos para ela. Estava de queixo erguido, seus olhos em Wolfe e não parecia disposta a estremecer. "Tenho de escutar sua... tenho de escutar isso?" Sua cabeça girou para que os olhos se fixassem em Cramer. "O senhor é um inspetor de polícia. Compreende o que este homem está me dizendo? O senhor é responsável por isso? Está... estou sendo acusada de alguma coisa?"

Num pesado tom oficial, Cramer disse: "Parece que a senhora tende a sê-lo. Francamente, a senhora continuará bem aqui até que eu tenha a oportunidade de examinar algumas provas. Posso dizer-lhe agora, formalmente: não diga nada que não queira ver usado contra a senhora".

"Não tenho a intenção de dizer coisa alguma." Ela parou e vi que seus dentes superiores prendiam o lábio inferior. Mas sua voz permanecia firme quando prosseguiu: "Não há nada a dizer sobre tal fábula. De fato, eu..." Ela se interrompeu de novo. Sua cabeça girou outra vez, em direção a Wolfe: "Se há prova para esta história sobre a minha filha, ela é forjada. Não tenho o direito de vê-la?".

Os olhos de Wolfe haviam se tornado meras fendas. Ele murmurou: "A senhora falou em advogado. Creio que um advogado dispõe de um método legal para fazer tal solicitação. Não vejo motivo para demora". Colocou a mão sobre a caixa vermelha: "Não vejo motivo por que..."

Cramer estava novamente em pé e junto da escrivaninha. Foi enérgico e falava sério: "Isto já foi longe o bastante. Quero essa caixa. Eu mesmo vou dar uma olhada nela...".

Naquele momento, era de Cramer que eu tinha medo. Talvez, se eu tivesse deixado Wolfe por sua própria conta, ele tivesse conseguido controlá-lo, mas os meus nervos estavam no limite e eu sabia que, se o inspetor botasse a manzorra naquela caixa, seria uma confusão; e eu sabia muito bem que ele não conseguiria tirá-la de mim. Levantei-me de um salto e a peguei. Puxei-a debaixo da mão de Wolfe e a segurei. Cramer rosnou e ficou me olhando fixamente, e eu retribuí o olhar, mas sem rosnar. Wolfe disparou:

"Essa caixa é de minha propriedade. Sou responsável por ela e continuarei a sê-lo até que seja legalmente tirada de minha posse. Não vejo motivo por que a senhora Frost não deva dar uma olhada nela, para evitar atraso. Tenho tanta coisa em jogo quanto o senhor, senhor Cramer. Entregue-a a ela, Archie. Está destrancada."

Fui na direção dela e a coloquei na mão com luva preta que estendeu. Não tornei a me sentar porque Cramer também não o fez; e fiquei um metro e meio mais perto da sra. Frost do que ele estava. Todos olhavam para ela, mesmo Glenna McNair. Ela pôs a caixa no colo, com a fechadura voltada para si, e abriu parcialmente a tampa; ninguém, a não ser ela, conseguia ver o interior. Ela agia com deliberação e não pude ver sinal de tremor em seus dedos ou em outra parte. Olhou dentro da caixa e introduziu a mão, mas nada retirou de lá. Deixou a mão ali, com a tampa repousando sobre ela, fitou Wolfe e notei que seus dentes estavam novamente sobre o lábio.

Curvando-se um pouco na direção dela, Wolfe disse: "Não pense que é um ardil, senhora Frost. Não há falsificação no conteúdo dessa caixa; ele é genuíno. Eu sei, e a senhora sabe, que tudo o que eu disse aqui hoje é verdade. De todo modo, a senhora perdeu qualquer possibilidade com relação à fortuna dos Frost; isso é uma certeza. Também é certeza que a fraude que praticou por dezenove anos pode ser comprovada com a ajuda da irmã do senhor McNair e a corroboração de Cartagena, e será divulgada; e é óbvio que o dinheiro irá para o seu sobrinho e o seu cunhado. Quanto à senhora ser condenada pelos três assassinatos que cometeu, francamente, não posso ter certeza disso. Será, sem dúvida, um julgamento ferozmente disputado. Haverá provas contra a senhora, mas não de todo conclusivas, e, claro, é uma mulher extremamente atraente, de apenas meia-idade, e terá ampla oportunidade de fazer dengo para o juiz e o júri, chorando a intervalos apropriados para despertar a compaixão deles; e sem dúvida saberá representar o papel — ah, Archie!".

Ela o fez com a velocidade de um raio. Sua mão esquerda segurara a tampa da caixa parcialmente aberta; dentro dela, sua mão direita estivera um pouco ativa —

não tateando desajeitadamente, apenas se movendo com eficiência; duvido que alguém, além de mim, tenha notado. Jamais esquecerei o modo como ela controlou o rosto. Seus dentes continuavam apertando o lábio inferior, mas, fora isso, não havia sinal da coisa desesperada e fatal que estava fazendo. Então, como um relâmpago, a mão saiu da caixa e levou a garrafa à boca; ela jogou a cabeça tão para trás que pude ver sua garganta branca quando engoliu.

Cramer pulou na direção dela e eu não fiz um movimento para impedi-lo, pois sabia que certamente ela conseguira engoli-lo. Ao pular, ele soltou um grito:

"Stebbins! Stebbins!"

Ofereço isso como prova de que Cramer tinha direito a ser um inspetor, pois ele era um executivo nato. Da forma como entendo, executivo nato é um sujeito que, quando acontece algo difícil ou inesperado, grita para que alguém venha ajudá-lo.

19

"Gostaria de ter tudo sob a forma de uma declaração assinada", disse o inspetor Cramer, mascando o seu charuto. "É a coisa mais absurda que já ouvi. O senhor está querendo me dizer que aquilo era tudo o que tinha para ir em frente?"

Eram seis e cinco da tarde e Wolfe acabara de descer das estufas. Os Frost e Glenna McNair tinham ido embora havia muito tempo. Calida Frost também se fora. A balbúrdia terminara. A corrente de segurança fora colocada na porta da frente a fim de facilitar para Fritz manter os repórteres do lado de fora. Duas janelas estavam completamente abertas havia um par de horas, mas o cheiro de amêndoas amargas, de um pouco que se derramara no assoalho, continuava no ar e parecia estar ali para ficar.

Wolfe balançava a cabeça e se servia de cerveja. "Aquilo era tudo, senhor. Quanto a assinar uma declaração, prefiro não fazê-lo. De fato, me recuso. A sua ruidosa indignação esta tarde foi ultrajante; além do mais, foi ridícula. Fiquei ofendido, e ainda estou."

Bebeu sua cerveja. Cramer grunhiu. Wolfe prosseguiu: "Deus sabe onde o senhor McNair escondeu a sua maldita caixa. Pareceu-me mais do que provável que ela nunca seria encontrada; e, se não o fosse, era praticamente uma certeza que provar a culpa da senhora Frost seria, na melhor das hipóteses, uma tarefa tediosa e árdua, e, na pior, impossível. O tempo todo a sorte estivera do lado dela e poderia continuar assim. Por essa razão, enviei Saul Panzer a um artesão para mandar produzir uma caixa de couro vermelho, dando-lhe a aparência de velha e surrada. Era quase certo que nenhum dos Frost jamais tinha visto a caixa do senhor McNair, portanto era reduzido o perigo de sua autenticidade ser desafiada. Calculei que o efeito psicológico sobre a senhora Frost seria apreciável".

"É, sim. O senhor é um grande calculista." Cramer mascou mais um pouco o seu charuto. "O senhor correu um grande risco e gentilmente me deixou corrê-lo junto sem me explicar com antecedência, mas admito que foi um bom estratagema. Esse não é o ponto principal. O ponto é que o senhor comprou uma garrafa de óleo de amêndoas amargas, colocou-a dentro da caixa e a entregou a ela. Isso foi ir longe demais, mesmo para o senhor. E eu estava aqui quando tudo aconteceu. Não me atrevo a registrá-lo dessa forma num relatório. Sou um inspetor e não me atrevo."

"Como queira, senhor." Wolfe deu ligeiramente de ombros. "Foi um infortúnio que o resultado tenha sido fatal. Eu armei tudo para impressioná-la. Fiquei atônito e impotente quando ela, ahn, fez uso indevido dele. Usei o óleo venenoso em lugar de um substituto porque achei que ela poderia desarrolhar a garrafa, e o odor... Isso também foi pelo efeito psicológico..."

"Para o inferno, é claro que foi. Foi exatamente para

isso que ela o usou. O que está tentando fazer, brincar comigo?"

"Não, não realmente. Mas o senhor começou a falar de uma declaração assinada, e eu não gosto disso. Gosto de ser direto. O senhor sabe perfeitamente bem que eu não assinaria uma declaração." Wolfe sacudiu o indicador para ele. "O fato é que o senhor é um ingrato. Queria o caso solucionado e o criminoso punido, não queria? Ele está solucionado. A lei é um monstro invejoso e o senhor a representa. Não pode tolerar uma conclusão decente e rápida para uma escaramuça entre um indivíduo e o que chama de sociedade, enquanto estiver em seu poder transformá-la numa contenda horrível e prolongada; a vítima tem de contorcer-se nas suas mãos feito um verme, não por dez minutos, mas por dez meses. Pfff! Não gosto da lei. Não fui eu, mas um grande filósofo, quem disse que a lei é um asno."

"Bem, não venha descontar em mim. Não sou a lei, apenas um policial. Onde comprou o óleo de amêndoas amargas?"

"Realmente." Os olhos de Wolfe se estreitaram. "Pretende mesmo perguntar-me isso?"

Cramer pareceu desconfortável. Mas insistiu: "Estou perguntando".

"Está, é? Muito bem, senhor. Sei, é claro, que a venda daquela substância é ilegal. A lei, outra vez! Um químico, que é meu amigo, me fez um favor. Se o senhor for mesquinho o bastante para tentar descobrir quem é ele e tomar medidas para puni-lo por sua infração, deixarei este país e irei viver no Egito, onde possuo uma casa. Se eu fizer isso, um em dez de seus casos de assassinato ficará sem solução e espero em Deus que o senhor padeça por isso."

Cramer tirou o charuto da boca, olhou para Wolfe e lentamente balançou a cabeça de um lado para outro. Por fim, disse: "Estou bem, numa posição muito confortável. Não vou bisbilhotar o seu amigo. Dentro de dez anos estarei em condições de me aposentar. O que me preocupa é o seguinte: o que a força policial irá fazer, digamos, daqui a cem anos, quando o senhor estiver morto? Vão enfrentar tempos muito difíceis". E continuou, rapidamente: "Agora, não fique irritado. Sei diferenciar um valete de um duque. Há outra coisa que eu queria lhe pedir. O senhor sabe que, no quartel-general, tenho uma sala onde conservamos algumas curiosidades — machadinhas, armas de fogo e assim por diante — que foram utilizadas numa ocasião ou em outra. Quais são as chances de eu levar aquela caixa vermelha para acrescentá-la à coleção? Eu realmente gostaria de tê-la. O senhor não precisará mais dela".

"Eu não poderia dizer." Wolfe se curvou para servir-se de mais cerveja. "Terá de pedir ao senhor Goodwin. Dei-a de presente para ele."

Cramer voltou-se para mim: "Que tal, Goodwin? Tudo bem?".

"Não", neguei com um aceno, e sorri para ele. "Lamento, inspetor. Vou ficar com ela. É exatamente o que eu precisava para guardar selos postais."

Ainda a estou usando. Mas Cramer também conseguiu uma para a coleção dele, pois, cerca de uma semana mais tarde, a verdadeira caixa de McNair foi encontrada na propriedade da família na Escócia, atrás de uma pedra numa chaminé. Dentro dela havia material suficiente para três tribunais do júri, mas, àquela altura, Calida Frost já tinha sido sepultada.

20

Wolfe franziu o cenho, enquanto olhava de Llewellyn Frost para o pai dele e de volta para ele. "Onde ela está?", perguntou.

Era meio-dia de segunda-feira. Os Frost haviam telefonado naquela manhã pedindo para serem recebidos. Lew estava na cadeira dos imbecis; o pai, numa à sua esquerda, tinha ao lado do cotovelo um tamborete sobre o qual havia dois copos e a garrafa de Old Corcoran. Wolfe acabara de esvaziar uma segunda garrafa de cerveja e se recostara confortavelmente. Eu havia puxado o meu caderno de anotações.

Llewellyn enrubesceu ligeiramente: "Ela está lá em Glennanne. Disse ter falado com o senhor, por telefone, na noite de sábado, para perguntar se ela podia ir para lá. Ela... ela não quer ver nenhum Frost. Recusou-se a falar comigo. Sei que ela passou por uma experiência terrível, mas, meu Deus, não pode continuar para sempre sem nenhuma relação humana... queremos que o senhor vá até lá e fale com ela. O senhor pode fazer isso em menos de duas horas".

"Senhor Frost." Wolfe sacudiu o dedo indicador para ele. "O senhor pare com isso, por favor. Que eu viaje de carro por duas horas... O simples fato de o senhor nutrir essa idéia é imperdoável, e sugeri-la a mim, a sério, é uma insolente desfaçatez. O êxito que teve com aquela carta idiota que me trouxe, faz hoje uma semana, subiu-lhe à cabeça. Não me espanta que a senhorita McNair queira tirar férias temporárias da família Frost. Conceda-lhe mais um dia ou dois para que se acostume com a idéia de que nem todos vocês, Frost, merecem o extermínio. Afinal, quando o senhor for falar novamente com ela, vai fazê-lo com duas vantagens recém-adquiridas: não mais será um ortoprimo e possuirá mais de um milhão de dólares. Ao menos suponho que possuirá. Seu pai pode lhe contar a respeito."

Dudley Frost depôs o copo de uísque, bebericou delicadamente a água, com um cuidado que indicava que uma overdose de dez gotas daquele fluido poderia ser perigosa, e pigarreou. "Eu já lhe contei", declarou sem rodeios. "Aquela mulher, minha cunhada, que Deus dê descanso à sua alma, me aborreceu durante quase vinte anos por causa disso — bem, ela não o fará mais. De certa maneira, ela não passava de uma idiota. Deveria saber que, se eu administrasse a herança do meu irmão, mais cedo ou mais tarde não restaria nada dela. Eu sabia disso; foi por isso que não a administrei. Em 1918, entreguei a administração a um advogado chamado Cabot — passei-lhe uma procuração; não o suporto, nunca o suportei: ele é calvo e magricelo, e joga golfe o domingo inteiro. Conhece-o? Ele tem uma verruga no lado do pescoço. Na semana passada, ele me deu um relatório trimestral elaborado por um contador público juramentado, mostrando que, até agora, a herança cresceu vinte e dois por cento em relação ao seu valor original, de modo que, acredito, meu filho receberá o seu milhão. E eu, também. Veremos por quanto tempo conseguirei mantê-lo — tenho minhas próprias idéias a respeito disso. Mas há uma coisa sobre a qual eu queria lhe falar. De fato, foi por isso que vim com Lew aqui hoje: parece-me que o mais adequado é que os seus honorários sejam pagos do milhão que estou recebendo. Não fosse pelo senhor, eu não teria esse milhão. Claro, não posso lhe dar um cheque agora, porque vai levar um tempo..."

"Senhor Frost. Por favor! A senhorita McNair é minha cliente..."

Mas Dudley Frost tinha engatado a marcha. "Tolice! Rematado disparate. O tempo todo eu achei que o meu filho deveria pagar ao senhor; não sabia que eu próprio teria condições para isso. Helen... quero dizer... maldição, eu a chamo de Helen! Ela não terá nada, a menos que aceite parte do nosso..."

"Senhor Frost, eu insisto! O senhor McNair deixou instruções particulares com a irmã dele concernentes ao seu patrimônio. Sem dúvida..."

"McNair, aquele trouxa? Por que ela deveria aceitar dinheiro dele? Porque o senhor diz que ele era o pai dela? Pode ser. Tenho minhas dúvidas quanto a essas supostas descobertas sobre paternidade. Pode ser. De qualquer modo, não será nada parecido com um milhão. Ela pode vir a ter um milhão, no caso de se casar com meu filho, e eu espero que o faça, pois gosto terrivelmente dela. Mas eles poderiam muito bem guardar todo esse dinheiro, porque irão precisar dele, ao passo que eu não necessitarei do meu, já que não há muita chance de ficar com o dinheiro por muito tempo, quer pagando o senhor ou não. Não que dez mil dólares sejam uma fatia muito grande de um milhão — a menos que se trate de mais de dez mil em razão dos novos desenvolvimentos desde que tive minha última conversa com o senhor. Pode me enviar a sua conta e, se ela não for despropositada, farei com que seja paga. Não, digo-lhe que não adianta discutir! O fato, e o senhor deveria vê-lo como eu, é que foi uma tremenda sorte eu ter tido a idéia de entregar a administração da fortuna ao Cabot..."

Fechei o caderno de anotações, joguei-o sobre a escrivaninha, apoiei a cabeça em minha mão, fechei os olhos e tentei relaxar. Como eu tinha dito antes, aquele caso foi só uma seqüência de um maldito cliente após outro.

SÉRIE POLICIAL

Réquiem caribenho
  Brigitte Aubert

Bellini e a esfinge
Bellini e o demônio
  Tony Bellotto

Bilhete para o cemitério
O ladrão que achava que era Bogart
O ladrão que estudava Espinosa
O ladrão que pintava como Mondrian
Uma longa fila de homens mortos
O pecado dos pais
Punhalada no escuro
  Lawrence Block

O destino bate à sua porta
  James Cain

Causa mortis
Cemitério de indigentes
Contágio criminoso
Corpo de delito
Desumano e degradante
Foco inicial
Lavoura de corpos
Post-mortem
Restos mortais
  Patricia Cornwell

Nó de ratos
Vendetta
  Michael Dibdin

Edições perigosas
Impressões e provas
  John Dunning

Máscaras
  Leonardo Padura Fuentes

Correntezas
Jogo de sombras
Tão pura, tão boa
  Frances Fyfield

Achados e perdidos
Uma janela em Copacabana
Perseguido
O silêncio da chuva
Vento sudoeste
  Luiz Alfredo Garcia-Roza

Um lugar entre os vivos
Neutralidade suspeita
A noite do professor
Transferência mortal
  Jean-Pierre Gattégno

Continental Op
  Dashiell Hammett

O jogo de Ripley
Ripley debaixo d'água
O talentoso Ripley
  Patricia Highsmith

Uma certa justiça
Morte de um perito
Morte no seminário
Pecado original
A torre negra
  P. D. James

Música fúnebre
Morag Joss

O dia em que o rabino foi embora
Domingo o rabino ficou em casa
Sábado o rabino passou fome
Segunda-feira o rabino viajou
Sexta-feira o rabino acordou tarde
Harry Kemelman

Apelo às trevas
Um drink antes da guerra
Sagrado
Sobre meninos e lobos – Mystic river
Dennis Lehane

Morte no Teatro La Fenice
Donna Leon

Dinheiro sujo
Também se morre assim
Ross Macdonald

É sempre noite
Léo Malet

Assassinos sem rosto
Os cães de Riga
A leoa branca
Henning Mankell

O homem da minha vida
O labirinto grego
Os mares do Sul
O quinteto de Buenos Aires
Manuel Vázquez Montalbán

O diabo vestia azul
Walter Mosley

Informações sobre a vítima
Vida pregressa
Joaquim Nogueira

Aranhas de ouro
A caixa vermelha
Clientes demais
A confraria do medo
Cozinheiros demais
Milionários demais
Mulheres demais
Ser canalha
Serpente
Rex Stout

Fuja logo e demore para voltar
Fred Vargas

Casei-me com um morto
A noiva estava de preto
Cornell Woolrich

1ª EDIÇÃO [2004] 1 reimpressão

ESTA OBRA FOI COMPOSTA EM NEW BASKERVILLE PELA SPRESS
E IMPRESSA PELA GEOGRÁFICA EM OFSETE SOBRE PAPEL ALTA ALVURA
DA SUZANO BAHIA SUL PAPEL E CELULOSE PARA A EDITORA SCHWARCZ
EM SETEMBRO DE 2004